아
수
라

이상문 소설집

阿修羅

아수라

인북스

차 례.

손
님

갓길에 내린 철우 주지는 두어 번 뒷걸음을 했다. 버스는 곧 엔진 소리를 높이며 떠났다. 그는 몸을 돌려서 도량이 펼쳐진 성덕산 골짜기를 건너다보았다. 밖에서 불과 이틀 밤을 지내고 돌아가는데도 가슴에 와락 반가움이 번졌다.

그래도 그의 가슴은 무거웠다. 설악산까지 가서 도반 하나를 산골하고 돌아오는 까닭이었다. 그동안 이 절 저 절에 방부 들어 같이 공부한 그 긴 세월을 바람결에 날려 버린 것이었다. 도반의 허망한 몸뚱이가 마음대로 구르며 찬바람을 일으키며 사라진 것이다.

그의 눈길 속에 미륵사로 들어가는 길이 앞쪽으로 길게 뻗어 있었다. 저만큼에서 일주문이 그를 건너다보고 서 있었다. 그는 새로 마음을 다지기라도 하듯이 등에 걸머진 바랑을 추슬렀다.

일곱 살 때의 늦봄이었으니까 꼭 요맘때부터였다. 산문 안에 산 지가 어언 몇 년인가.

철우 주지가 막 앞으로 한 걸음 내디뎠을 때였다. 끼이익—! 자동차가 급히 급브레이크 밟는 소리가 등짝을 사납게 파고들었다. 그 자리에 굳어졌다. 왼쪽이었다. 버스가 가던 방향이었다. 그는 몸을 돌려 저만치 가 있는 버스의 꽁무니를 쫓아 달렸다. 잠시 서 있는 것 같던 버스는 이내 달려가 버렸다. 그는 내처 그곳까지 달려갔다.

도로 위에는 버스에 치여 으깨지고 깨져서 피 흘리고 있는 짐승이 없었다. 단지 아스팔트 위에 바퀴들이 끌린 자국만 시커멓게 나 있을 뿐이었다. 다행이었다. 봄이 깊어지면 노루며 고라니 같은 것들이 정신 없이 도로까지 나왔다가 변을 당하곤 했다. 차오른 숨을 가라앉히면서 도로 밖의 언덕이며 산자락을 살폈다. 없었다. 비로소 마음이 놓였다.

그는 자신의 신경이 좀 예민해져 있는 탓인가 했다. 도반은 닷새 전날 밤에 여느 때와 같이 잠자리에 들었는데, 다음 날 새벽에 기침하지 않다 했다. 느닷없는 일이었다. 시중의 화장장에서 중생과 똑같은 절차를 밟는 것을 보았다. 나이 든 중들이 미리 써서 보관해 온 봉투를 열어 그대로 했다는 것이었다.

꿩 꿔엉—, 꿩 꿔엉—, 산자락에서 장끼 한 마리가 억새밭에 울음소리를 떨어뜨리면서 날아올랐다. 장끼는 금세 산속으로 사라져 버렸다. 그의 눈길만 다시, 마른 억새들이 사납게 날들을 세우고 있는 밑으로 돌아왔다.

문득 초옥 하나가 눈앞에 그려졌다. 오래전에 거기 서 있던 것이었다. 짚 대신에 지붕에 억새 이엉을 올린, 겨우 눈비만 피할 수 있겠다 싶은 삼간 초옥. 거적들로 문을 대신한 그 초옥은 최기원네였다. 그것도 그가 군에서 제대한 뒤에 한 번 더 가 보았을 때는 살던 이들이 이사해 버려서 납작하게 내려앉아 있었다는 기억이 있었다.

그는 돌아서서 겨울을 난 보리순들이 새파랗게 동을 세우고 있는 들판 너머의 마을을 건너다보았다. 최기원도 그전의 한때는 거기서 살았을 터였다.

지금 최기원은 어디서 무얼 하고 사는지…. 그의 가슴속에 남아 있는 그 일이 그새 부채가 되어 있는 성싶었다. 오늘따라 그랬다. 최기원도 이런 마음이라면 미륵사를 한 번쯤 찾을 수 있을 텐데….

그가 퍼뜩 정신을 차린 것은 누군지 자신을 부른다는 느낌 때문이었다. 어른 스니임ㅡ! 주지 스니임ㅡ!

일주문이 코앞에 서 있었다. 그 안에서 궤짝을 등에 진 채로 두 팔을 치켜들어 흔들면서, 성륜 행자가 달려 나오고 있었다. 아무래도 열두 살짜리 몸에 비해서 커 보이는 궤짝이었다. 순간 편백나무 쌉싸래한 향이 콧속으로 확 밀려들었다.

해가 지날수록 점점 더 보기 어려운 정경이었다. 물론 올봄에 들어서는 처음 보는 것이었다. 그는 순간 더없이 반가웠다. 그리고 기뻤다. 지난 수십 년 동안 도량에서 수행의 한 방법으로 해 온 일이었다. 지금 성륜 행자의 모습에서는 즐거움이 넘쳐 났다.

성륜 행자가 그의 앞에 두 다리를 벌린 채로 엉거주춤 멈춰 섰다. 흔들어 대던 두 손을 가슴 위에 모은 채였다. 그때야 그는 눈으로 길바닥을 쓸었다. 길바닥에는 비질 자국이 선명했다.

그가 없는 새에 상좌가 할 일을 잘 해내고 있었음이었다. 아침 공양이 끝난 뒤에는, 대중이 꼭꼭 도량 안은 물론 일주문 밖까지 청소 울력을 하고 있었다.

"허어! 그래 가지고 궤짝 속의 생명들이 얼마나 놀랐겠느냐? 도대체 '사위의(四威儀)'*를 익힌 적이 없더란 말이냐?"

그가 시치미를 떼고 성륜 행자를 나무랐다. 얼굴에 잔잔한 웃음을 담은 채였다.

"허어! 노전 스님께서 벌써 깨우쳐 주셨네요. 더불어 '선원청규'도 깨우칠 수 있었네요."

성륜 행자가 지지 않았다. 한술 더 떠서 그의 말씨까지 흉내 낸 것이었다. 그는 콧바람을 내쏘며 웃을 수밖에 없었다. 정녕

---

* 수행자가 갖춰야 할 네 가지의 몸가짐. 행(行), 주(住), 좌(坐), 와(臥).

성륜 행자의 당돌함은 곧 재롱이었던 것이다. 또한 총명함이었다. 아홉 살에 사문을 들어선 뒤에 금세 네 해째였다. 그동안 안에 살면서, 감히 누구에게 재롱을 부려 보고 그 총명함을 내비칠 수가 있었을까. 그래서 함부로 머리통을 쓰다듬어 주었겠는가. 오직 그에게뿐이었고, 그만이 할 수 있는 일이었다.

가끔 자신의 옛 모습이 겹치곤 했기 때문이었다.

"그 속에 독사는 없다더냐?"

그는 말길을 돌렸다.

"예, 어른스님…. 딱 무독성 석화사 한 마리뿐입니다. 어제 저녁예불 끝나고 나왔을 때, 상좌 스님이 지장전 뒤에까지 내려온 것을 보고 잡았답니다. 아까 저를 찾아서 뱀 궤짝을 지어 주고 다시 길을 새겨 주면서, 너는 은공을 참 많이 입는구나, 하고 말했습니다."

성륜 행자는 다시 앞으로 두 손을 모은 뒤에 몸을 돌려 아무 일도 없었다는 듯이 가던 길을 갔다. 두 손은 이제 멜빵을 붙잡고 있었다. 그는 성륜 행자의 등을 향해 조심해서 다녀오라고 나직이 일렀다.

그는 비질 자국이 선명한 길을 천천히 걸었다. 길의 오른쪽을 따라 수없는 버들가지들 사이사이로 시냇물이 가만가만 흐르고 있었다. 절의 왼쪽 계곡에서 흘러내리는 물이었다. 시냇가까지 펼쳐진 등성이의 자락은 온통 떡갈나무들이었다. 골짜기로 모인 연초록 물이 시내를 이루어 짙푸르게 흘러내리는 성싶었다. 그 속에서 철쭉들이 문득문득 붉게 타고 있었다.

길의 다른 한쪽은 측백나무 숲이었다. 그는 문득 성륜 행자가 궁금해서 걸음을 멈추고 뒤돌아보았다. 이미 길에서 보이지 않았다. 가다가 어디쯤에서 측백나무 숲으로 방향을 틀어, 그 속에 숨은 듯이 나 있는 길을 따라가다가, 익숙하게 첫 번째 등성이를 오르고 있을 것 같았다. 그 등성이를 넘으면 다시 등성이…. 이렇게 모두 네 개를 넘어간 뒤에야, 비로소 등에서 뱀 궤짝을 내려놓고 문을 열어 주면 되는 일이었다.

그 일이 있기 전까지는, 등성이 세 개를 넘어가서 억새밭에 닿으면 똑같이 하곤 했었다. 삼계(三界), 즉 중생이 사는 세 세계의 밖이라 해서 그렇게 해 오던 것이, 그 사정 때문에 바뀐 것이었다. 벌써 쉰 해쯤 전에 있었던 일이었다.

봄이 깊었는데도 뱀 궤짝 속에 들어 있는 뱀이 한 마리뿐이라 했다. 물론 살아 있는 것이었다. 오랜만인데도 상좌의 눈이며 솜씨가 그대로 살아 있는가 보았다. 그가 직접 가르친 일이었다. 뱀을 그대로 두면 어찌어찌하다가 자칫 다치거나 죽게 될 수도 있어서, 새 세상에다 이주시켜 주는 것이었다.

앞으로 여름을 나다 보면 새끼 뱀들까지 커서 그 수가 늘어날 것이고, 거기에 살모사나 유혈목 같은 독사들이 끼어들었다. 가끔은 석구렁이도 길을 가로막았다. 그래서 겨울에 들어설 때까지 두 달에 한 번쯤은 뱀 궤짝을 지고 나서야 할 것이었다.

그는 사천왕문 안으로 들어섰다. 그러나 마음이 가벼워진 것은 아니었다.

당연히 먼저 대웅전으로 걸음을 놓았다. 대중이 보이지 않았다. 무슨 일이 있는 것인가…? 그리고 보니 대중이 신도들과 함께 울력을 하러 나간다 했던 날이었다. 밖에 나가 있는 동안에 총무와 전화로 협의한 일이었다.

군청 소재지의 절에서 운영히는 요양원이 화재를 입어 백여 명이 밖에 나앉은 것이 오늘로써 꼭 29일째였다. 5층짜리 건물 내부가 몽땅 타 버렸는데, 다행스러운 일은 누구도 크게 화상을 입거나 다친 이가 없다는 것이었다. 그런데 화재 현장이야 수습되고 있지만, 당장에 늙고 병든 사람들의 숙소가 문제였다. 그동안 쓰던 문화원 강당을 비워 주고, 이제 겨우 급히 마련한 컨테이너 숙소로 옮긴 정도였다.

누군지 마치 그런 사정을 보고 있기라도 한 것 같았다. 신통한 일이 일어난 것이다. 그 누군지가 요양원 복구에 쓰라고 10억 원이나 되는 큰돈을 이 지역의 공영 방송국으로 보낸 것이다. 전액이 현금이었다. 그런 뒤에 순전한 사재라면서 수신자가 없이 발행자만 있는 현금 접수증만 받아 간 것이다.

캬아, 캬아, 캬아, 캬아, 키이, 키이…. 요사채 마당에 개똥지빠귀들이 내려와서 먹이를 찾아 종종걸음을 치고 있었다.

대웅전 다음에는 명부전이었다. 그곳에서는 전 주지 스님들을 차례로 만났다. 구담 큰스님과 자운 어른스님이었다. 6·25 전쟁기를 어렵게 견뎌 내고, 그 와중에 소멸되거나 파괴된 전각이며 불우(佛宇)들의 제 모습을 되찾아 놓은 어른들이었다. 특히 자운 스님은 바로 앞 대의 주지 스님이기도 했다.

　'한 번 뒤집으니 허망한 몸뚱이가 마음대로 구르며 찬바람을 일으킵니다. 취해도 얻지 못하고 버려도 얻지 못하니 이것이 무엇인가요. 뜨거운 불 속에서 한 줌의 황금 뼈를 이제 쇳소리가 나도록 청그렁 하며 부수어 청산녹수에 뿌리노니, 불생불멸의 심성만이 천지를 덮고도 남음이 있습니다.'

　그가 자신도 모르게 입속말로 쇄골편을 읊조리자, 분골이 하얗게 흩어져 날리는 광경이 눈앞에 그려졌다. 그는 그 속을 걸어서 거처로 가고 있었다.

　자신의 거처로 가서 바랑을 내려놓고 난 그가, 옆에 붙은 지대방으로 나갔다. 가까이에 있었는지 밖에서 상좌가 인기척을 하고 안으로 들어왔다. 불인당도 함께였다.

　"오는 길에 성륜을 만났어요. 잘하고 있더구면."

　그는 성륜 행자 칭찬부터 했다. 곧 불인당과 상좌를 칭찬하는 일이기도 했다. 길에 고르게 나 있던 비질 자국이 문득 그려졌다.

　"그런데 어제 오후에 하마터면 뱀 한 마리가 길에서 횡사할 뻔했답니다."

상좌가 가장 먼저 보고하는 내용이었다. 그가 상좌와 불인당을 번갈아 보았다. 두 눈에는 의아함이 가득 담겨 있을 터이었다. 벌써 이십여 년 전부터 큰 짐을 옮기거나, 다른 특별한 일이 있기 전에는 미륵사로 오는 길에 누구도 차를 가져오지 않았다. 설혹 가져오더라도, 이제는 잡초밭이 되다시피한 주차장까지였다. 미륵사는 아예 차를 갖고 있지 않았다.

도로에서 뻗어 나온 작은 길인데도 봄이 깊어지면 그것들이 가끔 일을 당했다. 더욱이 여름으로 접어들어 땅이 데워지면 그 횟수가 잦아졌다. 그래서 그 길로 도량을 드나드는 이들이 논의해서 그렇게 정한 것이었다.

"어제 오후에 주지 스님을 만나러 남자 손님이 한 분 찾아오셨습니다. 기사가 있는 큰 승용차를 타고 왔는데 연세가 많이 높아 보였답니다. 그런데 특별한 일은 그 손님이 주지 스님의 속명을 대더랍니다."

상좌는 매우 중요한 일로 여겨서 급하게 보고하면서도 조심스러워했다.

"나를 찾아온 손님이었다? 그것도 속명을 대더라⋯? 허허! 그럼 관청에서 나온 사람이 아니겠느냐? 하긴! 나이가 많이 들었다면⋯, 그도 아니구나. 분명히 그 처사가 내 속명을 댔다는 말이지?"

"아니, 예. 저는 종무소에서 연락을 받고 나중에 갔으니까 손님이 돌아갈 때야 본 셈이고요. 불인당 한주(閑主) 스님이 그곳에 계셨는데…"

"산문 안에 살면서 세월이 좀 지나면 개인적인 용무로 찾아와서 속명을 대는 이가 없기 마련인데…. 우리 주지 스님은 예순 해가 넘으셨는데… 누가, 어디서, 무엇 때문에 찾아왔을꼬?"

불인당이 나섰다. 그가 할 말을 대신하고 있었다.

밖에서 인기척이 나더니 총무가 안으로 들어왔다.

"예, 오늘 저녁때 다시 오겠다 하고 돌아갔습니다. 나이가 많은 남자분이었는데 들어오는 길에서 사고도 칠 뻔했답니다."

총무는 마치 안에서 셋이 나눈 이야기를 다 알고 있는 것처럼 요점만 말한 뒤에, 들고 온 파일을 펴서 그에게 내밀었다.

"이거…, 간단하구먼."

그가 면담 요청서를 훑어본 뒤에 읊조리듯이 말했다. 요청자의 이름도 나이도 주소도 없었다. 본인이 써넣지도, 담당자에게 말해 주지도 않았다는 뜻이다.

"손님이 돌아가기 전에, 나이가 많은 데다 몸이 병들어서 부득이 차를 타고 들어왔는데, 오는 길에 자칫 뱀 한 마리를 잡을 뻔했다면서, 정말 미안하게 됐다는 인사를 했습니다. 운전기사가 워낙 주의성이 있어서 뱀이 조금도 상하진 않았다면서, 손님도 많이 놀랐다고도 했습니다."

"오늘 저녁때 다시 온다…? 그럼 됐어. 우리 중한테는 이름도 나이도 고향도 묻지 말라 하는데, 그 처사가 그것을 알고 있었구먼. 일단 산문 안에 들어오면 깎았든 안 깎았든 다 식구가 되는 게야. 지레 걱정들 할 필요가 어딨어…? 내가 기다렸다가 만나면 되는 것이야…. 우리 산문은 만인에게 언제나 열려 있어야 한다고 배우지 않았는가?"

일을 끝낸 총무와 일이 없는 상좌가 차례로 밖으로 나갔다. 그가 혼자 쉬고 싶은데 불인당이 앉아 있었다. 그는 올깎이인데 불인당은 늦깎이여서, 법랍은 그가 높지만 속랍은 노래였다. 절집에서 만난 지 쉰 해쯤 된 도반이었다.

"설악산 도반은 잘 보내고 오셨소이까?"

불인당이 자신밖에 할 수 없는 질문을 꺼냈다.

그는 바랑을 꾸려서 걸머지고 혼자서 산문을 나서던 아침을 떠올렸다. 만행이라면 참 좋겠는데… 했었다.

"잘 보낸다 해서 잘 가는 것이 아니잖아. 자기 살아온 대로 가는 것이지. 그런데 말이요, 날 만나겠다고 왔다는 그 처사, 혹시 본 듯한 데가 없었어요? 속가의 나를 아시는 분들은 다 돌아가셨고, 학교도 여기서 다녔으니까…. 아, 참! 학교 동창들이 있을 수 있겠는데…. 학교에 다닐 때는 속명을 쓰잖아?"

"내 기억에는 없는 사람이었구먼. 그리고 아까 한 말은 뭔가 기다리겠다고 했잖은가…?"

"하긴 그랬지…. 그럼 그래야지…."

둘만 있는 자리라서 서로 말을 편하게 했다.

불인당이 그에게 좀 쉬라면서 자리에서 일어서더니, 방에서 나갔다.

그는 속으로 그러면 그렇지 했다. 너무 오랜 세월이 흘렀어…. 설혹 그 손님이 최기원이라 해도 몰라 봤을 거야…. 하긴 그랬다. 최기원이 이제야 제 발로 이곳으로 찾아와서 그를 찾을 까닭이 없었다. 그때 그 일이 뭐가 그리 대단한 일이었다고…. 아까 오는 길에 우연히 그 집터에 갔던 것에 자꾸 생각이 끌리고 있었다.

솟쩍 솟쩍…. 솥쩍다 솥쩍다…, 소쩍 소쩍, 소쩍새가 울었다. 그는 새소리에 그만 눈을 떴다. 어둠이었다. 그곳이 자신의 침실에 붙어 있는 지대방이란 것을 금방 알 수 있었다. 느낌이었다. 이 방을 쓴 지 금세 11년째였다. 당연히 모시던 주지 스님의 입적으로 물려받은 곳이었다. 과…, 과…, 과…, 과… 다시 소쩍새가 울었다. 암컷이었다. 그러고 보니 아까는 수컷이 울었던가 했다. 오늘 밤 따라 소쩍새 소리가 겨울밤에 날리는 서리의 입자들처럼 귓바퀴에 걸려서 맺히는 것 같았다. 암수가 저렇게 밤새 울어 댈 것이었다.

아…, 자운 큰스님…!

그는 자신도 모르게, 은사 스님을 가만히 입에 올렸다. 스무 해가 넘도록 그 방을 지켜 온 스님이었다. 이렇게 마음이 어려울 때면 몹시 그리워지곤 했다.

발걸음 소리가 밖에 있는 계단을 올라오고 있었다. 발끝으로 살짝살짝 대리석 계단들을 스치듯 차근차근 올라서는 소리. 마치 봄바람 한 자락이 계단을 쓸어 올리는 소리 같았다.

그가 미리 인기척을 하자 밖에서 상좌가 마주 인기척을 하면서 문을 열었다.

"스님, 불을 밝힐까요?"

"그래. 손님은…"

"손님은 아직 오시지 않았습니다."

불이 켜졌다. 먼저 눈에 들어온 것은 방 가운데 놓인 찬상과 발우들이었다. 그가 저녁 공양 시간에 나타나지 않자, 상좌가 여기에 갖다 놓았을 것이다.

그는 말없이 찬상 앞으로 나앉아서 발우들을 폈다. 혼자 공양할 때면 늘 이렇게 발우들을 제 손으로 펴는 것이 좋았다. 먼저 오관게를 암송했다. 그리고 찬상에서 밥부터 시작해서 차례대로 발우들에 알맞게 덜어 담았다. 그런 뒤에야 천수통에 든 물을 성문 발우에 부어 들고 입을 적셨다. 보살 발우에서 숟가락을 집어 든 뒤에는 기왕에 어시 발우며 보시 발우, 연각 발우에 담겨 있는 밥이며 국이며 반찬에 새삼스레 눈길을 주었다. 극도의 간소함이 눈에 익었다.

자운 어른스님도 이렇게 혼자였을 때는 손수 발우를 펴고 공양을 했다. 이 방의 주인이 되면 예나 지금이나 식은 음식에 익숙해질 수밖에 없었던 것이다. 중은 밥을 약으로 먹고 끼니를 때우는 것이니, 그런들 어떠하겠는가. 그나마도 어딘가 했다.

"젊은 시절에 지은 인연 하나를 등에 지고 길을 나섰던 것인데, 찾고 찾아도 내려놓을 데가 없더구나. 어쩌겠느냐? 그대로 지고 돌아왔구나. 때가 되면 소멸되겠지. 그렇지 않는다면 안고 가야겠지…."

그의 공양이 끝나기를 기다렸다가 펼쳐진 발우들을 정리하고 난 상좌는, 저만치 구석자리에 좌복을 놓고 그 위에 앉아 있었다. 그의 갑작스러운 간곡함에 큰 두 눈을 껌벅거릴 뿐이었다. 하지만 순간 얼굴에 밝은 웃음이 얼핏 스쳤다. 미처 감당하지 못하는 데서 오는 어색함일 터이었다.

그는 상좌에게 가까이 오라 할 참이었다. 이때 문자가 왔다는 신호음이 울렸다. 상좌의 왼쪽에 놓인 전화기였다.

먼저 놀라기부터 한 상좌가 전화기의 화면을 확인하면서 자리에서 일어서는가 했다.

"종무소에서 문자가 왔습니다."

그를 보면서 상좌가 말했다.

"주지 스님을 만나러 오시겠다던 손님한테 갑작스러운 사정이 생겼다고…, 그 때문에 약속을 지키지 못했다고…, 퍽이나 죄송하다고…, 내일 오전에는 어떤 일이 있어도 찾아뵙겠다는 전화 연락이 방금 왔었답니다."

상좌의 얼굴에 난감함이 담겼다. 그런데 이상했다. 그는 자신도 모르게 누군지 알지도 못하는 그 사람을 기다리고 있었던 모양이었다. 갑작스러운 사정이 생겼다는 말을 듣고 나자 가슴속이 왜 적적해지는지…. 가슴속에 아주 작은 마른잎 하나가 굴러다니는 것 같기도 했다. 문밖에서 인기척이 났다. 그는 보지 않아도 불인당이 와 있다는 것을 알았다.

"들어와…."

문이 열렸다. 얼굴이 밝았다. 안으로 들어온 불인당은 혀부터 찼다. 걱정이 돼서 다시 왔을 터인데, 발우들이 눈에 들어오자 그러는 것이었다.

"손님도 안 오신다 했다면서…. 상좌는 아직도 볼일이 남아 있으신가?"

"아닙니다. 곧 정리하고 나갈 참이었습니다."

상좌가 인사를 하고 방에서 나갔다. 불인당은 지금 그에게 많이 피곤할 테니 빨리 쉬라 하고 있었다. 그런 식이었다.

"불인당. …그 손님 말이지. 목소리도 전혀 기억이 안 나더라는 것인가? 또 말씨도…?"

그는 상좌에게 하려던 말을 접어두고, 불인당에게 손님에 대해서 물었다. 사람의 말소리와 말씨는 평생 동안 변하지 않는다

해서였다.

"나도 그때 마침 종무실에 가 있었어요. 심심해서…. 그런데 생전 처음 보는 사람이더라고요."

불인당은 머리를 젓기부터 하면서 말했다. 그는 허허… 웃었다. 불인당이 종무실에 가 있었던 것은 총무와 시간을 보내기 위해서였다. 총무도 불인당도 쉰 해를 넘긴 사이였다. 그러니까 그와 둘의 법랍이 엇비슷해서 이른바 미륵사의 '구참'들이었다.

그는 불인당을 보면 지금도 20대 초반에 산문으로 들어왔을 때의 인상이 선명했다. 큰 골격 때문에 중국의 소림사에 있다는 힘 잘 쓰는 스님이 그려졌기 때문이었다. 예나 지금이나 불인당의 그런 겉모습에는 변화가 없었다. 그러나 그동안에 성격이 거짓말처럼 변해 버린 것이었다.

"나 때문에 신경 쓰느라고 피곤하겠구먼. 그럼 불인당도 그만 가서 쉬어요."

그가 자리를 마무리했다.

혼자 있게 된 그에게 궁금증이 밀려들었다. 그런데 그 손님은 도대체 누구란 말인가. 도대체 누구길래 이토록 마음에 걸린단 말인가…. 그는 다시 생각에 빠졌다.

사실 그는 그 손님이 최기원이 아닌가 하고 짚고 있었다. 물론 그런 생각에 문제가 있다는 것을 모르는 바 아니었다. 최기원이 그동안 어디서 살고 있었든 이제야 무엇 때문에 그를, 미

륵사를 찾아오겠는가. 그런 일 따위를 전혀 마음에 새길 위인이
아니었다.

＊

　그때는 불인당이 사미 시절이었다. 그러니까 호칭이 불인 사
미였다. 그는 노전 시절이었다. 지금도 불인 사미가 송 행자와
함께 불전에 혼자 있는 그를 찾아왔을 때가 생생했다. 불인 사
미의 왼쪽 볼이 터질 듯이 부어올라 있었고 두 입술 사이에 핏
물이 비치는 상태였다. 얼른 봐도 꼴이 엉망이었다.
　"맞았습니다. 흐흥…. 태권도 미들급 전국대회 우승자 출신
사미가 폭행을 당해서 이 꼴이 됐습니다. 노전 스님이 도와주십
시오. 흐흐흥…."
　그가 먼저 볼이 왜 그 꼴이냐고 물었을 때 나온 대답이었다.
그런데 그 실력을 가졌다는 그 덩치가 그 꼴이 되도록 맞았다면
서 흐흥거리며 웃는 것이 이상했다. 같이 온 송 행자도 이상한
지 옆에 서 있는 불인 사미를 빤히 돌아보고 있었다.
　일이 그렇게 됐으면 종무소로 가야 할 텐데, 불전의 노전을
찾아온 것도 좀 이상하긴 했다. 그는 그래도 어쩌겠는가 했다.
우선 그 사유를 알아본 뒤에, 무엇을 어떻게 해도 해야 하지 않
겠는가 했다.

그 무렵에는 송 행자가 뱀 궤짝을 져 나르고 있었다. 구담 주지 스님의 뜻이었다.

뱀 궤짝을 지고 밖으로 나간 송 행자가 돌아왔어야 하는데 눈에 보이지 않고 있었다. 그즈음 들어 외모 때문인지 송 행자가 부쩍 불인 사미한테 관심을 갖는 것 같았고, 가까이하던 참이었다. 불인 사미가 찾아 나섰다. 속랍으로 겨우 열한 살짜리 소년이었다.

불인 사미는 세 등성이를 다 넘은 뒤에야 송 행자를 찾을 수 있었다. 처음에 보았을 때 뱀 궤짝에 엎드려 있었다. 그래서 몸의 어딘가에 갑자기 병이 났나 했다. 달려가 보았더니 송 행자는 울고 있었다. 울고 울어서 꺽꺽대고 있었다.

"왜 그래, 송 행자? 왜 그러냐고?"

불인 사미가 송 행자의 두 어깨를 붙잡아 뱀 궤짝에서 쉽게 떼어 냈다. 송 행자는 새삼 그러는 사람이 누군지를 확인하더니, 금세 두 다리를 붙들고 더 큰 소리로 울어 댔다. 속가라면 불인 사미를 큰형이라 해야 할 나이었다. 왜 그러냐고 다그치고 다그친 뒤에야 송 행자가 벌떡 일어섰다. 그리고 산자락을 달려 내려가면서 소리쳤다.

"우리 뱀 내놔! 우리 뱀 내놓으라고…!"

그때야 보았더니 산자락 저 밑의 억새들 사이로 사람 하나가 어른거렸다. 한쪽 손에는 천 자루 같은 것을 들고 있는 것 같았다. 곧 짐작이 갔다. 남자와 실랑이를 하다가 시간이 갔고, 끝내는 뱀들을 빼앗긴 것 같았다. 불인 사미는 송 행자를 뒤쫓아 달려갔다.

불인 사미의 속가가 있는 도시의 변두리께로 나가면 '생사탕' 집과 '보신탕' 집들이 있었다. 언젠가는 합숙소에 들어가 있다가 휴일에 집으로 가는 길인데, 앞을 가로막는 남자가 있었다. 운동선수들한테 좋다고 명함을 주었다. 그때 순진하게 남자를 따라가 본 적도 있었다. 생사탕은 뱀을 여러 마리 푹 고아서 습을 짜내는 것이라 했다. 그때 칠점사니 살모사니 하는 말을 듣기도 했다. 특히 효과가 좋다 했다.

남자의 뒷모습이 젊어 보였다. 어깨에 걸쳐 멘 천 자루가 불룩한 것이 빼앗은 뱀들을 옮겨 담은 것이 분명했다.

불인 사미는 달려간 그대로 남자의 뒤에서 팔을 뻗어 바지허리를 낚아챘다. 필요한 만큼의 힘을 넣었다고 생각했다. 남자를 다치게 할 생각이었다면, 달려온 탄력으로 몸을 날려 이단옆차기를 했을 것이다. 그런데 도리어 불인 사미가 뒤로 나가떨어졌다. 불인 사미는 혼란스러웠다. 너무 급하게 덤빈 탓인가. 그동안 운동이 될 만한 것은 아무것도 하지 않기는 했다.

"뭐야? 진짜 중이 하나 왔는가…?"

송 행자가 머리를 기른 아이여서 한 말인 것 같았다. 얼핏 뒤를 돌아보는 것 같던 남자는 또래였다. 남자는 그저 귀찮다는 듯이, 마치 얼마든지 덤벼 보라는 듯이 내처 산자락을 내려가고 있었다. 저 끝에 엎드려 있는 초옥 하나가 불인 사미의 눈에 걸렸다. 남자가 사는 집인가 보았다.

"이리 내놔! 이 도적놈아… 이리 내놓으라고…!"

일어선 불인 사미가 다시 뒤쫓아가면서 소리쳤다. 그리고 남자에게 달려들었다. 순간 불인 사미의 왼쪽 뺨이 날아가는 성싶었다. 그가 옆으로 나동그라졌다. 뺨에서 불길이 솟는 것 같았다. 남자의 주먹에 당한 것이었다. 그런데 불인 사미는 화가 나지 않았다. 힘을 못 쓰는 자신이 창피하지도 않았다. 그러니 당연히 분노가 일 수 없었다.

"뭐, 도적놈? 수고를 덜어 주니 고맙다고 엎드려 절은 못할망정…. 멍청한 것들…!"

남자는 그대로 산을 내려가 버렸다. 무슨 일이 일어나도 자신 있다는 태도였다.

그때 불인 사미는 문득 자신의 몸이 이상하다는 생각이 들었다. 아무리 지난 3년 동안 몸의 힘을 빼고 또 빼면서 살아왔다 해도, 공격 앞에서 이토록 속수무책일 수 있는가. 10년쯤의 강도 높은 훈련으로 단련된 몸이라면 필시 무의식적인 반응이 나타나야 하지 않겠는가…. 한데 자신이 그토록 바라고 바란 상태가 바로 이것이기는 했다.

우연한 기회에 막상 그 결과를 확인한 그는, 도무지 실감되지가 않았다. 믿어지지가 않았다. 지금 울음이 나오는 것이 그 때문인가 했다. 기쁨이었다.

도량으로 돌아올 때는 불인 사미가 송 행자의 손을 잡고서 빈 뱀 궤짝을 등에 진 채였다. 문제는 그 다음이었다. 금방 벌겋게 부풀어 오른 왼쪽 뺨은 재주껏 대중에게 숨겨 가면서 지내고, 찢어져서 아린 데다가 피가 찔끔찔끔 새 나오기까지 하는 입안이야 또 잘 참고 지내면 넘어갈 수 있는 일이었다.

그런데 송 행자가 그 남자에게 뱀 궤짝을 딜린 것이 그때까지 벌써 다섯 번째라는 것이었다. 기간으로 하면 두 달 반이었다. 그 무렵에는 절을 드나드는 이들이 너도나도 차를 갖고 다니는 통에 길바닥에서 죽은 뱀이 사흘에 한 마리쯤은 어렵지 않게 발견되곤 했다. 그러니 도량의 대중이든 드나드는 이들이든 모두가 신경을 곤두세우고 있기도 했다.

불인 사미가 당시에 노전이던 철우 스님을 찾아간 것은, 자신을 살갑게 대해 주어서 편하게 여겼기 때문이었다. 이른바 애깎이인 철우 노전의 속랍이 자신보다 세 해 아래인데도, 승납은 열 해나 위였다. 자신이 그만큼 늦깎이였다.

철우 노전은 불인 사미가 밖에 나갔다가 누구에게 맞고 들어왔다는 말이 이해되지 않았다. 도대체 얼마나 센 놈을 만났길래…, 하는 말이 절로 나온 정도였으니까. 그러나 얼마간은 이해가 가는 일이 있긴 했다.

구담 노스님과 자운 수좌가 나누는 이야기를 얼핏 들어서 알게 된 일이 있었다. 불인 사미가 체육대학에 다니는 태권도 전국대회 우승자였다고 했다. 그런데 시합 중에 링 위에서 상대 선수를 가격했는데 그만 사망하게 됐다는 것이었다. 산문에 들어온 것이 그 충격 때문이라 했었다. 한 해쯤 이리저리 떠돌다가 세 해 전에 행자 생활을 시작했는데, 사미계를 받지 않고 미뤄 오던 중에, 작년 겨울에야 뒤늦게 받은 것 역시 그 영향이라 했다. 그 때문에 불인 사미가 도량에서 얼마나 배겨 낼지 둘이서 걱정하는 자리였던 것 같았다.

사정이야 어찌 됐든 철우 노전은 참을 수가 없었다. 위에 보고를 하는 것이 좋겠지만, 그렇게 한다면 도량이 시끄러워질 것이고, 둘에게 좋을 것 같지 않았다. 그가 나서서 처리하고 말겠다는 생각이었다.

철우 노전은 당장에 둘을 데리고 산자락 끝에 있는 그 남자가 사는 집으로 달려갔다. 짚이 아닌 억새로 겨우 지붕에 이엉을 올려 지은 초막 같은 초옥이었다. 삼간의 가운데에 거적을 쳐 놓은 곳이 부엌인가 본데 비릿한 냄새가 거기서 몰려나오고 있었다. 한쪽에 짚신짝들이 어지럽게 널려 있었고, 다른 한쪽에는 짚신짝도 없는데 안에서 밭은기침 소리가 새 나오고 있었다.

불인 사미의 부어오른 볼 때문에 더욱 화가 나서 달려가긴 했어도 그의 신분은 구족계를 받은 수행자였다. 우선 안에 누구 없냐고 한사코 성난 목소리로 외쳤을 뿐이었다. 그때 거적을 들추고 안에서 남자 하나가 나왔다. 그가 불인 사미와 송 행자를 돌아보자, 맞다고 같이 머리를 끄덕였다.

드잡이 정도가 아니라 몇 차례 뺨을 후려갈겨도 속이 시원할 것 같지 않았다. 그러나 어찌해 볼 수가 없었다.

"당장에 빼앗아 간 것을 내놓으시오! 당장에…. 그리고 우리 불인 사미를 보시오! 저 일을 이찌힐 것이오!"

그는 남자의 한쪽 어깨를 붙들고 흔들어 대면서 소리쳤다. 하지만 말씨는 적이 점잖았다. 은근히 두렵기도 했지만 설마 치의(緇衣)˚를 입고 있는데 어쩌랴 하기도 했다.

"자리를 옮깁시다. 안에 노인네가 계시니, 저리 가서 이야기합시다."

목소리를 낮춰 말하고 난 남자가, 어깨를 붙들린 그대로 몸을 돌려 산자락 속으로 더 들어가려 했다. 자칫 남자의 힘에 끌려갈 것 같았다.

"먼저 뱀들을 내놓고 가라고! 뱀들을 내놓고 가아…."

그가 반사적으로 두 다리를 벌려 버티면서 소리쳤다. 남자는 붙잡고 있는 그의 손아귀를 확 뿌리쳐 버렸다. 그 바람에 제 옷

˚ 스님들이 입는 잿빛 승복.

의 어깨솔기가 후드득 터져 나가기도 했다. 남자는 아랑곳하지 않았다. 그는 자신이 어떻게 할 수 없기에 무심코 옆에 있는 둘을 돌아보았다. 그래도 불인 사미에게 기대를 걸었던 것 같았다. 불인 사미는 벌써 한 걸음 뒤로 물러나 있었다. 어떻게 산문에 들어온 지 불과 세 해인데, 자신보다 더 의젓해진 것 같았다.

"뱀은 없어! 다 없애 버렸어. 한데, 이 잘난 중들아! 뱀들을 남의 집 뒤에 풀어놓으면 그것들이 어디로 갈까? 그것들이 우리 집으로 기어든단 말이지. 알겠어? 알겠냐고…? 너희들 좋자고 남을 괴롭혀도 되는 거냐고? 중들이 그래도 되는 거냐고? 어디 한번 대답해 봐. 입이 있으면 대답해 보라고!"

결국 그와 둘은 산자락 속으로 남자에게 끌려가다시피 한 뒤에, 야단 맞고 있는 꼴이었다. 그는 남자의 다그침에 뭐라고 대답할 수가 없었다.

"그럼, 말을 했어야죠! 무조건 다섯 번이나 빼앗아 갔잖아요…. 또 말로 하지 폭력은 왜 휘둘러요? 우리 불인 사미님은 왜 저렇게 해 났냐고요?"

송 행자였다. 당하고만 있는 것이 딱해서 자신이라도 나선 것 같았다.

철우 노전이 남자에게 말했다. 우리가 다른 곳을 찾겠다, 그동안 괴롭게 해서 미안하다, 본의가 아니었다… 따위였다. 다시는 뱀을 내놓으라는 말을 못한 채였다. 전에 빼앗아 간 뱀들은 다 어찌했는지는 따져 물을 겨를도 없었다. 셋은 어느새 남자 앞에서 반절을 하고 있었다. 남자는 그저 피식 웃기만 했다.

그는 둘을 보기에 민망했다. 어떻게 이런 경우를 당할 수 있겠는가 해졌다. 자신한테는 필요한 지혜라는 것이 통 생기지 않는 것 같았다. 그래도 산문에 들어와 생활한 지가 얼마인가 했다.

"노전 스님, 아까 보니 한 쪽 방 앞에 짚신짝들이 많던데, 끝까지 아무도 나와 본 사람이 없었습니다. 거적문 안에서 비린내는 물씬물씬 새 나오고요. 혹시 그 인간들이 뱀탕 끓여서 나눠 먹는 데 정신이 빠져 그런 것 아니었을까요?"

돌아오는 길에 불인 사미가 이 말만 하지 않았더라도 그의 마음이 그토록 심란해지지는 않았을 것이다. 만일 그랬다면, 하는 가정 때문이었다. 아무리 사람이 목숨을 이어 가는 데에 정해진 법이 없다 하더라도, 그에게는 지나치게 잔인한 방법이었다.

"이 뱀 궤짝을 전 주지 구담 큰스님께서 손수 만들어 당신부터 등에 지시고, 자운 주지 스님한테도 행자 시절에 이어 지게 하시고, 철우 노전 스님도 물론이고, 지금은 송 행자가 이어서 지고 있는 것이지요. 그런 일을 시작하신 구담 어른스님은 어떤 분이셨대요?"

불인 사미가 또 나섰다. 왜인지 호기심이 발동한 모양이었다. 그와 송 행자의 마음은 모르겠다 하고 있었다. 얼굴에 웃음이 담겨 있지는 않아도 목소리에서 활기가 느껴졌다. 그는 말해 주지 않을 수 없었다.

"뱀 궤짝은 6·25전쟁이 끝난 다음 해의 봄부터, 절 안팎에 느닷없이 뱀들이 우글우글했기 때문에 만드신 거지. 전쟁 중에 여기저기서 죽은 사람들의 원혼이 모두 뱀이 됐다고 여긴 것이고⋯. 일기진심수사신(一起瞋心受蛇身)*이란 말씀을 자주 하셨다지. 요사채 안이며, 여기저기 벗어놓은 신발 안에 심지어는 불전의 상단에까지 뱀이 똬리를 틀고 있었다니까. 다행히 구담 어른스님은 젊었을 때 뱀 잡는 일에 도사셨대요. 일단 집게를 들고 나서면 여기저기 숨어 있던 뱀들이 대가리들을 들고 자수해 오는 정도였다니까. 그러면 그것들을 집어서 뱀 궤짝에 담으면 되는 것이었대. 뱀 궤짝을 지고 밖으로 나가 등성이 세 개를 넘어가면 그것을 삼계 너머로 여기고, 흙언덕 밑에 풀어 주었던 것이지. 뱀은 구멍을 파지 못한대. 그러니 자갈밭 같은 데는 피하셨다는 것이고. 뿐만 아니라 쥐 한 마리를 잡아 먹으면 한 달 넘게 더 먹지 않아도 끄떡없다지. 그래서 먹고 들어가 쉴 구멍이 꼭 필요하다는 것이고. 뱀으로 돌아온 생명조차도 그렇게 귀하게 거둬야 한다는 생각이셨던 게야. 그래서 자운 주지 스님의 은사이시고⋯."

---

* 수행자가 한 번 화를 낸 까닭에 뱀의 몸을 받았다는 뜻의 게송 구절.

이번에는 송 행자가 그의 말을 자르고 나섰다. 그만큼 마음이 괜찮아진 모양이었다. 그러고 보니 그새 그 자신의 마음도 풀려 있었다. 뱀 궤짝 이야기에 정신을 팔다 보니 그랬다. 문득 불인 사미의 의젓함이 다시 보였다.

"노전 스님, 자운 주지 스님께서 제게 뱀 궤짝을 지라 하시면서 해 주신 말씀을 들어 두었습니다. 덧붙여 이런 말씀도 들었는데 사실인지요? 그러니까 자운 주지 스님의 은사 스님이신 전 주지 구담 어른스님께서는 워낙에 누룽지를 좋아하셨는데, 입에 이가 몇 개밖에 없는 탓에 누룽지를 입 안에서 녹여 드셔야 했는데요, 그 모습이 꼭 아래턱이 위턱을 쳐 대는 형상이라서, 또 그 형상이 어찌나 유연하고 힘차 보였던지, 마치 목탁을 아래에서 위로 올려 치는 기이한 광경이라…. 보고 있자면 터져 나오는 웃음을 참느라고 손으로 입을 막고 눈물을 줄줄 흘렸다는 말씀…."

"옳다! 이심전심이구나."

그가 맞장구를 쳐 주었다. 셋이 사천왕문을 들어설 때는 그 남자를 만난 일이 있었던가 했다. 철우 노전도, 불인 사미도 송 행자도 마음에 남은 불쾌한 느낌이 없었다.

*

종무소에서 총무가 전화 연락을 해 온 것은, 철우 주지가 모처럼 대중과 아침 공양을 하고 거처로 돌아와서 쉬고 있을 때였다. 그를 보겠다는 그 남자 손님이 종무소에 도착했다는 것이었다. 사시불공을 어떻게 할까 하던 참이었으니까, 아홉 시에 가까워지고 있을 때였다.

"아무래도 주지 스님께서 종무소로 내려와 보셔야 할 것 같습니다. 간호사까지 하나 손님을 따라왔는데 기어이 먼저 대웅전으로 가서 참배한 다음에 주지 스님을 만나겠다고 하시는데…, 어떻게 했으면 좋을지 모르겠습니다. 손님이 앰뷸런스를 타고 오기까지 했다는데요…."

총무의 말씨가 은근하면서도 불안했다.

"그렇게 하겠다면 그렇게 하시라 해요. 참배를 하든 앉아 있든 그 손님이 알아서 할 일이고…."

그는 좀 성가시다는 생각이 든 탓에 말씨가 곱지만은 않았다. 요양원 컨테이너 숙소에도 가 보고 싶은데, 내내 손님 때문에 신경을 쓰고 있었던 것이다. 그런데 금세 어제 갑자기 일이 생겼다 했는데, 교통사고라도 당했더란 말인가 하는 걱정이 퍼뜩 머리를 스쳤다. 만일 그랬다면 자신을 만나러 오는 일이 뭐 그렇게 긴한 일이라고 앰뷸런스까지 타고 와야 했단 말인가 했다.

"어저께, 아니 그저께 왔던 손님이 맞아? 어디가 아픈 것 같은데? 오늘도 역시 자기 이름도, 나를 만나겠다는 목적도 말을 안

했겠지…?"

그가 거푸거푸 물었다.

"예, 맞습니다. 어디가 아픈지는 모르겠고요, 그냥 많이 아픈 것 같습니다. 그런데 주지 스님을 만나야 한다는 말씀만 하십니다. 죄송합니다, 주지 스님. 앰뷸런스를 타고 오신 중환자 손님은 처음이라서…. 연세까지 높으신 것 같은데…"

총무의 말씨는 여전했다. 찾아온 손님이 가까이 있는 모양이었다. 난감해하는 모습이 눈에 보이는 듯했다.

"좋아요. 내가 대웅전으로 가겠다고, 거기서 뵙겠다고 말씀드리세요."

총무가 일을 잘하겠다 한 것이 오히려 일을 혼란스럽게 만들어 놓은 듯했다. 그도 잠시 마음이 흔들렸었다. 처음부터 막연히 갖게 된 성가신 마음 때문이었다. 설혹 칼을 품고 찾아온 사람이라 하더라도, 만나겠다는 사람을 피한다면 중이 아니었다. 잠시 그의 마음이 도량 밖으로 달아나 있었던 것 같았다. 손님이 많이 아프다면 그리고 저토록 거드름을 피운다면 거창하게 예수재라도 지내 달라고 할 것인가도 해졌다.

곧 불인당과 상좌가 소식을 들었는지, 그가 있는 지대방으로 왔다. 둘은 말없이 그의 눈치만 보고 있더니 그가 방을 나설 때 따라나섰다. 불안한 모양이었다.

"왜들 이러나? 중환자라고 하지 않는가. 꼼짝 말고 여기들 있어.”

그는 둘을 그곳에 붙들어 앉혀 놓고 대웅전으로 향했다. 어디에 라일락이 피어 있는 것 같았다. 향기가 건듯건듯 코끝을 스쳐 갔다. 눈에 보이지 않는 곳에서 날아온 향기였다. 그런데 지금 그가 밟고 가는 것은 벚꽃잎들이었다. 요사채 뒤쪽에 있는 오래된 벚나무들에서 날아와 길바닥에 점점이 깔려 있었다. 선대의 자운 주지 스님과 그가 심은 것들이 나이를 먹은 것이었다.

대웅전 우측 문이 열려 있었다. 가까이에서 등을 보이고 서 있는 키가 작달막한 여자가 간호사인 것 같았다. 누군가와 통화 중이었다.

그는 눈길을 깊이 주지 않고 곧장 불전 앞으로 가서 어간을 마주하고 섰다. 두 손을 앞으로 모아 반절 인사를 한 뒤에, 오른손을 올려서 문의 손잡이를 잡고 왼손을 받쳐서 당겼다. 감색 양복 차림의 남자가 상단을 마주하고 앉아 있는 뒷모습이 눈에 들어왔다.

안으로 들어선 그가 몸과 마음이 시키는 대로 차례를 좇아서 예를 갖추고 나자, 지키고 있던 부전 스님이 옆으로 와서, “손님이십니다.” 하고 말했다. 그는 곧 남자를 향해 합장을 했다.

“찾고 계시는 도량의 주지입니다. 그제는 사정이 있어서 자리를 지키지 못해 미안합니다. 그토록 불편하신 몸으로 어찌 그리도 찾으셨는지?”

그가 자리에 바로 앉으면서 말했다. 어려운 손님이 왔을 때면 해 온 대로였다. 남자가 몸을 돌려 앉아서 허리를 굽혀 앞으로 두 손을 모았다. 몸이 아픈 탓인지, 어색해서인지 하는 양이 그의 눈에 설었다. 정수리까지 벗어진 머리에 그나마 남아 있는 머리칼들이 허옇다. 거기다 워낙 얼굴이 마르고 병색이 짙어서 나이를 어림하기가 어려웠다.

"앞으로 남은 시간이 얼마 되지 않아서… 더는 버틸 수가 없었습니다. 코앞에 보이는 저승이 내게 용기를 주었습니다. 그새 반세기쯤 세월이 훌쩍 흘러 버렸군요."

그는 이 사람이 무슨 말을 하고 있는가 했다. 병색에 비해 말씨가 분명한 편이었다.

손님이 말을 이었다.

"그때, 나와 미륵사에서 나온 세 스님이 뱀들을 두고 다퉜지요? 내가 어린 행자한테서 뱀들을 다섯 차례나 빼앗아 왔거든요. 우리가 억새 초옥에서 쫓겨나 인천으로 이사 간 뒤에는, 군에서 제대한 그때의 노전 스님이 면사무소까지 가서 우리 집 주민등록 내용을 확인하고 이전지를 찾아보셨지요…."

그렇다면 이 손님이… 누구란 말인가? 그는 급하게 기억 속의 그 젊은 얼굴과 눈앞의 이 늙고 병든 얼굴을 비교해 보았다. 어디 한 곳이라도 닮은 곳이 없었다. 그래도 눈앞의 이 사람이 정녕코 최기원이란 말이지…

순간 그의 몸에서 전율이 일었다. 그리고 갑작스럽게 솟구친 뜨거운 바람이 회오리치면서 앞에 앉은 사람을 휘감아도는 것 같았다. 감당할 수 없는 반가움이었다. 그는 급한 무릎걸음으로 다가가서 남자를 덥썩 껴안았다. 남자도 그를 마주 안았다. 두 사람 사이에는 한동안 아무런 말이 없었다.

"그럼 당신이 최기원…?"

"맞아! 내가 최기원이요. 당신이 남덕우, 아니 철우 주지 스님 이고…."

둘이서 서로 떨어져 앉으면서 말했다. 최기원이 몰라보게 변해 버린 자신을 확인시킨 것이었다. 저만치 우측 문 안에 물러나 앉아 있던 부전 스님의 얼굴이 어벙해졌다. 얼마나 놀란 것인지가 얼굴에 그대로 쓰여 있었다. 저 둘이 어떤 사이길래 저렇게 반기는가…, 하는 것 같았다.

사실 그는 좀 머쓱해졌다. 둘이 그토록 반가워했는데, 그래야 할 이유가 어디에도 없었다. 둘 사이에 언제 그렇게 정이 들 일이 있었고, 언제 그토록 그리워 할 일이 있었다고…. 따지고 보면 서로는 통성명도 한 적이 없는 관계였다.

얼결이었다. 순전히 반세기 만에 만나서 서로가 누군지 알아봤다는 것이 거의 전부였다. 최기원도 늙고 아픈 얼굴에 머쓱한 표정이 역력했다.

"그런데 내가 면사무소 찾아간 것은 어찌 알았어요? 또 내 속명은…?"

그는 우선 궁금한 일부터 물었다. 머쓱함을 좀 잊어 보자는
것이었다.

"아, 그거야, 그때 내 육촌이 이곳 면서기였거든요. 인천으로
간 뒤에 내가 고깃배를 타는 데 필요한 서류가 있어서 연락했더
니, 미륵사의 남덕우라는 중이 내 주민등록대장을 열람하고 갔
다고…. 그 시절에 면에서는 법명을 몰랐던가 봐요. 그런데 주
지 스님은 면사무소끼지 왜 갔던 거예요?"

"군대 나갔다가 제대해서 돌아온 뒤인데, 어느 날 문득 그 일
이 생각나면서, 이승에서 얽힌 일은 이승에서 풀어야 한다는 생
각으로 그 억새밭 속의 초옥을 찾아갔지요. 그때 나는 젊은 중
이었잖아요. 그런데 폭삭 내려앉아 있더라고요. 그래서 면사무
소 찾아가서 주민등록 이전을 어디로 해 갔는지 확인한 것이죠.
인천으로 가신 것을 알았는데, 너무 멀더라고요. 그래서 뒤로
미뤄 둔 것인데 바로 오늘이 됐군요. 그때 최기원이라는 이름
도 안 것이고…. 그럼 최기원 씨는 나를 모르고 미륵사에 왔군
요…?"

"맞아요. 그제 여기 와서야, 남덕우 씨가 이곳 미륵사 철우 주
지 스님이라는 것을 안 것이죠. 그리고 아까 이 자리에서 비로
소 세 스님이 한 스님으로 합쳐졌네요. 그때의 그 스님이 남덕
우 씨고 철우 스님이고 또 주지 스님이란 것을 알게 된 것이고

요…. 미안해요. 내가 주지 스님이 아는 그 뱀 궤짝 일 말고도 죄를 워낙 많이 지었습니다. 그냥 내 신분은 묻어 두고, 미륵사 주지 스님만 만나고 갈 참이었거든요. 죄인이, 그리고 곧 갈 사람이 이름 따위가 무슨 소용입니까? 설혹 자랑스러운 이름이라도 그렇지…. 참! 내게는 지금 남은 시간이 별로 없네요. 내 자신이 이 꼴이면서, 그 사실을 깜박깜박하는군요."

둘이는 짧은 시간에 마치 너나들이처럼 말을 나누는 참이었다. 최기원이 다시 그를 환기시켰고 그는 아차! 했다. 지금 최기원에게는 남은 시간이 별로 없다는 말….

그는 최기원의 눈길이 자신의 어깨 너머에 가 있다는 것을 알았다. 그가 왜인가 해서 뒤를 돌아보자, 그새에 안으로 들어와 있던 간호사가 허리를 굽혀 보였다. 아마 그녀는 거기서 소리 없이 시간을 재촉하고 있었던가 보았다.

"미안해요, 주지 스님…. 급한 이야기부터 해야겠네. 5년 전의 이맘때쯤 우리 어머니가 돌아가셨어요. 여든아홉이셨는데도 몹시 섭섭하더라고요. 탑동의 산자락에서 쫓겨나서 이모네가 있는 인천으로 이사한 뒤에, 내가 고깃배를 탔는데 일이 손에 설어서 처음에는 퍽이나 힘들었어요. 하루는 술에 취해 집에 들어가 어머니한테 주정 부리듯 푸념을 했어요. 탑동에서 미륵사 중을 안 좋게 만났다. 결국 그 중들 때문에 고향 땅을 떠나야 했다. 그래서 우리가 이 모양 이 꼴로 살면서 이 고생을 하는 거다. 언젠가 만나서 꼭 그 대가를 치르게 할 거다…. 솔직히 그것이 그 무렵의 내 심정이었어요."

"그때 미륵사 중들한테 왜 그렇게 억한 심정이었는데?"

그는 이해가 되지 않았다.

"맞는 말이에요. 이건 순전히 내가 순전히 피해의식 때문에 건너짚어서 생긴 오해인데, 그때는 사실이라 생각했어요. 어느 날 군청 산림과에서 느닷없이 사람이 나오더니, 우리 집을 불법 건축물이라면서 자진 철거하래요. 미륵사 같은 고찰 주위에 너절한 불법 건축물이 있으면 안 된다는 이유였지. 말을 안 들으면 정식으로 계고장을 발부해서 강제 철거에 들어갈 것이고. 그러면 벌금까지 내야 한다고 위협을 하더라고…."

"그런데 왜, 오해는…?"

"그때 내가 속으로 넘겨짚었어요. 틀림없이 미륵사에서 진정서 같은 것을 넣은 거라고. 그 시절에는 또 진정서가 유행이었지요…. 군사 정권이 극성을 떨 때 국민들에게 고소 고발 정신을 부추겼잖은가. 예전에 뱀 때문에 안 좋은 일이 있고 보니, 그렇게 판단하게 되더라니까. 더욱이 내가 군청 산림과를 찾아갔어요. 사정하기도 했고 따지기도 했지. 그때 담당자란 자가, 여기저기서 진정서가 들어와서 자기들은 어쩔 수 없다는 거예요. 자기들 목이 잘린다는 것이었어요."

"미륵사에서 그런 일을 할 턱이 없는데…."

"그래 맞아요. 가만히 계시던 어머니가 이모네가 있는 인천으로 이사를 결정했어요. 이사한 뒤 5년쯤 지나서 할아버지, 할머니의 산소 이장 때문에 고향에 왔다가, 그때서야 육촌한테 들었지. 국유림 내 불법 건축물 일제 정비 사업이었다고. 그것도 힘 있는 사람들이 갖고 있는 큰 건물은 비켜가고, 판잣집들만 뜯어내서 실적을 올린 것이었다고…. 흐흐흥…."

"그랬군요. 그럴 수 있었겠어요."

"왜 있잖던가요? 일이 잘되면 내 능력이고 안 되면 남의 탓이라고…. 참으로 한심한 일이었죠. 그때 우리가 고향에 뭐가 있었나요. 손바닥만 한 땅뙈기도 없었어요. 나라 땅에 지어 놓은 초옥 하나밖에는…. 그런데 나는 그런 되지도 않는 불평을 한 것이에요. 그리고 그때 그대로 고향 땅에 붙어 살았으면 뭐가 됐겠어요…? 덕분에 그동안 나 최기원이, 인천 가서 돈 많이 벌었습니다. 혼자 번 것은 아니고, 처음에는 우리 어머니가 이모네 횟집 나가면서 도왔고, 다음에는 직접 횟집 내서 도왔습니다. 그사이에 남의 고깃배 타던 내가 내 배 타게 되고, 한 척 두 척 늘려서 회사 만들고…. 정말 떼돈을 벌어 준 것은 수산물 수출입이었어요. 활어를 그대로 수출입 할 수 있는 기술을 우리 회사에서 선점했거든요. 글쎄 산 물고기를 급랭한 것이 비행기를 보름이나 타고 갔는데도 살아나서 퍼덕거리는 거예요. 기가막히죠? 물론 고비도 두어 번 있었습니다. 폭풍으로 조업 나간

배를 한 번은 세 척, 또 한 번은 두 척이나 잃어버린 거죠. 물론 선원들도 상당수를…. 그래도 잘 견뎌 낸 겁니다. 어디 시련 없는 일이 있던가요? …아무튼 여기 살았으면 절대로 꿈도 못 꿔 볼 일이지요…. 아! 이걸 어쩌나… 시간이 없어서…. 미안해요, 주지 스님. 그래도 성실하게 살았다는 내 자랑을 꼭 하고 싶었던가 봅니다… 헛허허…. 이걸 어쩌나? 할 얘기가 많은데….”

“이제 앞으로는 언제든 만나고 싶을 때 만날 수 있을 텐데, 뭐… 규한 이야기부터 해요.”

그가 최기원에게 말을 재촉했다. 그때까지는 병세가 그 정도인지는 몰랐기에 그런 것이다.

“그때 어머니가 이런 말씀을 하세요. 너는 그래서 고향을 떠났는지 몰라도 나는 아니다. 나는 우리 얼굴을 아는 사람들이 좌익이니 빨갱이니 하면서 뒤에서 수군거리고 앞에서는 일자리를 안 주기 때문이었다. 그리고 분명히 말하는데 니놈이 미륵사 중들을 욕하면 천벌을 받는다. 우리 식구들 여섯 모두는, 너의 돌아가신 할아버지며 어디 간지도 모르는 아버지까지도 미륵사에 목숨을 빚졌다고…. 더욱이 니 에미는 두 번이나 목숨을 빚진 셈이라고. 에미라는 사람은 그 빚을 갚을 길이 없어서 잠을 못 자는데, 자식이란 놈이 그 은혜를 원수로 갚겠다? 내 자신이 한심하고 니 아버지가 불쌍하구나…. 나는 어머니 우시는 것을 그때 처음 봤어요. 할아버지 돌아가셨을 때도 안 우셨다는 분이에요. 그런데 그 말씀을 이해할 수가 없었어요. 어머니가 뱀 때문에 당신의 목숨을 한 번 빚졌다고 하셨다면 모를까."

"나는 도통 무슨 뜻인지 모르겠구먼."

"내가 다섯 번째로 어린 행자한테 뱀을 빼앗은 날, 그리고 그걸 찾겠다고 달려온 몸집이 좋은 그 청년 스님한테 내가 주먹질을 해 댄 날, 지금 내 앞에 계신 주지 스님이 그 둘과 함께 우리 집으로 왔지요. 그때 어머니는 해수병으로 각혈을 하고 계셨지. 해수병에는 뱀탕이 특효라는 말을 들은 내가 가만히 있을 수는 없었어요. 뱀을 잡으러 나섰다가 어린 행자가 궤짝에서 뱀들을 놓아주는 것을 본 거지. 그때 내가 손쉬운 쪽을 택한 게야. 그래서 실제로 뱀탕을 그해 봄부터 일 년간을 드신 어머니가 건강을 되찾으셨다니까. 그러니까 그 뒤에도 행자가 뱀 궤짝을 지고 와서 풀어 주는 데를 찾아가 계속 손쉽게 뱀을 잡아다 뱀탕을 끓였다는 얘기가 되는 것이구먼. 그리고 그 덕에 그 연세까지 사신 것이고…. 참 면목 없구먼…."

여기서 그는, 그럼 그때 빼앗은 뱀들을 없애 버렸다, 또 풀어 놓은 뱀들이 집으로 들어와서 그랬다고 했던 말이 다 거짓이었느냐고 물을 뻔했다. 최기원의 말을 알아들었으면 됐지, 이제 와서 그걸 물어서 어디에 쓰겠다고….

"그런데 최기원 씨 어머니께서 여섯 식구가 미륵사에 목숨을 빚졌다 하셨다는데…?"

그의 머릿속에 그때의 일들이 환하게 그려졌다. 자신이 노전 소임을 맡고 있던 시절이었다. 셋이서 초옥을 찾아갔을 때 한쪽 방에서 나던 밭은기침 소리가 다시 들리는 듯했다.

"예전에 미륵사에 구담 주지 스님이라는 분이 계셨다면서 요?"

그는 엉뚱하다 싶었다. 어떻게 최기원이 구담 주지 스님까지 알고 있었던가 해서였다. 여덟 살짜리인 그가 6·25전쟁이 끝난 한 해 뒤에 미륵사에 왔을 때의 주지 스님이있기 때문이다.

"계셨지요. 6·25전쟁 전부터 끝난 뒤까지, 한참 어려운 시절에 미륵사를 지키신 분이시지. 그리고 전쟁이 끝난 뒤에 갑자기 들끓는 뱀들을 다른 곳으로 옮겨 살리기 위해서 뱀 궤짝을 만드신 바로 그분이시고…. 절집에서는 내게 할아버지가 되시기도 하고."

그는 구담 주지 스님이 좋아하는 누룽지 먹는 이야기가 생각나서, 그냥 속으로 아래턱이 위턱을 치는 모습을 상상하면서 웃었다.

"그렇지요? 우리 어머니 말씀이 틀림없으신 거야. 우리 아버지가 해방공간에서 좌익 운동을 하셨다던가. 할아버지께서 가진 살림을 몽땅 털어 넣어 전문학교까지 보내 놓았더니, 집안을 일으키기는커녕 폭싹 망하게 만들어 놓았던 거지. 그나마 남은 것들을 할아버지가 다 술로 없앤 뒤에 병들어 눕고 나니, 식구들이 등 붙이고 살 집은 물론 끼니 끓일 것도 없더래요. 아버지는 어디에 가 있는 것인지 밤이면 불쑥불쑥 집을 찾아왔다지. 그래서 그 봉암리 탑동 산자락에 병든 할아버지와 세 살짜리나, 젖먹이를 등에 업은 어머니가 초옥을 지어 들었다더군. 결국 어머니는 해수병에 걸리셨고…. 우리 어머니, 참 대단하시지요. 내가 스님을 처음 만났을 때가 열아홉 살이었는데, 나중에 또 태어난 동생도 그때까지 살아남았으니까. 할아버지는 곧 돌아가셨거든….”

“나는 그때까지도 세상 물정을 몰랐어요. 여덟 살 때 절로 들어와서 살다 보니 그렇게 된 것이야. 절 생활도 퍽이나 고됐지만 그래도 열심히 했어요….”

그는 거기서 그만 말을 끊었다. 시간이 얼마 없다고 한 최기원의 말이 자꾸 떠올랐다.

“전쟁이 나기 일 년 전쯤이었다더구먼. 몇 달 동안 얼굴을 볼 수 없던 아버지가 새벽에 초옥으로 찾아왔더래요. 여수, 순천에서 일이 잘못돼서 그동안 못 들어왔다면서, 눈앞에다 돈 뭉치를 꺼내놓더래. 미륵사에서 주지 스님한테 빌려 온 돈이라면서. 주지 스님의 법명이 구담인데 꼭 갚겠다는 약속을 하고 빌린 돈이니까, 만일에 우리가 못 갚으면 자식들이라도 꼭 갚게 해야 하니까 명심하자고 하더래. 그리고 나서 앞으로 언제 집에 다시 들어올지 모른다면서 돌아섰다는구먼…. 무정하게 마누라 한

번 안아 주지도 않고….”

최기원은 모르는 새에 그때의 어머니 마음에 빠져 있는 성싶었다. 그런데 이때 그의 머릿속에 오래된 기억이 떠올랐다. 지금 최기원이 하고 있는 바로 그 이야기였다. 어쩌면 그도 잘 알고 있는 이야기인 것 같았다.

“혹시 어머니께서 그 돈다발이 황금 스무 돈 값에 해당하는 백 원이었다는 말씀은 하지 않으시던가?”

“주지 스님이 그걸 어찌 아는데요?”

“또…, 최기원 씨 아버지께서 숲속에 숨어서 방들에 불이 꺼지고 스님들이 잠들기를 기다렸다가, 부엌칼을 빼 들고 구담 주지 스님 방으로 뛰어들어 돈 내놓으라고 위협했겠지…?”

“그 말도 맞아요! 그런데 어떻게?”

“그러니까 구담 주지 스님한테 돈을 빌려 간 사람도, 또 부엌칼을 꼬나들고 방으로 뛰어들어 돈 내놓으라 위협한 사람도 최기원 씨 아버지셨단 말이지?”

“그렇다니까 —.”

“그럼 잠깐! 지금 최기원 씨가 많이 힘들어 보여요. 말을 너무 많이 했잖아? 어쩜 그 얘기를 나도 알고 있는 것 같아요. 단지 그 사람이 최기원 씨 아버지이신 줄만 몰랐을 뿐. 내 앞 대에서 고생하셨던 자운 주지 스님한테 몇 번이나 들어 둔 이야기가 있어요. 어때? 내가 빨리 이야기하면 어떨까? 맞는지 어쩐지, 한

번 들어 봐요."

최기원이 머리를 끄덕였다. 비쩍 마른 탓에 두 볼의 광대뼈가 사납게 솟아 있는 얼굴에 햇살이 차오르듯 호기심이 차올랐다. 그렇게 보니 퍽이나 순하고 천진해 보이기도 했다. 그와 최기원은 어느새 말을 너나없이 편하게 쓰고 있었다.

*

자운 주지 스님이 수좌 때의 일이었다. 그는 그 밤에 보았던 일을 선명하게 기억하고 있었다. 그러니까 전쟁이 나기 한 해 전의 봄밤이었다. 언제고 방문을 열면 이팝나무 꽃향내가 얼굴을 마구 간지럽혔으니까. 3월 중순이었다.

대중이 잠자리에 드는 시간은, 속가로는 초저녁 때였다. 그는 몇 해 전부터 봄이 되면 그 시간이 지나치게 빠르다는 생각을 하게 됐다. 세속 나이로는 스무 살짜리였다.

그 밤도 잠자리에 들었지만 잠을 이루지 못하고 있었다. 그런 때는 아예 불을 켜 놓고 책상 앞에 앉았다. 인정되는 일이 있다면 예외를 인정하는 곳이 도량이기도 했다. 늦게까지 경전을 읽다가 자리에 두고 방을 나왔을 때였다. 해우소를 찾아 요사채 뒤로 돌아갔는데 구담 주지의 방에서 말소리가 난 것 같았다. 방문은 어두웠다. 그래서 그냥 지나쳤다.

하지만 해우소에서 일을 보고 나왔을 때는, 그 일이 문득 궁금해졌다. 이때 안에서 큰소리가 났다. 누군가를 꾸짖는 것 같았다. 그는 구담 주지가 잠꼬대를 좀 심하게 하신다 했다. 그런데 순간 다른 목소리가 들리는 것 같았다.

그의 걸음이 저절로 멈췄다. 다른 목소리가 들렸다는 느낌 때문이었다. 그런데 그 뒤로는 아무 소리도 들리지 않았다. 자신은 구담 주지의 수좌였다. 그러니 더욱 염려가 됐다. 이때 다시 구담 주지의 목소리가 들렸다.

그는 잽싸게 계단을 오른 뒤에 방 앞의 섬돌 밑으로 다가가서 낮게 엎드렸다. 안에서 아무 소리도 나지 않았다. 기다렸다. 잘못 들었을 수도 있었지만 확인해야 했다. 마침 빠끔 열린 방문이 눈에 들어왔다. 누군지 급하게 문을 닫았음이었다. 구담 주지라면 그럴 리가 없었다. 어른 손가락 하나쯤 들어갈 수 있는 틈이었다. 달빛 덕이었다. 하늘에는 반쯤 지워진 반달이 서녘으로 기울어 가고 있을 것이었다.

기어가서 틈에 눈을 갖다 댔다. 소리를 지를 뻔했다. 웬 사람이, 웬 남자가 한쪽 무릎을 세운 채로 구담 주지 앞에 앉아 있었다. 그가 오른손에 들고 있는 칼이 어른거렸다. 그 남자의 코끝도 어른거렸다. 그런데 이상했다. 구담 주지는 바람벽에 등을 기댄 채 비슷하게 앉아 있었는데 칼끝은 공중에 떠 있었다. 아랫목 횃대에 걸려 있는 가사와 장삼을 향해 있었다.

그는 눈을 떼고 섬돌 밑에 엎드린 채로 잠시 생각했다. 강도가 든 것인가? 아니면 다른 일…, 그러니까 사상적인 것…. 작년 가을에 여수와 순천에서 실패한 사람들의 일부가 산속으로 스며들기도 했다. 그 여파였다. 하지만 구담 주지는 여태 사상에 대해 말한 적이 없었다. 그렇다면 그 일은 아닌 것 같았다. 금품이나 물자 조달이었다. 탁발까지 해야 하는 절집에 무엇이 얼마나 있다고….

자운 수좌는 건장했다. 보아하니 사내의 몸집이며 얼굴 생김새가 샌님 같은 것이 힘을 쓸 것 같지도 않았다. 손에 들고 있는 칼이 문제이긴 해도…. 그래도 그는 수좌였다. 사람이 칼에 한 번 찔렸다 해서 다 죽는 것이 아니다. 또 혹간 죽으면 어떤가? 덕분에 사바세계를 떠날 수 있으니 좋은 일이지…. 그는 혼잣말을 했다. 사실은 두려워서 이런저런 구실을 대고 있었다.

이제 더는 그러고 있을 수 없었다. 문고리를 잡아 문짝을 당기고 안으로 뛰어들어 사내를 덮쳐야 했다.

"그러면 지금 스님은, 나보다 집으로 돌아가서 식구들이랑 몽땅 죽든지 살든지 알아서 하란 말이요? 내가 다 듣고 왔는데, 그렇게 돈이 아깝소? 우리 여섯 식구 목숨보다 더 중하요? 뭔놈의 스님이 맘보가 그렇게 좁쌀만 할까요?"

보릿고개였다. 연 삼 년 흉년이 들었다. 그다음 해의 봄이었다. 식량은 벌써 떨어졌다. 식량이라고 해 봤자 지난겨울에 썩어서 들판에 버리고 간 배추 뿌리와 이파리를 주워다 모아 둔 것이 모두였다. 그것도 지키고 있다가 주워 와야 임자였다. 겨울잠을 자고 나오는 생명들도 서로 잡겠다고 싸웠다. 구렁이가 두 집 사이의 울타리에 걸쳐 있으면 잡아서 서로 나눠야 했다. 초근목피…. 산은 산감이 지키고 있었다. 어둠을 틈타 칡뿌리라도 하나 캐려 들면 앞서서 파헤친 땅이었다. 네 해째가 아닌가. 왜 그렇게 집마다 식구는 많은 것일까. 거기에 폐병환자나 다른 무슨 환자가 하나라도 끼어 있다면, 옴치고 뛰어 볼 수가 없었다. 사내는 식구가 여섯이라고 악을 썼다.

"내가 몇 번이나 말을 해야 알겠는가? 내가 갖고 있다고 해서 내 돈이 아니란 말이야. 돈을 그냥 줄 수도 뺏길 수도 없어요. 신도들이 불사 하라고 한 푼 두 푼 주신 것을 모은 것이야. 다 몫이 있는 돈이란 말이야."

사실 그때 구담 주지한테는 큰돈이 있었다. 현금과 금붙이였는데, 합하면 5백 원쯤이나 될 것이었다. 올봄에 불전을 중건할 계획으로 지난 5년간 황금 백 돈 값을 목표로 모금한 것이었다. 아는 사람은 알고 있었다.

둘은 팽팽했다. 벌써 짧지 않은 시간을 그렇게 실랑이해 온 것이 분명했다. 어쩌면 사내는 요사채에 등잔불이 모두 꺼지기를 산속 어디에서 기다렸을 것이다. 그리고 누군지 이 절의 신도가 무심코 흘린 말을 믿고, 식칼을 꼬나든 채 주지의 방으로 뛰어들었을 것이다. 스님들은 순하고 착하니까 금세 굴복할 것이고, 돈을 빼앗아서 들고 뛰면 그만이라고 생각했을 것이다. 그토록 쉽게 생각한 일인데 벌써 첫닭울이 때가 다 돼 가고 있었다. 그는 스님들이, 특히 구담 주지가 순하고 착해서 더욱 강하다는 사실을 모르고 있었다.

"그러면 내가 여기서 죽을랍니다. 식구들은 가만둬도 저절로 아파 죽고 굶어 죽을 테니까."

"그러든지 어쩌든지 처사가 알아서 해요. 그런데 나는 어쩔 건가? 죽일 건가?"

"아니오! 어째서 괜히 스님을 죽입니까? 저승 가서 죗값 치르기 싫습니다. 거기서라도 잘살아 봐야지요."

자운 수좌는 남자가 어쩌다 저렇게 됐나 했다. 강도가 자살을 하겠다니···. 칼을 들고 들어갔을 때는, 구담 주지를 찌르거나 어찌하거나 해서 오로지 돈을 빼앗을 욕심뿐이었을 터. 그것은 분명히 위협이기도 하고 협박이기도 했다. 그런데 동정을 구하는 태도 같기도 했다. 강도를 저 모양으로 만들어 놓은 이가 누구인가. 그는 구담 주지를 다시 생각했다.

"허어! 사람이 어째서 이렇게 깝깝하단가?"

"돈을 거저 주지도 못한다, 뺏길 수도 없다 하는 스님 앞에서, 뭔 놈의 용빼는 재주가 있겠소? ···가만있어 봐라··· 그러니까 주지도 못하고 뺏기지도 않겠다면··· 않겠다면···, 그러면 조금만 빌려주시면 되겠다! 나한테 돈을 조금만 꿔 주란 말입니다. 꼭 갚을 것이니까요. 약속합니다. 맹세합니다. 많이도 말고 백 원만 빌려주세요. 우선 요번 봄을 넘기고 보자니까요. 제발….”

“그래? 그럼 빌려주지. 빌려 가서 여섯 목숨 구하게. 그래야 내가 절 신도들한테 헐 말이 있지. 불사를 뒤로 미룬 이유를 말이여. 헛헛헛허…. 진작에 그렇게 나왔어야지!”

“갚겠다는 약속은 꼭 지키겠습니다. 스님! 백골난망입니다….”

남자가 식칼을 내던질 새도 없이 바닥에 엎드렸다. 자운 수좌가 볼 때는 꼭 강도가 식칼로 위협해서 돈을 빌린 꼴이었다.

첫닭이 울었다. 산닭이었다. 경찰부대 수백 명이, 인민군 수십 명이 그토록 산을 뒤집고 다녔는데도 살아남은 닭들이 있었다.

자운 수좌도 밖에서 몸을 돌려 입을 틀어막고 웃었다. 그리고 곧 달아나듯 작은 마당을 지나고 계단을 뛰어 내려왔다.

간호사가 손에 들고 있는 휴대폰이 떨어댔다. 그녀가 급히 밖으로 나가는가 했는데, 이내 밖이 소란스러워졌다. 툿 툿 투 투 투 투…. 규칙적으로 이어지는 소리가 귀에 설었다. 마치 하늘을 두드려 대는 것처럼 울렸다. 그는 무슨 일인가 하면서 최기원을 빤히 바라보았다. 부전 스님도 밖으로 나갔다. 둘만 남아 있었다. 아니 상단의 세 분과 둘이 있었다.

"헬기를 보낸 것 같구먼. 아까 내가 주지 스님 만나겠다고 인천의 병원에서 탈출했다는 말을 했지? 늦게 발견하기도 했지만 깊은 곳에 생긴 병이라서 어쩔 수가 없대요."

말을 마친 그가 급하게 양복 안주머니를 더듬더니 하얀 사각 봉투 하나를 꺼냈다.

"그제 오후에, 오늘 오전에 종무소에서 본 그 총무 스님이 그때의 야무진 어린 행자였던 것 같지? 그리고 그 몸집이 큰 스님이…."

최기원이 말을 하다 말았다. 민망해서 그런가 보았다.

"맞을 거야. 그래, 맞아. 그 스님이 그때의 송 행자가 맞아. 그리고 몸집이 큰 스님이 최기원 씨한테 주먹을 맞은 불인 사미가 맞고… 그런데 최기원 씨. 이건 몰랐을 거야. 그 스님이 바로 태권도 전국대회 우승자였다는 것… 흐흐흥…."

"흐흐흥…. 그래, 그랬어? 그랬단 말이지…. 그때 내가 정말 운이 좋았구먼. 큰일날 뻔했는데 말이야. 그 스님이 참은 거구먼…. 헛헛헛…. 내가 직접 용서를 빌어야 마땅한 일인데, 사정이 이래 놓으니…. 주지 스님이 대신 내 마음을 전해 줘요…."

"그래, 그래야지. 걱정하지 마요…!"

"그럼 이것 좀 저 위에 올려놔 줘요. 내 대신에…. 내가 직접 해야 하는 건데…. 미안해요."

"10억 보낸 사람 최기원 씨 아닌가? 이름 밝히기 싫어하는 그 사람….”

최기원이 손에 들고 있던 하얀 봉투를 그에게 건넸다. 이때 우측 문으로 간호사가 돌아왔다. 부전 스님도 뒤따라 돌아왔다. 최기원이 그를 바로 보며 말없이 싱긋 웃었다. 일그러진 얼굴 속에서도 웃음이 보였다.

“손님을 모시고 나가야 하는데 측문으로는 불편할 것 같습니다. 그런데 글쎄, 헬리콥터가 어떻게 알고 빈 주차장에 착륙했다고 합니다. 만일에 차들이 있었더라면 어쩔 뻔했을지….”

하얀 봉투를 상단에 올려놓고 돌아선 그에게 부전 스님이 다가와서 가만히 말했다.

‘흠흠…. 저 사람이 뱀 궤짝 덕을 또 보는구나…. 구담 큰스님 은혜를 다시 입는구먼….’

그가 속으로 읊조렸다.

최기원이 앞으로 두 손을 모았다. 그 태도가 아주 분명했다.

그는 어간문(御間門)* 을 열자고 했다. 이런 때 사용해야 하는 문이 아니겠는가 했다. 점오점수(漸悟漸修)** …. 예순 해도 넘게 안에서 치의를 입고 목탁을 두드리며 살아온 자나, 같은 기

---

* 대웅전으로 들어가는 정면 한복판의 문. 스님들 외에 일반인은 사용하지 않는 것이 절의 예절이다.

** 점진적으로 깨닫고 깨달은 후에도 계속 수행해야 함.

간을 밖에서 돈을 벌어 모아 부자가 된 사람이나 다를 것이 없었다. 그래서 그렇게 가르친 것이겠지….

그는 직접 어간의 문 두 짝을 앞으로 열어젖혔다. 밖에는 남자 둘이서 들것을 나눠 든 채로 기다리고 있었다. 간호사도 같이 있었다. 그들에게 들것을 안으로 들이라고 그가 말했다. 그리고 그러기를 기다렸다가 좌복 위에 앉아 있는 최기원을 들것으로 옮기게 했다.

"남은 이야기는 구태여 이 자리에서 하지 않아도 될 것이구먼. 서로 잘 아는 일이니까요. 그런데 말이지 다시는 주지 스님을 못 만날 줄 알면서도 내 마음이 왜 이리도 가벼운 거지요? 헛허허… 주지 스님! 부디 잘 지내세요…."

헬기의 날갯소리가 다시 날아들었다. 그는 도량을 벗어나는 들것 든 사람들을 멍하니 바라보고 있었다. 진작부터 최기원은 보이지 않았다. 그는 대웅전 안에 구부정하게 선 채였다. 툭 툭 툭 툭 툭 툭….

금세 헬리콥터가 치솟아 오르는가 했는데, 쉽게도 방향을 틀어 길을 잡아 날아가기 시작했다. 잇대어 뒤에 남겨지는 둔탁하고 거친 날갯소리가, 어쩌면 하늘이 토해 내는 신음인 듯싶었다. 그 자신이 얼마나 얼토당토않은 생각을 했는가. 심중에 턱없는 욕심이 일었던 것인가. 아까는 최기원을 다음에 얼마든지 다시 만날 수 있다는 생각을 잠시 했던 것이다. 그래서 오늘 급

하지 않은 이야기는 그때에 할 생각을 했으니…. 그의 마음이
더없이 심산했다.

불
호
사 佛
   護
   寺

여진이 버스에서 내리자, 친절하게도 운전기사는 벌써 짐칸에서 회색 캐리어를 꺼내 놓은 채 기다리고 있었다. 나이가 든 데다 이런저런 이유로 몸이 굼떠진 탓이었다. 거기다 두 다리가 급할 때면 꼭 태를 내곤 했다. 그녀의 눈길이 한 차례 도로에서 절로 난 길을 따라 깊숙이 들어갔다가 돌아왔다. 꼭 쉰 해 만이었다.

버스가 영산호 너머의 종점인 '중장터'를 향해 떠났다. 여진은 캐리어의 손잡이를 붙들고서 가까이에 서 있는 정류장 표지판을 올려다보았다.

불호사…. 그녀는 확인하듯 입속으로 표지판을 읽었다. 이때 바람 끝이 얼굴을 스치면서 쌉싸래한 향기가 상큼하게 코끝에 묻어났다. 그녀의 머릿속에 오래된 비자나무 숲이 넓게 펼쳐졌다. 절로 들어가는 길의 왼쪽 산자락이었다. 지금은 얼마나 울 울창창해졌을까…. 일제 때 몸통이 큰 나무들을 골라서 베어 내 가고, 다시 한국전쟁 때 포탄들이 떨어져 찢기기도 했지만, 그 래도 그때는 조금씩 제 모습을 찾아가고 있던 숲이었다.

여진은 캐리어를 끌고 큰길을 벗어나 절로 가는 길로 들어섰 다. 인공관절로 바꿔 끼긴 했어도, 등산지팡이만 있으면 야산 정도는 거뜬히 오르내릴 수 있는 두 다리였다. 전문가의 조언을 들어 가면서 착실히 운동을 해 온 덕이었다. 그런데 절집에 사 는 두 스님 가운데 하나가 이제 제힘으로 제 몸을 움직일 수 없 는 지경이 된 모양이었다.

돌멩이투성이였던 길을 넓히고 아스팔트 포장까지 해 놓은 덕에, 그녀의 걸음걸이는 가벼웠다. 떠날 때 언제 한 번쯤 오긴 와야 할 것이라고, 막연히 생각했던 것이 바로 지금이었다. 석 우 주지가 보낸 문자 때문이었다.

'부서진 수레는 구르지 못하고 늙은 사람은 닦을 수 없다.'고 문자를 보낸 사람의 속뜻을, 여진이 모르지 않았다. 사정이야 어찌 됐든 절밥을 스무 해쯤 먹으면서 속을 상하기도 했고, 두 무릎이 망가지기까지 했던 셈이었다. 끼니들을 급하게 때우고 불전에서 절을 해 댄 탓이었다. 물론 모두가 옛일이었다.

용담 회주일 가능성이 크지만, 석우 주지도 꼭 아니라고 믿을 수는 없었다. 아무튼 둘 가운데 하나가 나이 들어 병이 나고, 그

병이 깊었다는 뜻이었다. 그러니 그녀더러 와서 간병을 해 달라는 뜻이기도 했다. 당연히 시봉하는 이가 있을 터인데도, 더없이 간절하다는데 어쩌겠는가. 스님이 병들면, 고작 뒷방에서 독살이하는 신세만 돼도 호강이라고 한다는 것을 그녀는 잘 알고 있었다.

여진의 발걸음이 바빠졌다. 뒤쫓아 오는 캐리어의 바퀴 구르는 소리가 요란해지면서 그녀는 신경이 쓰였다. 서울역에서 송정역까지는 불가피하게 KTX를 이용했다 해도, 그다음에는 절까지 택시를 탔어야 했다. 후회가 슬그머니 일어났다.

역전 광장에서 택시 정류장으로 가는 길에 중장터행 버스를 발견한 것이었다. 오랜만에 중장터라는 지역 이름을 보는 순간, 다정한 옛 친구라도 만난 것처럼 그만 마음이 끌린 것이었다. 불호사 앞 버스정류장을 지나서 10여 분쯤만 가면 중장터였다. 장이 서는 날이면 근동의 절들에서 모여든 중들로 북적댄다 해서 생긴 이름이었다. 미륵사, 개천사, 쌍보사, 문성암…. 근동에 그만큼 많은 절이 있다는 뜻이기도 했다.

길의 오른쪽을 따라 수량이 넉넉한 시내가 흐르고 있었다. 절의 북쪽 계곡에서 흘러내리는 것이었다. 자락을 시내까지 펼치고 있는 산등성들에는 듬성듬성 삼나무들이며 전나무들이 섞여 숲을 이루고 있었다. 끝자락 굽이굽이에 철쭉꽃이 한창이었다.

작은 모퉁이를 돌아서자 쌉싸래한 향기가 와락 쏟아지는 듯

했다. 비자나무 숲이었다. 그녀는 자신도 모르게 걸음을 멈췄다. 두 눈이 저절로 잠겼다. 순간 마치 그곳에 오기 위해서 새벽에 서울을 떠났던 것 같았다. 가슴이 버거웠다.

문득 청년 하나가 눈 속에 그려졌다. 가슴이 답답해졌다. 여진은 숨을 깊이 들이쉬었다. 가슴이 터질 것 같았다. 그녀는 더는 견디지 못하고 눈을 떴다. 눈앞은 한창 녹색에 젖어 가는 비자나무들이었다. 이제 청년은 어디에도 보이지 않았다. 김삼수. 열아홉 살. 여진의 서방이었다. 그 사람이 여기서 붙들린 뒤에, 어디에 간다 온다 말도 못 하고 아주 가 버린 것이 언제인가. 벌써 일흔 해가 다 돼 가고 있었다. 절로 그녀를 찾아오던 길이었다. 그 사람이 여전히 여진의 가슴속 어디에 남아 있었던 모양이었다.

계곡에는 근사한 홍예가 걸려 있었다. 홍수가 날 때면 떠내려가 버리곤 하던 통나무다리가 있던 자리였다. 여진은 홍예를 건넌 뒤에 천천히 사천왕문 안으로 들어갔다. 그새 당우가 여럿 들어서 있었다. 그런데 왜인지 좀 낯설다 해졌다.

눈을 들자 잘 정비한 석축 위에 서 있는 전각이 다섯이었다. 두 개는 예전에도 있었던 것이었다. 그 가운데 지붕의 형태가 특별한 불전이 새로웠다. 불전의 격자문들이 새삼 반갑기도 했다. 그전에는 통판문이었는데 인민군들이 덤벼들어 뜯어 가 버렸다고 했었다. 그래 하긴 쉰 해 만이야…. 그냥 입속말이 나왔다.

그녀가 떠나기 전까지도 이미 오랜 세월 절을 지켜온 불전이었다. 그 안에는 건칠 비로자나불을 본존으로, 좌우에서 소조 문수보살입상과 보현보살입상이 협시하고 있을 터이었다. 불전과 세월을 함께한 불상들이었다. 건칠이나 소조 방식으로 조성한 불상은, 더욱이 협시들이 입상인 경우는 어느 절에서도 찾아볼 수 없다고, 그때의 절 식구들이 자랑스러워했다는 기억이 떠올랐다.

여진은 기억을 더듬어서 회주실과 주지실을 찾아서 눈길로 더듬었다. 석축 밑에까지 가는 동안에도 그 자리가 확실히 잡히지 않았다. 그래, 쉰 해나 지났어…. 그녀는 다시금 입속말을 했다. 어쩔 수 없는 일이었다. 내 나이가 이제 여든일곱인데 뭐….

캐리어를 석축 밑에 둔 채로 계단을 올라간 그녀는, 급하게 불전 안으로 들어갔다. 지금 그녀는 용담 회주의 안부를 전혀 모르고 있었다. 그동안 석우 주지와 전화가 되지 않고 있어서였다. 불전을 나선 다음은 명부전이었다.

명부전에는 남편 김삼수의 위패가 있었다. 열여섯, 열일곱 살 색시가, 1년 반에서도 석 달이 모자라는 기간을 부부로 산 사람이었다. 여진은 남편의 위패가 명부전에 들어가는 것을 보고 절을 떠났었다. 도저히 절에 더는 남아 있을 수가 없었던 것이다.

"대덕행 보살님…!"

그녀가 밖으로 나가자 석우(石牛) 주지가 와서 기다리고 있다가 두 손을 덥석 잡았다. 더는 말을 잇지 못하는 그의 눈에 눈물이 글썽였다. 그녀는 그를 품에 안고 싶었다. 하지만 그는 주지 스님이었다. 그것도 이 절에서 태어나 지금까지 살고 있는 일흔 살의 노장이었다. 참아야 했다. 어찌 그라고 안기고 싶지 않을까 했다. 두 돌이 다 될 때까지 여진의 젖을 빨며 여진의 젖을 만지며 여진의 품에서 자랐고, 또 스무 살이 될 때까지도 보살핌을 받지 않았던가.

"참으로 오랜만이셨을 텐디, 어른께서는 그동안 극락에서 잘 지내셨다고 허시지라?"

먼저 그녀는 아픈 사람이 석우 주지는 아니었군, 했다. 마음이 편안해졌다.

"고맙소. 그런데 이 사람을 왜 부른 거요? 어른스님이 많이 안 좋으신 건가요?"

석우 주지는 명부전에서 나온 여진에게 제 서방이 저승에서 잘 지내던가 하고 묻는데, 그녀는 용담(龍潭) 회주가 이승에서 잘 지내는가 하고 물었다. 말길을 돌린 것이다. 안에서 얼른 보아도 김삼수의 위패를 별도로 자리를 잡아 잘 모신다는 것을 알 수 있었다. 그녀는 부담스러웠다. 자신의 잘못을 애써 지우려 드는 것 같아서였다.

"이제는 폐허의 흔적이 모두 말끔히 지워졌습니다."

전쟁 때 석축 밑에 있던 당우들이 모조리 불타 버렸다 했었다. 그녀는 그 광경을 직접 보지 못했다. 그래도 그로부터 석 달 쯤 뒤에야 절로 들어온 그녀는, 사방에 포탄이 떨어지는 소리며 또 콩 볶는 듯한 총소리를, 당우들에 불이 붙어 벌겋게 타오르는 광경을 늘 듣고 보는 듯했다. 시커멓게 재로 남은 당우들을 보고 살아야 했던 것이었다.

"그래도 사람들 마음에 남은 탄흔은 지워질 수 없겠지요. 죽을 때까지…."

"같이 올라가십시다. 그토록 소원하시던 일봉암을 새로 지어서 잘 모신다고는 하고 있는데 그것이 아닌갑이어라. 이달 들어 영 심상치가 않으시구만요…. 죄송헙니다. 옆에서 어른스님을 지키다 본께 지까장 보살님 생각이 부쩍 간곡해져 부러서… 꼭 젖배를 곯아서 목젖이 깔딱거리는 애기가 된 것 같더랑께요."

그때야 보았더니 전각들의 뒤에 동백나무들이 무성했다. 선홍빛 꽃송이들은 이미 볼 수 없었다. 꼭대기에 일봉암이 앉아 있다는 서암의 넓은 자락이 거기까지 내려와 있었다. 여진은 석우 주지가 문자를 보낸 뒤에는, 전화를 받지 않은 이유를 짐작하고 있었다. 그녀가 이런저런 이유를 대고 따지다가 결국에 오지 않으면 어쩌나 했을 터이었다.

둘은 일봉암을 찾아서 산길을 오르기 시작했다. 석우 주지가 여진의 왼팔을 부축한 채였다. 사미 하나가 그녀의 캐리어를 어깨에 메고 뒤따르고 있었다.

"주지 스님은 특별히 아픈 데가 없습니까? 거, 왜 불전이며 법당을 오래 들락이다 보면 생기는 병들이 있지 않던가요? 상기병이나 무릎 관절염 같은 것 말입니다….."

여진은 자신을 부축해 주는 석우 주지의 손길이 더없이 고마웠다. 그래서 인사로 꺼낸 말이다.

"아니어라우. 지가 절에서 태어나서 그런지 아예 신체가 절 생활에 딱 맞도록 돼 있는 것 같아요. 대덕행 보살님이 지가 스무 살 될 때까장은 쭈욱 지켜보셨은께 아시겠지만, 그 뒤에도 고뿔 한 번 잠깐이라도 앓은 적이 없구만이라우. 그러다 본께 쉬고 싶어도 쉴 수가 없어서 문제라면 문제란께요. 헛허허허…."

"좋은 일입니다. 무슨 일을 하든 타고나야 제대로 한다더니, 주지 스님은 참말로 중으로 타고나셨는갑구만이요."

"그런디, 보살님 말인디요. 그때 절의 당우들에다 어느 쪽에서 불을 놓았는지, 혹간 아시는가요?"

느닷없이 석우 주지가 일흔 해 전의 이야기를 슬쩍 꺼냈다. 아마 그동안 내내 그 일이 못내 궁금했던가 보았다. 이야기를 시작해 보면, 제 출생의 비밀까지도 건드릴지 모른다는 기대를 은근히 하는가 싶었다. 모르기는 그녀도 마찬가지인데, 혹시나 하는 것인가 해졌다.

"빨치산, 그자들의 기습공격 때문에 그랬다는 거 같았어요.

그런데 왜 그 시절 생각만 하면 모기가 징상스럽게도 물어 대는 통에, 온몸이 간지럽고 쓰라리고 부어오르고 했다는 생각부터 나는지 모르겠구만."

여진은 그 때문인지 벌써부터 이마에 땀방울이 맺히고 등이 젖어 드는 것 같았다. 마침 너럭바위가 보여서 석우 주지한테서 팔을 빼낸 그녀가 다가가서 엉덩이를 걸쳤다. 그때야 측백나무 향이 새큼하게 밀려왔다. 그때가 7, 8월이었다는데 얼마나 더웠겠는가.

"스님의 생신이 9월 20일이던가요? 내가 절에 온 것이 21일이었어요."

"저도 잘 모르지요. 어른스님허고 대덕행 보살님이 그렇다 헌께 그렇다고 안 것인께요."

둘은 마주 보고 싱겁게 웃었다. 그 광경을 보지 못한 사람과 그때 세상에 나오지도 않은 사람이, 서로의 사정을 알아차렸음이었다.

"내가 절에 와서 봤을 때는 절이 아니었구만요. 경찰부대가 주둔해 있다가 막 남쪽으로 빠져나간 뒤였는데…. 그런데 주지스님…, 어째서 이번에는, '말씀 낮춰 하세요. 어머니나 마찬가진디 어째서 말씀을 고약하게 올려서 허신다요? 지가 뭔 죄를 그렇게 지었길래 그런다요…!' 하고 따지지 않습니까?"

"인자 포기했습니다. 아니 폴시개 포기해 부렀은께 염려는 잡어 묶어 두시시오 잉. 보살님 마음 가시는 대로 허시란 말이어요. 아시겠어요?"

여진이 말을 하다 말고 딴소리를 한 것이다. 그녀가 석우 주지에게 존칭을 쓴 것은 아주 오래된 일이었다. 행자가 된 뒤부터였다. 그녀는 당연시해 온 일인데, 석우 주지가 생각이 들면서부터 불쑥불쑥 싫다 했던 것이다. 그녀가 절을 떠나 서울로 간 뒤로도 몇 년간은 전화 중에 좀 심하게 말할 때도 있었다.

그녀는 지금도 그 일을 생각할 때면, 자신에게나 석우 주지에게나 참 잘했구나 했다. 그때마다 속에서 기쁨이 잔잔히 일기도 했다. 장끼가 울었다. 골짜기가 쩌렁쩌렁 울렸다. 쿠르륵 꾸르륵 멧비둘기도 울었다. 때가 한창 그런 때라는 생각이 문득 들었다. 봄이었다. 서울에 사는 동안에 꽤 무뎌진 사람이 되었구나 했다. 그녀는 몇 년 전까지만 해도 한식집 일에 매달려 살았었다.

"경찰부대에는 여자들도 있었던갑지라우?"

석우 주지가 살짝 옆구리를 건드리듯이 했다.

"처음에는 8백 명쯤 되더래요. 나중에 보니 6백 명쯤, 또 나중에 보니 3백 명쯤 남았더래요. 민간인 의용경찰들을 내려보내고, 경찰 가족까지 내려보내고 나니 남은 머릿수가 그렇더라는 것이에요. 그때 여자들은 10여 명쯤 필수 요원이라며 남아 있었대요."

그는 들었던 이야기를 될 수 있으면 덤덤하게 전했다. 회주가 수좌였던 시절이었다.

"그런데 어째서 경찰부대가 이곳 덕룡산의 불호사까지 들어와 있었는가 모르겠네요 잉?"

"글씨…. 그 이유는 나도 모르겠고. 초기에는 무전기가 고장 나서 부대가 오도 가도 못 하고 이곳에 묶여 있었다던데, 그 뒤에 어렵게 수리가 되긴 됐다던데…. 그때는 너무 늦었다던가 어쨌다던가…."

나이 탓인지 쉰 해 전까지 여기서 쓰던 지역 말이 저절로 섞여 나왔다.

"여그서는 그만 쉬고 올라가서 어른스님 용담 회주한테 물어봅시다."

여진이 엉덩이를 털고 일어섰다.

"어른스님은 말을 안 해 줄 것인디요."

"나는 언제 이런 말 한마디라도 헙디까요? 다 나이가 가르치는 것이지요. 용담 회주 스님도 세랍 아흔여덟이면 진작에 입적헐 날을 받아 놓은 것과 다르지 않습니다. 아닙니까. 주지 스님? 내가 이번에 알아서 절로 내려온 것도 그 생각이 들었기 때문입니다."

그는 소리 없이 웃기만 했다. 장끼가 울어 대고 울어 댔다. 여진의 진심이 정녕 그랬다. 아주 눈감기 전에 한 번 용담 회주를 보자는 것이었다. 둘의 그런 사이를 두고 절집에서는 뭐라 하던가. 용담 회주는 머리를 젓겠지만… 숙연(宿緣)*이랄까….

둘이서 암자의 앞마당으로 들어서자 그곳에서 종종거리고 있던 찌르레기들이 놀랐는지 킷킷킷킷 날아올랐다.

"잘 지으셨습니다. 용담 회주님이 퍽이나 좋아하셨겠습니다."

"많이 늦었구만이라우. 3년밖에 안 되었은께…. 어른스님께서는 수좌 시절부터 폐허 위에다 중창허고 건립허느라고 얼마나 애를 쓰셨는디요. 보살님이 떠나신 뒤에는 더욱 열심히 허셨습니다. 저러다가 쓰러지시면 우쭈고 헐까, 다른 스님들까지 걱정혈 정도였단께요."

찌르레기들이 마당 귀퉁이의 벚나무에 내려앉아 찌르 찌르륵 찌르 찌르륵 울었다. 여진의 암자를 둘러보던 눈길도 울음소리를 좇아 날아올라서 벚나무 가지들에 내려앉았다. 가지마다 연둣빛 새싹들이 수없이 돋고 피어 있을 터인데, 그녀의 눈에는 그냥 뿌옇기만 했다.

그자들이 경찰부대를 기습공격하기 위해서 어두워지기까지 기다렸던 곳이 바로 이곳 암자 터였다고 했다. 미리 여기까지 오르는 뒤쪽의 숨은 길을 찾아냈던가 보았다.

---

* 지난 세상에서 맺은 인연.

여진이 시린 눈들을 손등으로 비빈 뒤에 막 방문 앞으로 다가 갔을 때였다. 그때야 섬돌 위에 흰 고무신과 등산화가 한 켤레 씩 놓여 있는 것을 볼 수 있었다. 그렇지. 수좌든지 시자든지가 와 있겠구나 했을 때, 안에서 문을 벌컥 열었다.

"바깥에 누가 오셨단가? 대덕행 보살…! 아니 여그까지 우쭈 고 왔소."

여진은 주저앉을 뻔했다. 문을 열어젖힌 이가 용담 회주였기 때문이었다. 목소리가 갈라시긴 했어도 크게 울렸다. 생각한 대 로라면 그는 자리보전하고 있어야 했다. 방 안에 요강을 들여놓 고 살지는 않는다 해도, 거처 뒤에 이동식 해우소를 덧붙여 놓 고 사는 것이 맞았다. 하마터면 그녀의 입에서 스님 미쳤어요? 하는 말이 튀어나올 뻔했다.

그런데 순간 달려들어 용담 회주의 두 손을 움켜잡고 싶은 충 동은 무엇인가. 그녀는 석우 주지가 부축하고 있는 팔을 빼내 그 자리서 두 손을 모으고 있었다. 세상에 마흔여덟 살의 그 젊 은 사내가 어느새 저런…. 실제로는 그동안 늙고 병든 중 하나 를, 이이가 아닌 어느 다른 누군가로 생각하고 있었던 것 같았 다. 그녀는 그때서야 깨달았다.

여진이 방으로 들어섰을 때는 용담 회주가 아랫목의 좌복 위 에 바로 앉아 있었다. 금세 석우 주지가 달려 들어가더니, 시자 와 함께 부축해서 뜻을 좇아 정돈한 듯했다.

"여전하시니 참 좋습니다. 아직도 버리지 못한 번뇌가 쌓인 탓에 다시 찾아뵀구만요."

"대덕행은 옛 모습 그대로여요. 하나도 안 변했구만…."

"마음은 눈앞의 거리인데, 발걸음은 몇천 리 거리라고, 겨우 이제야…."

"…기다렸습니다. 무여열반(無餘涅槃)이라, 두깨비는 지가 벗어놓은 허물까지 먹고 간다는디…. 그동안 진짜 헐 일은 안 허고 헛짓만 허느라고 뺑돌이같이 돌아쳤던 것 같구만이요."

시자가 그새에 준비한 다과상을 내왔다. 석우 주지가 끓인 물을 식혀 차를 우렸다.

"여기가 어딘디요. 원진국사께서 지는 해를 잡어 놓으시고, 기어이 대웅전 상량식을 마저 하셨다는 일봉암입니다. 시간이 얼마 남지 않은 것 같어도, 어른스님과 보살님이 말씀 나누실 시간은 넉넉헐 것입니다요. 그럼 저희는 물러가겠습니다."

용담 회주와 여진 앞에만 잔을 내어 차를 따라 놓은 석우 주지가, 그만 자리에서 일어서려 했다. 이를 용담 회주가 한 손을 들어 말렸다. 여진도 무심코 머리를 끄덕였다.

"주지도 듣고 잪은 말이 쩨고 쩼을 것인디…. 시자만 내려보내드라고."

시자가 잔을 하나 더 상에 내다 놓고 방에서 나갔다. 석우 주지가 제 잔에도 차를 따랐다. 용담 회주가 먼저 찻잔을 들어 입술을 축인 뒤에 내려놓는가 했다. 나머지 둘이 급하게 찻잔을 들어 올렸을 때 그가 입을 열었다. 왜인지 지는 해를 잡아 묶어 놓고 시간을 벌어 놓기라도 한 것처럼 느긋했다.

"올해 주지의 세랍이 일흔이고, 법랍은 예순이라 하지만 실상은 두 가지가 다 같아요. 그 나이가 될 때까장 에미 애비가 누군지 알고 잪어서 속이 숯이 되았을 것이여. 아닌가?"

"아니구만이라, 어른스님."

서우 주지가 8담 회주의 말끝에다 곧장 내답을 올려붙였다. 잠시 눈을 감았다가 뜬 그가 석우 주지를 바로 보면서 다시 입을 열었다.

"자네의 에미 이름이 박 양이라. 경찰부대가 산으로 들어올 때부터 같이 있었은게, 50년 7월 18일부터 있었던 것이제. 그때는 여자가 백 명도 넘었는디 특별헌 사람이 아니었다면 기억에 없을 것이여. 근디 음식 솜씨가 원칸 좋은 디다 손이 빠르고 변죽까지 좋았단께. 우리한테 양념 같은 것을 얻어 가려고 고방에도 자주 드나들었다드만. 나는 그때 주지를 하시던 묵암(默庵) 노스님의 시봉이었은게 나한테도 잘 보일라고 애를 썼쌌어. 그런디 나중에사 알았는디, 박 양헌테는 최 순경이라는 애인이 있었든 것이여. 그 최 순경을 따라서 경찰 가족이라고 산으로 들어온 것이제…."

그런 박 양이 끝까지 경찰부대에 남아 있었다는 것이 너무나 당연한 일로 여겨졌다.

사실 덕룡산 불호사로 들어온 경찰부대는 수도 서울을 방어하는 병력을 지원할 목적으로 편성된 것이었다. 물론 남서 지방은 절대 안전할 것이라는 군의 정보를 믿고 세운 작전 계획이었다. 그러나 예상은 완전히 빗나갔다. 벌써 충청도를 지나 경상북도까지 인민군 세상이 되고 말았다. 그리고 곧 이 지역의 도청이 부산으로 피난하는 지경에 이른 것이었다.

결국 고립된 이 지역 경찰부대는 모인 그 자리에서 결사항전을 하거나, 서해안의 섬들로 후퇴해서 살길을 찾아야 할 처지가 되고 만 것이었다. 뒤늦게 상황 판단을 한 경찰부대가 의용경찰들과 경찰 가족들을 산에서 차례로 내보낸 것은 그 때문이었다. 병력을 정예화시켰던 것이다. 그런데 그 속에 아직 박 양이 들어 있었고, 그 박 양이 최 순경의 애인이라는 소문이 대원들 사이에 솔솔 나기 시작했다는 것이다.

"그 박 양이 8월이 됨시로 행방이 묘연해져 부렀다 허더라고. 당연히 최 순경은 애가 탔겠지만 다른 대원들은 별로 관심이 없었제. 사정이 원체 막막하고 답답허다 본께 남은 대원들 중에서도 한두 명씩 슬쩍슬쩍 하산해 버리기도 했던갑이더라고."

용담 회주는 가끔은 찻잔을 들어 목을 축이면서 낮지만 고른 목소리로 이야기를 이어 갔다. 석우 주지는 얼굴에 아무런 표정도 담지 않은 채 찻잔이 빈 시간에 맞춰 차를 따랐다. 그는 마치 그 일을 위에서 그 자리에 앉아 있는 것 같았다.

"그런께 8월 6일이었구만. 모두가 본부로 모여서 아침 공양을 허는 때였은께, 8시가 쪼깐 넘은 시간이었을 것이어. 양재기에다 깡보리밥에 맨된장국을 받어들고 죽 둘러앉것서 막 숟구락질을 시작했을 것이여. 나는 그것을 다 보고 있었다네…."

어디서 느닷없이 총소리가 울렸다. 부주의한 대원이 오발이라도 한 줄 알았다. 모두가 그랬다. 그러나 그것이 아니었다. 탕탕탕, 탕탕탕탕…. 연거푸 쏟아지는 총소리로 보아 인민군의 다발총 소리가 분명했다. 박격포탄이 사방에서 떨어져 터졌다. 당우들의 지붕이, 벽이 날아가기도 하고 불길이 솟기도 했다. 경찰부대원들도 엠원 소총으로 응사했다. 그러나 그뿐이었다. 적이 가지고 있는 박격포라든지 자동소총에 대응할 수가 없는 것같았다.

시간이 흐르면서 경찰부대원들은 미처 전투대형조차 갖출 시간도 없어 보였다. 한마디로 역부족이었다.

그때 용담 수좌는 보았다. 요사채 뒤에 있는 고방에서 나온 박양이, 다발총을 어깨에 멘 사내들과 함께 일봉암 터 쪽으로 올라가고 있었다. 그녀는 경찰부대와 함께 지내는 동안에 절 주변의 지리를 제대로 익혔을 터였다. 어디 그뿐이겠는가. 병력의 수라든지 전투배치 상황까지 속속들이 알고 있지 않았을까 했다.

"그자들은 한 30분쯤 절 안팎을 갈아엎어 놓고 사라져 부렀어요. 그런디 다시 생각해 본께 그자들이 인민군이 아니라 빨치산 같았다는 것이제. 어째서 그러냐 허면 복장들이 군복이 아니었은께. 순식간에 치고 빠지는 방식도 그렇고…. 연전의 여순반란 사건 때, 산속으로 숨어든 것들이 때를 만났다 허고 뛰쳐나와서 한바탕 날뛰었던 것 같다는 것이란께."

"그러니까 박 양이 빨치산이었다고라우?"

"나는 그런 말 안 했소. 그런 것 같았다면 모를까…."

"참 말씀이 이상허요."

"내가 확인해 보지 못했은께."

여진이 따져 묻듯 했지만, 용담 회주는 끝까지 명확한 자기 소견을 내놓지 않았다.

"그때 경찰부대의 사망자가, 그런께 전사자가 47명이나 되었 단께. 부상자는 백 명도 넘은 것 같고. 멀쩡한 대원들은 허다 안 된께 주위의 동암이며 남암, 북암의 숲속으로 피해서 목숨을 구헌 경우이고."

"그럼 최 순경은 그 난리통에 어찌 됐단가요?"

최 순경과 박 양…. 여진은 이 두 사람의 사랑이 어찌 됐는지 부쩍 궁금해졌다. 그나저나 부대 안에서 최 순경의 입장이 얼마나 난처해졌을까. 그전까지 조금도 눈치채지 못했다니…. 하긴 남녀의 사랑에 그런 것이 보일 수 있더란 말인가. 만일에 그런 것이 보였다면 진정한 사랑이 아니었겠지…. 머릿속에서 이런 생각들이 잇대어 일었다.

"없어져 부렀어요. 어딘가로 사라져 부렀단께요."

"살긴 살았네요. 그 자리에 시체가 없어서 그런 생각을 한 것이지요?"

용담 회주가 가만가만 머리를 끄덕였다. 여진은 속으로 기뻤다. 두 사람의 사랑이 끝까지 잘 이어졌으면 했다. 앞에서 이미 박 양이 석우 주지의 어머니라 밝혔다. 언제 어디서 어떻게 박 양이 애를 가졌고, 낳기끼지 했다면, 사라신 최 순성과 그녀가 반드시 다시 만났어야 했다. 아직까지는 박 양이 아이를 가졌더라는 말이 없었으니까. 여진은 조마조마했다.

그러나 이때 그녀는 느끼지 못했다. 용담 회주의 목소리가 꼭한 번 조금 흐트러졌다는 것을. 그의 심사가 순간 고약해졌다는 뜻이었는데도.

*

그때 낮닭이 소리쳐 울었다. 산닭이었다. 경찰부대 수백 명이, 인민군 수십 명이 그토록 산을 뒤집고 다녔는데도 용케도 살아남은 닭이었다.

용담 회주는 입을 다물고 있었다. 갑자기 머릿속에 박 양과 최 순경이 함께 자신의 방 앞에 나타났던 때가 눈앞에 선명하게 그려졌기 때문이었다. 한밤중이었다. 그가 수좌 시절이어서 요사채에서 지내고 있었던 때였다.

박 양은 한눈에 봐도 만삭이었다. 그런데 어떻게 그사이에 배가 저렇게 산만 해졌단 말인가. 도무지 이해가 가지 않았다. 그건 그렇고 그자들을 끌고 와서 절 안팎을 갈아엎어 놓은 지가 불과 두 달도 되지 않았는데 무슨 낯짝으로 찾아온 것인가 했다.

최 순경이 문 앞의 땅바닥에 무릎을 꿇었다.

"시방 요 근동에서 우리를 누가 봐주겠어요? 다들 죽일라고 달려들 텐디…. 수좌 스님…. 한 번만 봐주시오. 스님은 살인자도 봐준담시로요. 우쭈고 한 번만 봐주시오."

박 양이 땅바닥에 쓰러졌다. 입고 있는 외바지의 가랑이께부터 시커멓게 젖어 들고 있었다. 제 두 손으로 입을 틀어막는데도 신음이 새 나오고 있었다.

어쩔 수 없겠다 싶었다. 사정이 워낙 다급해 보였다. 이러다가 요사채의 옆방들에서 스님들이 깰까 걱정이 되기도 했다. 그래서 묵암 노스님을, 주지실을 생각했다. 옆에 전용 지대방이 있었다.

최 순경에게 박 양을 업혔다. 주지의 방은 계단을 올라가서 안쪽에 있었다. 그런데 주지실 앞에 다다랐을 때는 방문을 두드리고 어쩌고 할 필요도 없었다. 섬돌 위에 내려놓자마자 박 양이 냅다 소리를 지르면서 애를 쑹덩 낳아 놓았다.

당연히 묵암 노스님이 뛰쳐나왔다. 그는 금세 사태를 읽고서 아이의 탯줄부터 찾아서 제 입으로 끊어냈다. 또 방에서 좌복을 하나 내오더니 아이를 싸 들고 들어갔다. 바라보고만 있던 둘에게는 산모를 자신의 전용 지대방으로 옮기라 했다. 일들이 그렇게 착착 진행돼 갔다.

중들이 탁발을 하러 이 골짜기 저 골짜기 이집 저집을 다니려면 천수보살이 될 수밖에 없다고 한 말을 그때 묵암 노스님을 보면서 심감했다.

박 양을 지대방으로 옮긴 뒤인 새벽에 태반이 나오자, 묵암 노스님은 곧 용담 수좌더러 마을로 내려가라 했다. 가서 사립에 금줄 친 집들을 빠짐없이 찾아 들어가, 혹시 낳은 아기를 날려 버린 일이 있는지를 물라 했다. 또 그런 집을 수소문하기도 하라 했다. 우리 절의 주지 스님이 지난밤에 부처님이 현몽하신 꿈을 꾸었다. 전쟁 난 뒤에 태어났으나 날려 버린 갓난아기들을 찾아서 꼭 삼신재를 지내 주라 하셨다. 만일 이를 어기면 부모들의 원과 죽은 갓난아기들의 한이 동네에 서려 큰 액을 몰고 올 것이다. 지킨다면 전쟁이 끝날 때까지 동네 사람들 모두가 무사할 것이다. 그런 당부가 있으셨다 하라는 것이었다. 그래서 찾아낸 이가 김삼수의 색시 홍여진이었다. 지금 용담 회주 앞에서 두 눈을 반짝이고 있는 대덕행 보살이었다.

그런데 용담 수좌가 마을로 내려가서, 두 눈 부릅뜨고 이 골목 저 골목으로 뛰어다니고 있을 때, 박 양은 절을 떠났다는 것이었다. 갓난애를 그 방에 남겨 둔 채였다.

박 양은 누구에게 사정을 알리고 간 것이 아니었다. 묵암 노스님이 불전이며 법당으로 돌아다니는 동안에, 살짝 몸을 빼서 일봉암 터로 올라간 것이다. 출산한 지 하루도 다 지나지 않았을 때였다. 온몸이 팅팅 부어오르고, 아직 분비물이 밑으로 흐르고 있는 상태였다.

그런데 묵암 노스님은 박 양이 곧 떠나야 한다는 것을 알고 있었다. 그래서 그렇게 용담 수좌를 시켜 그런 일을 꾸몄던 것이다. 그것이 젖어미를 자연스럽게 그리고 급하게 구하는 방법이었다.

그러나 용담 수좌는, 처음에 묵암 노스님의 방식을 이해할 수가 없었다. 느닷없이 밤중에 들이닥친 임산부가 절에서 아기를 낳은 것은 어쩔 수 없는 일이었다. 그래서 비구니가 탯줄을 입으로 끊는 사태가 벌어질 수도 있었다. 경황 중인데 어디서라면 못 낳았겠는가. 그렇더라도 중으로서는 말이 되지 않는 일이었다. 이제는 거기다가 젖어미까지 들여서 아기를 아주 기를 작정이다? 그건 도저히 말이 되지 않았다. 어느 중이 아기의 아비라는 오해를 받는다면 어쩔 건가? 필경 발우를 내놓고 절에서 나가는 일이 생길 터였다.

그렇게 됐을 때 그 대상자가 자신이 될 가능성이 가장 높았다. 그는 그런 꼴을 당하고 싶지 않았다. 만일 묵암 노스님이 대상자가 됐을 때라면, 그가 대신해서 나서야 할 것이었다. 그는 결코 그러고 싶지도 않았다. 무의미한 일이기 때문이었다.

또한 둘의 거처를 절 밖에 마련해 준다 하더라도, 감쪽같이 비용만 지원해 주어야 했다. 그것이 그가 생각하는 자비였다. 나서서는 안 되었다. 오해받기 십상이니까.

그래서 그는 젖어미를 찾아서 절로 데리고 돌아올 때도 곧장 앞문으로 들어오지 않았다. 없어진 사천왕문 자리에, 고작 나무 기둥 두 개가 마주 보고 서 있긴 해도 문은 문이었다. 그래서 절의 뒤쪽까지 바짝 내려와 있는 산자락을 탔었다.

그런데 미리 알고 있었던 것처럼 묵암 노스님이 그와 젖어미를 가로막고 서 있었다. 돌아 나가서 당당하게 절의 앞문을 통해 들어오라는 것이었다. 밤새 애썼다는 한마디의 치하도 없었다.

"이 세상에 절이 있는 이유가 무엇이여? 이 개도 못 먹을 독덩어리 같은 인사야! 시방 본께 니놈은 중 노릇 헐 자격이 없다. 그만 바루 내놓고 나가그라."

그는 묵암 노스님이 그토록 노하는 것을 처음 보았다. 그래 그는 그야말로 당당하게 이유들을 들어서 항의했다. 말이 되지 않아서였다. 섭섭하기도 했다.

"지가 다 생각이 있어서 헌 일이구만요!"

그도 지지 않았다. 아무리 말을 해도…. 나더러 중을 그만두라고? 그는 이제 화가 나기도 했다.

"내가 묻는 말이 귓구녁에 안 들어가는 것이여?"

"오해받기 십상이구만요. 만일 그러면 정말로 누군 절에서 쫓겨나야 헐 것인디요."

그는 묵암 노스님의 말이 정말로 귀에 들어오지 않았다.

"허어! 이 독덩어리 같은 머리통이라니…. 여름에 안거 끝났을 때 내가 헌 말 못 들었단가? 만행을 나설 때도, 부드러운 빗자루로 발 딛을 곳을 쓴 뒤에 걸음을 내딛으라 했제? 중이 첫째로 지켜 줘야 헐 것이 뭣인가? …생명이란께! 그래서 이 시상에 절이 있는 것이고…. 전쟁 치름시로 그것을 모르겄어? 사람 목숨이 하루살이 목숨 같은 것을 봄시로도…? 생명을 지킬라면 당당해사 써. 용감해사 쓴다고. 오해는 당당허지 못헌 디서 생기는 것이란께. …앞길로 들어온 뒤에, 내일 혹간 누가 묻거든 말해 줘 부러. 지난밤에 주지실 앞에 강보에 쌓인 업둥이가 울고 있었다고…. 책임은 내가 질 것인께로. 알겄는가?"

"소문이 날 텐디요…?"

그는 그래도 미심쩍었다.

"우리 절 중들 중에서, 인민군이나 빨치산헌테 함부로 입 벌릴 중이 어디 있는가? 모두가 호되게 당해 봤는디…."

그는 비로소 수긍할 수밖에 없었다. 곧 조용히 젖어미랑 절 밖으로 나갔다가 시킨 대로 앞길로 당당하게 돌아왔다.

참말로 대단한 여자였다. 아기를 가진 지 여덟 달이 됐을 때도 배에 꽁꽁 복대를 동여매고 산속을 뛰어다녔으니까. 그 사실을 최 순경만 알고 있었다.

묵암 노스님은 세상을 뜨기 전에, 그새 주지가 된 용담 수좌에게 말했다.

"나는 그때도 시방도 박 양이 애기를 두고 혼자 떠나분 것이 참말로 다행이라는 생각에는 변함이 없단께. 애기는 우리가 키우먼 된께…. 그 사람은 지 시상을 쫓아댕기지 못허면 못 사는 사람이여. …그때 만약 그 사람이 애기 껴안고 그냥 그 방에 누워 있었으면 우쭈고 됐겄어? 나중에 국군이 들어왔을 때 여럿 죽었지 않겄냐고? 애기도 물론 무사헐 수 없었겄제."

"근디 우쭈고 스님은 박 양이 떠날 줄을 미리 알었다요? 참말로 부처님이 현몽해 주십디여?"

용담 수좌가 물었다.

"박 양허고 최 순경이 나헌테 왔을 때 본께, 주변에 검은 그림자들이 왔다 갔다 허더랑께. 그것이 뭣이었겄어? 애기만 낳고 나면, 그냥 끗고 가불라고 저러는 것이구나 해지더라고. 왜냐? 만약에 경찰부대에 붙잽히기라도 허는 날에는 어쩌고 될 것이여? 또 나중에 국군이 들어왔을 때 붙잽히면 어쩔 것이여? 붙잽혀서 본인이 죽는 것도 죽는 것이지만, 중요한 정보들을 안 불고는 못 배길 것 아니여? 그러면 또 그 결과가 우쭈고 되았겄어?

내 말 알아 묵겄어?"

전쟁이 끝나고도 몇 년이 지났을 때, 그러니까 소년 석우가 김삼수와 홍여진의 자식으로 호적에 올랐을 때였다. 용담 수좌가 묵암 노스님을 찾아가서, 일이 뜻대로 됐다고 알리자, 그는 그제야 정말 안심이 된다는 얼굴이었다. 석우가 섬돌 위에서 태어난 지 일곱 해 만이었다. 그때까지는 물론 지금까지도 여진과 석우 주지 본인은 모르는 일이었다.

*

용담 회주는 바람벽에 등을 기댔다. 벌써 30분쯤 입을 굳게 닫고 있었다. 생각을 많이 하다 보니 힘이 많이 든 것 같았다. 셋은 그저 찻잔을 들었다 놨다 하기만 했다. 그 가운데서 석우 주지가 좀 바빴다. 잔이 빌 때마다 채워야 했고, 새로 차를 우려내는 일을 맡고 있어서였다.

사실 석우 주지가 볼 때 어른스님 용담 회주의 갑작스러운 변화가 심상치 않았다. 오늘 아침 공양 때도 조죽(朝粥) 몇 순가락으로 끝낸 터였다. 그동안 많은 말을 했고 꿋꿋하게 앉아 있었다. 어디서 갑자기 저런 힘이 나오는지 이해가 가지 않았다.

그는 제 부모가 최 순경과 박 양이라는 사실을 알게 된 데서 오는 놀라움보다, 회주의 그런 변화가 더 놀라웠다. 대덕행 보

살 덕이라 해도 심했다. 매우 심했다. 설마 마지막을 생각하고
저러는 건 아니겠지 했다.

　자신은 오로지 절집에서만 산 중이었다. 그것도 어언 일흔 해
나 됐다. 속세의 삶과는 단 하루도 인연이 없었다. 그런 그에게
속세의 부모가 누구였든 어떤 사람이었든 이제 와서 무슨 의미
가 그토록 있겠는가. 예전이나 지금이나, 볼 수도 없고 소식도
들을 수 없는 인연들이었다. 어른스님 용담 회주님도 그래서 지
금껏 기다렸다가 비로소 입을 연 것이 아니겠는가 했다. 다 삭
아 들기를, 그 냄새마저 사라지기를 기다렸을 것이라 여겨졌다.

　비로소 명부전에 자리한 '최대길(崔大吉)'이란 위패가 누구 것
인지 알게 돼서 오랫동안 찜찜했던 마음이 좀 시원해졌다는 정
도였다. 대덕행 보살의 서방인 '김삼수(金三洙)'의 위패와 나란
히 자리해 있었다.

　그런데 어머니라는 박 양은 명부전에 위패조차 없는 것을 보
면, 필시 어떤 집으로 개가하지 않았겠는가…. 서방이 일찍 죽
었으니 당연한 일일 터이었다. 그는 그렇게 마음을 이리저리 정
리해 가고 있었다.

　"박 양의 이름을 알고 싶구만요. 또 어디 사람인지도요… 그
분이 석우 주지 스님의 생모시라는데…."

　기다리다 못한 여진이 나섰다.

　"이뻤지요? 이뻤을 것 같구만요."

용담 회주의 대답이 없자, 여진이 좀 엉뚱한 이야기를 덧붙였다. 석우 주지를 돕자는 것이었다.

"그래요. 이뻤습니다. 얼굴이 훤했은께…."

자기의 생각이 맞았기 때문일까, 여진의 얼굴이 더불어 훤해졌다.

"쯧쯧쯧쯧…. 그렇고나 알고 싶은가? 그래도 내가 말을 안 하는 것은, 내가 모르기 때문이여. 그 전쟁통에 이만큼이라도 알고 있다가 전해 준 것만도 다행이라고 생각해야 허제."

용담 회주가 자화자찬으로 여진의 입을 막고 나더니, 다시 거기서부터 말을 끊었다. 석우 주지는 머리를 끄덕였을 뿐이었다. 용담 회주는 눈을 감고 있다가 뜨고 있다가 했다. 피로가 몰려드는 것 같았다.

정말로 용담 회주는 박 양의 이름을 몰랐다. 단지 술집에서 부르는 이름만 알았다. 춘희였다. 최 순경도 그렇게 그녀를 불렀다. 그렇다고 석우 주지에게 술집에서 부르는 이름을 어머니의 이름이라고 전해 줄 수는 없었다. 또한 박 양이 순천 어디에 있었다는 '낙동원'이라는 술집의 작부 노릇을 하던 사람이었다는 말도 할 수가 없었다.

최 순경한테 직접 들은 말이었다. 용담 회주가 수좌 때였다. 박 양이 달아나 버린 뒤였다. 그는 아무런 거리낌 없이 제 여자에 대해서 말해 주었다. 속으로는 자랑스러워하고 있는 것처럼 보이기도 했다. 그런 사람을 고향으로 휴가 갔다가 만났다고, 그래서 진심으로 사랑했다고…. 출산을 도와준 일을 감사한다는 말에 덧붙여진 말이었다. 어쩌면 그때 자신의 마지막을 생각하고 있었던 것 같았다. 그래서 그런 말까지 누구한테라도 하고 싶었던 것인지도 몰랐다.

나중에 안 일이지만, 이어서 최 순경의 죽음이 있었던 것이니까. 박 양이 달아나 버린 뒤에도, 최 순경은 한밤중에 아기가 있는 빙 앞에 나타나곤 했다. 아기를 위한다고 그 시간을 택했을 것이었다. 아비 어미의 신분을 꼭꼭 숨겨야 할 정도가 아닌가. 한 달쯤을 그렇게 했던 것 같았다. 어디서 자고 어디서 먹고 다니는지는 알 수 없었다.

젖어미가 안에 있는 까닭에 아기의 울음소리만 듣고 돌아설 때도 있었으리라. 누구에게 아기의 얼굴이라도 한 번 보고 싶다는 말을 할 수조차 없었을 것이다. 대여섯 번은 우연인 것처럼 그가 기다렸다가 만났다. 아기 얼굴을 보게 해 주려는 것이었다. 그런데 그때가 마지막이 될 줄은 미처 몰랐다. 그에게 충고를 했던 것이다. 아기를 위해서 처신을 어떻게 해야 할 것인지 한번 생각해 보라고 말한 것이었다. 밖에서 알게 된다면 어쩌나 하는 노파심이 쌓인 까닭이었다. 아직 인민군들의 세상이었다. 그리고 그것이 마지막이었다.

그의 주검이 발견된 곳은 일봉암 터였다. 돌아온 국군 20여

명이 예전의 경찰부대 터에 2년쯤 주둔한 적이 있었다. 아직도 전쟁이 끝나지 않았을 때였다. 그들이 수색을 한답시고 여기저기를 들쑤시고 다니다가 발견한 것이었다. 주검 옆에 어디서 가져온 것인지 엠원 소총 한 정이 놓여 있었다. 그리고 탄피 하나가 떨어져 있었다. 그사이에 흘러간 일 년이 넘는 세월에 그의 주검이 벌써 많이 삭아 있었다. 탄피에는 퍼런 녹이 슬어 있기도 했다.

이제 용담 회주는 바로 앉아 있었다. 그런데 무릎 위에 올려놓은 두 손을 쥐었다 폈다 하고 있었다. 가끔 체머리를 한 차례씩 흔들어 대곤 했다. 여전히 눈을 감은 채로 입을 꾹 다물고 있었다.

여진은 용담 회주가 몹시 힘에 부쳐 하는 것 같다고 생각했다. 그래서 자리를 펴고 편히 쉬게 하고 싶었다. 시자를 불러 놓고 주위에서 물러가라 하고 싶었다. 그러나 그녀는 입을 열지 못하고 있었다. 그는 편한 이부자리가 싫다 했다. 중은 좌복 두 개면 잠자리로 넉넉하다고 고집했다. 더욱이 자신은 지금 어디까지나 객이라는 생각이 들었다. 방부 들어 의처한 객승 입장도 못 된다는 생각도 들었다. 문득 내가 이곳에 뭣 하러 와 있지 해졌다.

"다른 말씀이 더 없으시면….."

그녀의 속마음을 알았을까, 석우 주지가 넌지시 말을 건넸다.

"그러면 그렇제…. 꼭 소리 내서 허는 것만 말이 아닌께…. 인연생기(因緣生起)라. 이 시상에 소중허지 않은 인연이 어디 있겄어. 그중에서도 우리 인연은 특별히 소중허제. 참으로 오랜만에 만나 지난 세월에 못다 헌 이야기를 나눴구만. …석우 주지가 내 이야그를 잘 알아 묵었는지 모르겄구만…?"

용담 회주가 눈을 감은 그대로 석우 주지한테 얼굴을 돌려 한 말이었다. 한 시간을 넘기면서도 아무 말이 없었던 그였다. 그랬던 그가, 누구에게 무슨 말을 알아들었느냐고 묻는가. 여진은 둘을 번갈아서 보았다.

"예, 어른스님. 저는 절집에서 태어나 자란 석종(釋種)이라서, 법 앞에서 게으름을 피워도 당연히 이 땅의 최고 사찰인 불호사에서 상단을 차지허고 앉거 있는지 알었구만이라우. 그런디 이 자리서 주신 어른스님 말씸으로 그만 쇠똥밭으로 궁글어 떨어져 부렀습니다. 그런께 앞으로 잠자지 말고 공부허란 말씸이 아니고 무엇이겄는가요. 주신 말씸 뼛속에 새겼구만이요."

"시방 내가 주지헌테 허고 싶은 말은, 수레를 타고 갈람시로 미리 그것이 움직이는 이치까장 다 알고 난 뒤에사, 타고 갈라고 허면 못 간다는 것이여. 이왕에 수레를 몰고 가는 사람은 몰고 가는 일을 잘허고, 이왕에 수레를 타고 가는 사람은 닿어서 헐 일을 잘허면 쓴다는 것이여. …지목행족(智目行足)해야제.

또한 수범수제(隨犯隨制)해야제. 소소계(小小戒)는 파해 감시로….”

“예.”

순간 여진의 눈에 왜 그렇게 보였을까 용담 회주를 바라보고 있는 석우 주지의 눈이 살짝 젖어 드는 것 같았다. 둘 사이에 무슨 느낌이 오고 간 것 같았다. 섭섭함이 그녀의 가슴으로 싸하게 스며들었다.

“그러면 되았네. 인자 그만 일어스시게. 나는 헐 말 다했은 께…. 혹간 점심 공양 허시고 시간 나면 세 시쯤에 한번 다시 올라와 보시든지….”

“예, 어른스님. 그럼…. 대덕행 보살님은 여그 계속 계시겄지요? 보살님헌테 귀동냥헐 말씀이 쌔고 쌨는디….”

석우 주지가 승복 앞자락을 여며 잡고 일어섰다.

“대덕행 보살은 그냥 앉거 계시시오. 째깐 있다가 나가서 점심 공양 준비도 해 줘사 쓴께….”

따라 일어서려는 여진을 용담 회주가 붙들었다. 그녀는 그의 말에 붙들려 그냥 앉아 있었다. 석우 주지는 용담 회주한테 가 있던 눈길을 일어서는 동안에 그녀에게 돌렸다. 문께로 나가면서도 끝내 눈길을 보내고 있었다.

그때 여진이 그렇게 보려 했던 것일까, 잘못 보았던 것일까. 석우 주지의 입이 달싹했다. 엄니…. 그녀를 그렇게 부르고 있는 듯싶었다. 콧등이 시큰했다. 그가 나갈 때 연 문을 밖에서 닫았다. 그 눈길이 그제서야 끊겼다.

"이따 세 시쯤에 다시 올라오겠습니다."

여진이 그렇게 생각해서 그러는 것일까. 그의 목소리가 젖어 있는 것처럼 들렸다.

"우는구만…. 어째서들 그런당가? 다시는 못 만날 사람들만치로…. 대덕행 보살님께서 아까 박 양 이야기를 듣고 난께로 석우 주지가 많이 짠헌갑이네 잉."

"아닙니다. 그것이… ."

그녀는 무심코 대답을 해 놓고서야 어디서 무슨 소리가 났는가 했다. 문득 용담 회주를 보았다. 그가 언제부턴가 멀쩡하게 두 눈을 뜨고 있었다. 그사이에 그녀는 잠시 정신줄을 놓고 있었던 모양이었다.

"주지는 복을 겁나게 타고 난 것이여. 갓난애기 때 젖배를 곯아 보기를 했는가, 젖 떼고 나서 밥배를 곯아 보기를 했는가. 학비가 없어서 학교를 못 댕겼는가? 놈덜보다 좀 늦게 갔지만 대학도 나왔제. 뭣이 모자런가? 호강허고 산 것이여… 짠헐 것 없단께요."

여진은 머리를 끄덕였다. 그런데도 왜인지 가슴속의 짠한 기운은 가시지 않았다.

"참말로 짠헌 사람은 대덕행 보살이여. 그놈 땜새, 나 땜새 신세 망친 사람은 본인이란 말이여."

"그래서 어쩌란 말씀이요? 나는 두 스님 덕에 세상 잘 살았구만이요. …그런데 나는 여기 올 때에, 스님이 다 돌아가신지 알고 있었는데, 마지막이라 생각하고 있었는데 어째서 그렇게 멀쩡허시요?"

여진은 마치 용담 회주의 건강이 그만해 보여서 원망스럽다는 듯이 말했다. 그리고 몸을 일으켜 캐리어로 다가가서 뚜껑을 열었다.

"나는 지금도 그때가 삼삼합니다. …오늘부터는 여진 보살님을 엄니라고 부르지 마러라. 그래서는 안 된다. 앞으로 중이 안 될라면 몰라도 중이 될라면 속세와 인연을 싹 끊어야 헌다는 것이다. 석우 행자의 속세는 여진 보살님이다. 알았냐? 그때 스님께서는 마치 칼로 잘라내듯이 이렇게 말씀하셨습니다. …석우 행자가, 아니 지금의 주지 스님이 얼마나 서럽게 울던지…"

용담 회주가 맥없이 머리를 끄덕였다. 맞아, 맞아! 내가 어찌 그 일을 모르겠는가 하는 것 같았다. 누구에게 말을 안 했을 뿐이지, 그는 잘 알고 있었다. 석우가 저녁예불이 끝난 법당에 혼자 들어가서 부처님 앞에 엎드려 밤새 울었던 것이다. 그는 입에 살짝 웃음까지 배어 문 듯이 보였다.

그녀가 가방 속에서 꺼낸 것은 케이크 상자와 텀블러였다.

"혹시 드시고 싶어 할지 몰라서 챙겨 왔습니다. 빵은 사 온 것이지만 커피는 직접 내린 것입니다."

언젠가 한번은 아직 수좌인 그가 대덕행 보살한테 살짝 말한 적이 있었다. 밖에 나갔는데 대학가 앞을 지나다 보니, 젊은 남녀들이 찻집 창가에 마주 앉아 있는 모습이 그렇게 좋아 보일 수가 없더라 했다. 그런 말끝에 그가 그녀에게 내민 것이 인스턴트 커피 병이었다. 물론 설탕 봉지도 함께였다. 그날 밤에 그녀는 그와 함께 공양간에서 난생처음으로 쓴 커피 맛을 볼 수 있었다.

그는 요사채에 살았고 그녀는 여전히 주지 스님이 내준 방에서 살고 있을 때였다. 그녀는 절에서 워낙 오래 산 탓에 밖이 낯설기도 했지만, 남편이 행방불명이 된 마당에 시가로 돌아갈 수도 없었다. 스님들의 옷도 빨고 공양간에서 끼니 준비도 도우면서 지낸 터였다.

그런데 절에만 있는 그녀에게, 수좌 스님이 밖에 나갔다 돌아올 때면 살짝살짝 그렇게 선물을 건넸다. 빗이며 머리핀 브로치 같은 장신구···. 때로는 찐만두라든지 카스텔라같이 새로운 먹을거리···. 그러다 보니 두 사람은 다른 사람들의 눈을 피해 여기저기서 만나고 있었다. 어디까지나 절 안에서였다. 여진은 그때마다 가만히 가슴이 설렜다. 마치 건듯 지나는 바람결에 흔들리는 장다리밭의 노란 꽃잎처럼.

여진은 빵을 썰어서 차 접시에 담고 커피를 종이컵에 채워 찻상에 차려 냈다. 용담 회주가 박수를 쳤다. 그런데 소리가 제대로 나지 않았다. 겨울밤에 봉창으로 날아든 눈송이 몇 개가 창호지를 스쳐 가는 소리 같았다. 말은 알아먹게 하면서도 손뼉 칠 힘은 없는가 했다.

그는 컵을 바로 들지 못했다. 하마터면 엎지를 뻔한 것을 여진이 잽싸게 붙잡았다. 그것을 받아 들고서 조금씩 맛보듯이 마셨다. 그와 함께 치즈 빵을 맛있게 먹고 있었다. 여진도 흉내 내듯 그렇게 마시고 먹었다.

"참말로 좋구만 잉…! "

"너무너무 좋습니다. 서울에서 출발하기 전에 생각났습니다. 스님이 밖에 나갔더니 그 모습들이 참 좋아 보이더라고 한 옛 말씀…."

"그래 그랬제. 나나 보살님이나 그동안 오로지 놈덜얼 위해서 살았은께. 놈덜한테 젖 나눠 멕이댁기 허고 살았은께…. 날마다 밤낮으로 놈덜얼 위해 정근했은께…."

용담 회주는 거기서 말을 더하지 않았다. 여진은 그의 입을 바라보고 있었다. 말이 이어지기를 바랐다. 간절히 기다렸다. 그러나 입 언저리에 아주 가벼운 경련이 지나갈 뿐이었다.

그녀가 마치 그가 된 듯이 말을 이었다. 벌써 오래전에 버릇이 되어 버린 입속말이었다. "다른 사람들한테는, 다른 스님들한테는 소소계는 파하라 하셨지만… 정작으로 내가 파할 수 있는 일이 없었습니다. 또 스님께서 파하신 일은 무엇이었습니까. 아무것도 없었습니다. 반야공(般若空)입니다. 스님⋯."

여진은 김삼수의 천도재를 지내고 난 뒤에 절을 떠났다. 그 김삼수에 대한 생각이 명치께를 턱턱 막고 드는 통에 절에서는 숨을 쉬고 살 수가 없었던 것이다. 게다가 소문이 나고 있었다. 용담 수좌는 그녀의 마음을 알고서도 말리지 않았다.

용담 회주는 아직도 걱정하는 듯이 여진의 명치께를 바라보고 있었다. 이끼부디였다.

그녀의 서방인 김삼수의 주검이 비자나무 숲에서 발견된 까닭이었다. 행방불명된 그였다. 대중공사 끝에 뜻이 모아져서 스님들이 봄을 맞아 울력을 나갔을 때였다. 그런데 그동안 쌓인 낙엽 속에서 엉뚱하게 그가 나타난 것이었다.

그동안 깨끗이 육탈된 그는 두 가지 징표를 갖고 있었다. 신분과 사인이었다. 도민증과 총알이었다. 총알이 아홉 개나 됐다. 신고를 받고 출동한 경찰들이 그것들을 수습해간 뒤에, 곧 주지 스님에게 알려왔다. 김삼수가 인민군의 다발총에 사살되었다고.

여진은 서방이 왜 거기까지 와서 그런 일을 당했을까 했다. 그때 퍼뜩 떠올랐다. 인민군 스무 명쯤이 민간인들을 앞세워 몰려와 절을 접수했을 때가 있었다는 것이었다. 스님들이 모두 거처에서 쫓겨나 불전과 명부전에서 지내고 있었다고 했었다. 주지 스님 덕에 오래가지 않아서 그들이 물러갔지만 그런 일이 있었던 것이다.

그들의 소행이라는 것을 확실하게 말해 주는 움직일 수 없는 증거도 있었다. 바로 불전의 통판 문짝들이었다. 그것들을 뜯어내다가 어딘가에 참호를 판 뒤에 지붕으로 덮었다는 말이 절집 안에 오랫동안 돌아다녔던 것이다. 비용이 없어서 문짝을 새로 해 넣는 데 시일이 많이 걸렸기 때문이기도 했다.

김삼수는 젖어미로 들어간 아내가 돌아올 줄 모르고 머물러 있자, 절을 찾아오는 길이 아니었겠는가. 아무리 시가 사람들이 그녀에게 아기를 날려 버린 책임을, 죄를 씌워 놓았다 해도, 그의 아내는 아내였다.

백날에 걸려 마음을 다잡는다 해도 눈썹 하나만큼도 소용이 없는 일이었습니다. 반상합도(反常合道)* 라 하셨지요? 왜 나는 그렇게 살지 못했을까요…. 혼잣말을 해 놓고 여진이 용담 회주를 보았다. 제 생각에 빠져 있던 그녀였다.

그가 가만가만 머리를 끄덕이는 것 같았다. 얼굴에 엷게 뿌려 놓은 분가루 같은 웃음기가 배어나 있는 것 같기도 했다.

그녀는 찬찬히 용담 회주를 보았다. 조용했다. 두 손을 무릎에 두고 바로 앉아 있는 그의 모습이 너무나 고요했다.

---

* 상식을 뒤집음으로 해서 진리를 드러냄.

"스님, 용담 회주님….."

여진이 가만히 불러 보았다. 그는 대답이 없었다. 속삭이듯이 불러 보았다. 여전히 대답이 없었다. 미동도 하지 않았다. 고요였다. 여진은 늪 같은 그 고요 속에 빠져들었다. 눈썹 하나만 좌복 위에 떨어진다 해도 천둥소리가 날 것 같은 고요 속이었다.

밖에서 인기척이 났다. 용담 회주가, 세 시쯤에 시간이 나면 올리와 보라 했던 식우 주시었다.

입술

안뜰에는 녹색 차일을 쳐 놓은 듯했다. 파초들이 한사코 넓게 넓게 잎들을 펼쳐 그늘을 드리우고 있어서였다. 용케 그늘을 피해 여기저기서 한껏 자란 칸나들이 성난 꽃대들을 솟구쳐서 붉은 꽃송이들을 피웠다.

달아오른 9월 한낮의 햇살이, 무엇을 기다려 헤벌쭉 입술을 벌리고 있는 듯한 칸나 꽃잎들을 뜨겁게 태우고 있었다. 비비하눔이 고향 집을 떠날 때 가져온 구근 몇 개를 함부로 묻어 놓았는데, 싹이 트고 자라서 때가 되자 꽃송이들을 터뜨린 것이다. 두 해째였다.

비비하눔은 히잡 차림이 아닌 가벼운 평상복 차림으로, 가슴에 팔짱을 낀 채 거실 유리창 가에 서 있었다. 창문마다 끼워 놓은 손수건 크기의 녹색 유리는, 아라비아에서 비단길을 통해 들여온 것이었다. 이 별채를 지을 때 술탄 티무르가 명령한 일이었다. 그는 녹색을 숭배하다시피 했다. 창에 담긴 바깥세상은 온통 연녹색 그물망이 씌워진 듯했지만 신기하게도 칸나 꽃들은 제 색으로 붉었다.

"무례를 용서하십시오, 녹색빈 호자이루그 님. 개선 귀국길의 대사마르칸트 제국의 술탄께서 날려 보낸 전서구가 또 도착했다는 전갈이 있어서…. 이제 남은 거리로 보아 내일 정오에는 사말 본궁으로 개선하신답니다."

술탄 티무르와 10만 군사는 지난 2년 동안 북인도국을 완전히 정벌하여 사마르칸트 제국에 복속시킨 뒤에 돌아오는 길이었다.

그녀는 몸을 움찔했다. 기척도 없이 가나 상궁이 등 뒤에 나타나서가 아니었다. 술탄 티무르가 곧 눈앞에 나타날 것이라는 사실이었다. 게다가 히잡을 쓰지 않은 제 모습을 남이 봤다는 것이었다. 가나 상궁의 무례였다.

"고맙구나! 그런데 그동안 술탄께서 혹시 건강을 해치지는 않으셨다더냐?"

그녀는 짐짓 담담해지려 애쓰면서 몸을 돌려 의례적인 말을 했다.

"녹색빈 호자이루그 님의 티무르 술탄님을 향한 큰 사랑을 배웁니다. 하지만 죄송하게도 그런 말씀은 전해 듣지 못하였습니다."

"알라의 은총이시다."

그녀가 딴전을 피우듯이 술탄 티무르의 건강에 더욱 관심을 나타내자, 가나 상궁이 바짝 허리를 굽혀 보인 뒤에 물러갔다.

술탄 티무르는 사말 황비 말고도 여덟 명의 빈을 거느렸다. 그녀는 빈 가운데서 여덟 번째였다. 열여섯 살 때인 3년 전에 술탄 티무르가 첫 번째 북인도 원정에 나갔다가, 내세울 만한 성과를 얻지 못하고 회군하던 길에 냇가에서 빨래하는 그녀를 처음 봤었다. 행렬이 멈췄고 언저리가 온통 유르트˙로 덮였다. 그녀는 가까이에 있는 집에서 무서움에 질려 벌벌 떨고 있을 부모의 얼굴도 보지 못한 채, 술탄의 유르트로 끌려가서 하룻밤을 지냈다. 그 밤이 샜을 때 술탄 티무르가 한 말이 있었다. 너는 내 고향 녹색 도시, 하르리사브즈에서 같이 자란 소꿉동무 호자이루그의 환생이다. 호자이루그는 열여섯 살에 죽었다. 이제부터 사람들이 너를, 녹색빈 호자이루그라 부를 것이다.

그렇게 시냇가의 고향 집을 떠나야 했다. 다행히 떠나기 전에 집에 가서 부모님께 인사를 할 수 있었고, 그때 칸나 구근만을 좀 가져올 수 있었다. 앞마당의 가장자리에, 뒤란 텃밭 너머에 울타리를 세운 듯이 칸나들이 에워싼 집. 한여름부터 늦가을까

˙가벼우면서 쉽게 옮길 수 있게 된 둥근 천막.

지 헤벌쭉 벌어진 입술 같은 붉은 꽃들이 달큼하고 싱그러운 향기를 날리던 집. 비록 그곳을 떠나 살 수밖에 없다 해도, 가까이 그것들이 있다면 반드시 위로가 될 것 같았다.

　이제 하룻밤이 남았다. 내일 정오에 입궁한다면 거기서 조금 더 시간이 남은 것인가…. 하지만 총책 마드라는 그때에 맞춰 떠난다 했다. 반드시 그녀의 곁에서 떠나야 한다 했다. 먼저는 그녀가 다시 술탄 티무르의 여자로 사는 꼴을 볼 수 없기도 하지만, 때에 맞춰 빼앗긴 조국의 광복을 위해 지금껏 미뤄 놓은 일을 해야 한다 했다.
　그의 조국은 이란이었다. 그해 3월 전쟁에서 조국의 병사들이 항복했을 때, 승장인 최고 지휘관 술탄 티무르는 포로들의 목을 모조리 목을 베라고 부하들에게 명령했다. 그리고 성문 앞에 떨어진 머리들로 탑을 쌓게 했다. 곧 성문을 넘어설 정도로 잘린 머리들이 높이 쌓였고, 그것을 에워싸고 피가 쏟아져 내리면서 바닥에 호수가 생기는 듯했다. 그렇게 그 나라 사람들을 겁박했다는 것이다. 다시 깨어나거나 일어날 생각을 하지 못하게. 그녀는 총책 마드라가 조국을 위해 무슨 일을 어떻게 할 계획을 갖고 사마르칸트에 왔는지 몰랐다. 하지만 그가 그녀를 만남으로써, 둘이 위험한 사랑을 이어오는 한편으로, 그 일을 두고 때를 기다리고 있다는 사실만은 눈치채고 있었다.

총책 마드라는 술탄 티무르가 제후국인 이란의 칸에게 명령해서 찾아 기용한 사람이었다. 이란은 제후국들 중에서 색타일 제조 기술이 가장 뛰어났고, 그는 이란에서도 최고의 색타일장이었다. 그녀는 술탄 티무르와 함께 그를 처음 만났다. 작고 둥근 얼굴에 딱 어울리게 솟은 코는 끝이 부드러웠다. 검고 동그란 큰 눈은 젖어 있었다. 수염 속의 도톰한 입술이 안정감을 느끼게 했다. 첫눈에 믿음이 가고 친근감을 주는 인상이었다. 그에게 공시 총책을 맡긴 것도 당연히 술탄 티무르였다. 그 자리에서 술탄 티무르는 이번에 짓는 궁궐의 주인이 바로 녹색빈 호자이루그라고 소개한 뒤에, 그녀가 그를 주인으로서 부릴 것이라고 밝혔다. 자신이 이 궁궐을 지어 그녀에게 바치기로 결심한 것은, 모두 아홉 명의 비와 빈들 중에서 가장 사랑하기 때문이라 덧붙였다. 그녀가 사마르칸트에 온 지 채 여섯 달이 되지 않았을 때 별채를 지어 주었고, 거기서 다시 여섯 달이 지나자 이제 북인도 정벌을 앞두고 궁궐을 짓겠다는 것이었다. 그가 언제 돌아온다는 기약이 없었다. 이번에는 기어이 북인도를 정벌한 뒤에야 돌아오겠다는 다짐만 남겨 두었을 뿐이다. 죽어서 돌아오지 못할 수도 있는 일이었다.

그때 그녀의 머리에 냇가에서 한 손에 들고 있던 젖은 빨랫감을 미처 내려놓을 새도 없이, 느닷없이 덤벼든 그에게 한 팔을 붙들렸을 때가 떠올랐다. 그가 남은 한 손으로 그녀의 턱을 들어 올리고 얼굴을 돌려 귀를 잡아 보고 히잡 머리를 뒤로 밀어 머리칼을 쓸어 보았다. 여자가 밖에서 남자에게 머리칼을 보이고 만지게 하는 것은 순결을 빼앗긴 것과 같다. 아버지의 말씀이 귀에서 맴돌았다. 거기다 이마를 살피고 끝내는 콧등을 스쳐 내려 입술을 열어 보기까지 했다. 그때부터 비비하눔이라는 제 이름이 묘연해진 것이다. 이제 이름을 잃어버린 채 살아야 한다는 생각이 턱없이 치밀어 오르면서, 코가 매콤해지고 두 눈꼬리가 저릿해졌다.

술탄 티무르가 십만 대군을 이끌고 북인도 출정을 떠나기 하루 전날이었다. 그의 제국에서 차출된 기술자 3백 명과 노동자 1천 명이 다 모이고, 많은 시민이 모인 가운데 궁전 건설이 착공되었다. 별궁의 중심 건물과 좌우의 부속 건물들이 품고 있는 정원만 해도 가로가 167미터, 세로가 109미터일 정도였다. 술탄과 황비의 거처가 있는 본궁의 크기에 버금간다 했다.

공사는 닷새 만에 하루를 쉬었다. 첫 휴일이었다. 그날 아침나절 새참 때가 됐을 때 그녀는 공사 현장으로 나갔다. 생전에 들어 본 적도 없는 어마어마한 일이라서 겁이 났다. 물론 총책이 있고 하급 책임자들이 있지만, 그녀는 잠을 잘 수 없었다. 만일 건설 공사가 제대로 이루어지지 않는다면, 그녀라 해서 책임을 피할 수 없을 것이었다.

총책 마드라가 혼자서 현장을 둘러보고 다니다가, 그녀와 가나 상궁을 발견하고 달려와서 머리를 숙였다. 그 자리서 그가, 공사가 있는 날에는 아침마다 그녀에게 진행 상황을 직접 보고할 것이라고 했다. 장소는 그녀의 전용 유르트였다. 만일 급한 일이 생기면 가나 상궁을 통해서 알리고 허락한다면 찾아뵙겠다고도 했다. 그녀는 그의 제안을 거절할 이유가 없다고 생각해서 그러라 수락했다.

그런 뒤에 가나 상궁이 잠시 자리를 비웠을 때였다. 나중에 알고 보니 술탄 티무르가 날려 보낸 첫 번째 전서구가 가져온 급한 소식을 전달받으러 나간 것이었다.

"둘이 있을 때는 비비하눔이란 본명을 부르고 싶습니다만…. 티무르 술탄께서 아신다면 이놈의 목을 베겠다 하시겠지만, 녹색빈 호자이루그 님이란 호칭은 참 싫습니다."

그녀의 가슴속에서 먼저 뭉클 반가움이 일었다. 그래서 자신도 모르게 입에서 오! 하는 감탄사가 낮게 새 나왔을 것이다. 이때 가나 상궁이 안으로 들어왔다.

"그럼, 그 급한 일은 다음 쉬는 날 이맘때 별채로 찾아오면 답을 주겠다."

그녀의 입에서 이런 대답이 나온 것은 틀림없이 가슴에서 일어났던 그 뭉클한 반가움 때문이었다. 또한 가나 상궁에게 숨기려는 수작이었다. 그녀가 그 사실을 깨달은 것은 그 뒷날 현장에 나갔을 때였다. 그때야 가슴이 꽤나 거세게 두근거렸다. 그

때문에 그녀는 그가 거북해서 늘 유르트 안에 있었다. 그러나 정한 대로 총책 마드라가 공사 진행 상황을 보고하러 올 때면 서로 얼굴을 마주할 수밖에 없었다.

약속대로 그를 별채에서 정한 시간에 만났다. 그녀는 미리 준비해 놓은 것이 있어서 그나마 마음을 놓고 있었다. 그렇게 하면 그가 저절로 이해할 거라 생각한 것이다.

그녀는 거실 탁자 위에 삶은 달걀 열 개가 담긴 유리그릇을 올려놓았다. 달걀마다 서로 다른 색을 칠해 놓은 색색의 달걀들이었다. 총책 마드라가 그것을 내려다보면서 빙긋 웃었다.

"만일 이 놀이에서 비비하눔 님이 지시면 저의 청을 하나 들어주시는 조건으로, 즐겁게 이 놀이에 임하겠습니다."

그는 일방적이었다. 벌써 그녀의 본명을 불렀다. 그녀는 짐짓 불쾌한 표정을 얼굴에 담았지만, 머리를 끄덕이고 있었다.

"허락한다는 말씀으로 알고 비비하눔 님을 따르겠습니다."

"여기를 보라! 이 그릇 속에 있는 달걀들은 겉이 모두 다르다. 그러나 이것들의 속은 모두 같다. 이것을 보라!"

그녀는 달걀 껍질을 하나하나 깨서 그에게 알맹이를 보여 준 뒤에 말을 이었다.

"겉이 달라도 속은 모두 같다. 나를 비비하눔이라 부르든, 녹색빈 호자이루그라 부르든 뭐가 달라지는가? 나는 그대로 나일 뿐이다. 영 부르기 어렵다면 부르지 않고 일을 해도 좋다. 그래도 나는 달라지지 않으니까."

"감사합니다. 그럼 저는 닷새 뒤에 현장이 쉬는 날 오늘과 같은 시각에 다시 찾아뵙고, 저의 답을 올리고 싶습니다. 그렇게 하도록 해 주십시오."

그녀는 머리를 끄덕였다. 생각이 있었던 것이 아니었다. 저절로 그렇게 됐다.

총책 마드라는 조용히 물러갔다. 그녀의 마음에 싱그레 웃는 얼굴을 남겨 둔 체였다.

그 웃음 때문이었을까, 그녀는 은근히 그가 기다려졌다. 게다가 그가 그만 답을 찾아내지 못해 포기해 버리면 어쩌나 하는 걱정도 하고 있었다.

그가 약속대로 다시 그녀를 찾아왔다. 그녀는 속으로 가슴을 쓸어내렸다. 공손하게 인사를 한 뒤, 들고 온 연장 가방을 열더니 유리잔 두 개를 꺼내서 탁자 위에 올려놓았다. 잔은 목이 가늘고 긴 꽃송이를 받침에 세워 놓은 것 같았다. 속이 깊고 꽤나 큰 꽃송이 모양이었다. 이어서 망고 크기의 유리병 2개를 더 꺼냈다. 병 하나로 잔 하나씩을 채웠다. 맑지만 끈기가 있어 보이는 액체였다. 서로 달라 보이지 않았다.

"유리잔 두 개는 겉이 서로 다르지 않습니다. 그러나 내용물은 아주 다릅니다. 하나에는 꿀이, 하나에는 달걀흰자가 들어 있습니다. 차마 맛보시란 말씀을 올릴 수 없습니다만 실제가 그렇습니다. 겉이 같다고 해서 속까지 같은 건 아닙니다. 제가 비비하눔이라 불렀을 때 빈께서는 가슴속에서 빨간 칸나 꽃들이 피어납니다. 오래된 기쁨이 피어납니다. 그런데 녹색빈 호자이루그 님이라 불렀을 때는 순간 가슴이 움츠러들어 답답해 하시는 모습을 봅니다. 어디로 달아나고 싶어 하시는 것 같습니다. 사람은 그렇습니다. 속마음은 끝내 겉으로 드러나기 마련입니다. 마치 이곳 땅속에 숨겨 놓은 길이 있다는 사실을 내내 숨길 수 없는 일과 다르지 않습니다. 하여 저는 감히 비비하눔 님을 비비하눔이라는 이름으로 불러 드리고 싶습니다. 틀렸는지요? 남이 없을 때만이라도 그러고 싶습니다. 허락하여 주십시오. 그래야 감독도 더 잘할 수 있습니다."

그녀는 속으로 울고 있었다. 아무 말도 나오지 않았다. 그는 그렇게 그녀를 울려 놓고 인사도 없이 가 버렸다.

그런 소문이 난 것은 그로부터 일 년이 지나서, 별궁의 중심 건물과 좌우의 부속 건물들까지 골조가 서서, 궁궐 전체 규모가 드러났을 때였다. 가운데 자리 잡은 정원에는 벌써 옮겨 심은 뽕나무며 파초 같은 것들이 제자리를 잡아 가고 있었다.

공사 총책 마드라가 녹색빈 호자이루그를 사랑하고 있다는 소문이었다. 그러나 그 소문을 들은 누구도, 가나 상궁까지도 코웃음 친다고 했다. 도리어 누가 그따위 소문을 퍼뜨리는지 잡아들여 입을 꿰매 놔야 한다고, 모두들 분개하기까지 한다는 것이었다.

그런데 가나 상궁은 며칠 전의 해 질 녘에 무심코 거실에 들어갔을 때를 어렴풋이 기억하고 있었다. 공사 진척 상황을 보고하러 온 총책 마드라가 녹색빈을 비비⋯뭐, 라고 부르는 것을 얼핏 들은 것 같았다. 그래도 그녀는 머리를 저었다. 그때의 분위기가 그게 아니었다. 녹색빈 호자이루그는 자신의 의자에, 총책은 신하의 의자에 흐트러짐 없이 앉아서, 이세 각종 색타일을 골조에 입히는 작업이 본격적으로 시작될 텐데 공급에 차질이 없는지를 따지고 있었다. 그녀는 다시 머리를 저었다. 잘못 들은 것이었다.

두 사람은 누가 봐도 술탄 티무르의 명령에 충실한 사람들이었다. 녹색빈 호자이루그는 아침 일찍부터 점심때까지 현장에서 기술자들과 인부들의 안전과 건강을 챙겼고, 총책 마드라는 온종일 건설 현장은 물론 산중에 있는 색타일 공장이며 석재 공장까지 돌아다니면서 하나하나 점검했고, 채근할 것은 꼭 채근했다.

건물들의 내·외장 공사가 다 끝나는 성싶었다. 그런데 본채를 출입하는 중앙 아치문의 이마에 아직 타일을 붙여야 할 빈자리가 남아 있었다. 바깥 선을 따라 파란색 타일을 다섯 개쯤, 중앙선을 따라 초록색 타일을 그만큼, 그 안쪽에 흰색 타일을 또 그만큼 붙여야 할 것 같았다.

　다시 소문이 나돌았다. 공사 총책 마드라가 아치문을 완공하는 조건으로 녹색빈 호자이루그에게 입맞춤을 요구한다는 내용이었다. 이때도 사람들은 믿지 않았다. 그깟 타일 몇 장쯤이야 얼마든지 다른 곳에서 구해다 붙여도 될 것이라 생각한 것이다. 녹색빈 호자이루그를 협박할 가치가 없는 일이라는 것이었다. 가나 상궁도 마찬가지였다. 하지만 그녀는 사람들과 다른 이유가 있었다. 만일에 그런 일이 있다면, 어찌 가장 가까이서 생활하는 자신이 모르겠는가 하는 자만심이었다. 또 우연히 옆에서 주워들은 두 사람의 이야기가 있었다. 아치문 이마의 빈 자리에 붙일 수 있는 타일은 아무나 구워 낼 수가 없다 했다. 색타일은 강도도 중요하지만 색깔과 광택이 더 중요한데, 반드시 같은 솜씨여야 한다는 것이었다. 흙과 물은 물론 유약의 조제 방법이 같아야 하고, 필요한 땔감의 종류에서 불을 지피는 방법까지가 같아야 한다는 것이었다. 거기다 만일의 경우 푸른색, 초록색, 백색 타일을 각각 1백만 장씩 새로 구워 내서, 기왕에 붙여 놓은 것들 다 떼어내고 다시 붙여야 하는 사태가 일어날 수도 있다는 것이 가나 상궁의 생각이었다. 그 결과가 어찌 될지는 빤하지 않은가. 시간은 시간대로 돈은 돈대로 다시 새 궁궐을 짓는 만큼 들어갈 수도 있었다. 또 죽고 다치는 사람이 그 얼마나 될지 아무도 모를 일이었다.

총책 마드라가 왜 그렇게 무모한 짓을 하겠는가 했다. 그동안 그가 얼마나 열심히 술탄 티무르에게 충성심을 바쳐 온 사람인데….

그동안 술탄 티무르는 자신을 비롯한 충성스러운 군사들의 전리품을 수레들에 싣고 개선한다는 소식을 전서구에 실어서 잇달아 날려 보냈다. 그때마다 궁궐 안팎은 거친 파도가 밀려드는 것 같았다. 성급한 사람들은 본궁 언저리로 모여들기도 했다.

비비하눔은 더는 어쩌지 못하고 침실로 달려 들어가서 명나라 자기 속에 숨겨 놓은 편지를 꺼냈다. 오늘 아침 현장에 나갔을 때, 총책 마드라가 슬쩍 손에 쥐어 준 편지였다. 편지를 펼치는 두 손이 바르르 떨렸다.

술탄은 내일 낮 태양이 하늘의 중심에 올라, 지상의 온갖 사물들의 그림자가 지워진 시각에 맞춰 본궁으로 돌아옵니다. 나는 내가 할 일을 하기 위해서 계획된 길을 떠나는 것뿐입니다. 그동안 열심히 궁궐을 지은 것도 그 일을 하기 위해서였습니다. 하지만 타일 공사는 궁궐을 다시 짓는 데 필요한 만큼의 돈을 들여 전체를 새로 할 수밖에 없을 것입니다. 또 갑자기 술탄 티무르의 목숨줄이 끊어진다면 영원히 공사가 중단될 수도 있을 것입니다. 이제 비비하눔은 오늘 밤부터라도 녹색빈 호자이루그로 돌아가면 됩니다. 맹세하건대, 이 마드라가 비비하눔을 사랑하는 마음은, 시작부터 끝까지 먼지 알갱이 하나만 한 거짓도 없었습니다. 나 마드라는 죽어서도 비비하눔을 그리워할 것입니다. 그럼 비비하눔, 안녕! 마드라 드림

비비하눔은 양탄자 위에 털썩 주저앉았다. 그녀가 여태껏 편지 내용을 보지 못한 이유도 이렇게 절망적인 내용을 확인하게 될까 봐 두려웠기 때문이었다. 그가 정녕 혼자서 떠난다…, 혼자 떠나 버린다…. 그리고 나는, 혼자 남은 이 비비하눔은 녹색빈 호자이루그로 돌아간다…. 이렇게 잔인할 수 있는가…? 그가 이런 남자였나…? 도대체 조국을 위해 꼭 해야 할 일이 뭔데…? 술탄 티무르의 손길이 처음 그녀의 얼굴에 닿았던 기억이 되살아났다. 돌덩어리처럼 딱딱하게 굳어진 몸뚱이를 깎아 내듯 쓰다듬던 그 손길. 모든 일들이 마구잡이로 막무가내로 거칠 것이 없던 그 밤. 온몸에서 피가 철철 흐르는 것 같았다.

그 놀이를 했던 밤을 뜬눈으로 지새운 그녀가, 아침을 먹는 둥 마는 둥 하고 현장으로 나갔을 때, 그는 이미 작정하고 난 뒤였다. 남이 보지 않을 때는 꼭꼭 그녀를 비비하눔이라 불렀던 것이다. 놀라운 것은 그때마다 그녀의 가슴속에서 칸나 꽃들이 헤벌쭉 피면서 향기를 날렸다는 것이다.

그랬는데도 마드라가 그녀의 왼 손등에 가볍게 입술을 얹기까지는, 그 놀이를 하고 난 뒤에 무려 석 달이 걸렸다. 그것도 고작 한 차례였다. 유르트에서 공사 진행 상황을 보고하고 난 그가 금세 제자리에서 그녀 곁으로 날 듯이 오는가 했는데, 바람결처럼 입술이 왼 손등을 스쳤다. 얼결이었는데도 그녀는 불에 덴 듯 놀랐다.

"달이 뜨지 않는 밤을 기다려서 자정에 파초 숲으로 가겠습니다."

그녀의 한쪽 귓가에 뜨거운 숨결이 잠시 얹히는 것 같았는데, 말이 되어 남았다. 그때가 술탄 티무르가 전장으로 떠난 지 다섯 달이 지났을 무렵이었다. 그날 가나 상궁이 몸져누웠기에 그 얼마나 다행인가 해졌다. 그때까지도 술탄 티무르가 조금이나마 궁금하지 않았다.

별채로 돌아온 그녀의 몸에 이상한 현상이 일어나곤 했다. 날마다 해 질 녘부터 마드라의 입술이 닿았던 자리에서 열기가 살아나는 것이었다. 열기는 작은 거품들이 수없이 솟아 터지는 간지러움을 불렀다. 그러던 것이 거기에 다시 열기가 더해지고 그기운이 명치께로 아니, 앙가슴께로 번져 몸 전체로 박하 향처럼 은은하게 퍼졌다. 도대체 이 일을 어쩌면 좋은가. 의사를 찾아보일 수도 없는 일이었다.

그녀는 기어이 파초 숲으로 나가고 말았다. 사이사이에서 자라 첫 꽃을 피운 칸나들도 그곳에서 기다리고 있었다. 그녀는 더듬어 잡은 칸나 잎사귀에 제 볼을 쓸어 보고, 헤벌쭉 벌어진 꽃들로 그 자리를 얼러 보았다. 신통하게도 증상이 조금씩 가라앉아 가는 것 같았다. 이어서 그녀가 벌어진 입술 같은 꽃을 코로 가져간 것은 자신도 모르는 일이었다. 스르르 눈이 감기는 느낌이었다. 어느새 그 힘들었던 증상이 저릿저릿한 기쁨으로 바뀌어 가고 있었다. 그 기쁨이 점점 커지고 높아졌다. 숨이 막혔다. 그녀는 제 손으로 제 입을 막아, 흩어져서 온몸에서 터지는 희열을 견뎌 냈다. 끝내는 시냇가의 고향 집에 온 듯 편안해졌다. 그녀는 칸나 잎 위에 누워 있었다. 맨등이 그 느낌을 일러 주었다.

그녀는 한 달에 한 번씩만 그렇게라도 그를 만날 수 있었다. 기다리고 기다려서 그믐밤이 오고 자정이 됐을 때였다. 그런데도 그동안 두 사람 관계가 세상에 드러나지 않은 것은, 어쩌면 당연한 결과였을 것이다. 그 방책으로 총책 마드라가 일부러 터무니없는 소문을 퍼뜨려서, 그때마다 사람들을 실망시킨 것이다. 두 사람이 현장에서 보여 준 성실함은, 잠시라도 그 소문을 입에 올린 사람들을 도리어 비난받게 하고 두 사람에 대한 신뢰감을 더욱 두텁게 했을 뿐이었다.

소문이 났다가 가라앉을 때마다, 별채에서 그녀를 수발하는 여인들이며 건물을 경비하는 병사들의 경계심이 풀리고 풀려서, 이제는 자신들의 임무가 무엇인지조차 잊어버린 사람들 같았다. 그녀를 위로하려 들기까지 했다.

그녀는 몸을 부들부들 떨어 댔다. 숨이 잘 쉬어지지 않았다. 앞으로는 사는 일이 죽는 일보다 못했다. 그가 그토록 중한 일을 하기 위해 꼭 떠나야 한다 해도, 이곳에 남은 그녀가 그렇게 살기를 바라겠는가. 그의 사랑에 먼지 알갱이 하나만 한 거짓도 없다 했는데…. 어찌 그녀한테 죽는 것보다 못한 삶을 살라 하겠는가. 그를 만나야 했다. 하여 사실을 확인하고 길을 물어야 했다.

비비하눔은 침실을 뛰쳐나가면서 소리쳐 가나 상궁을 찾았다. 방 밖에서 지키고 있던 시녀가 달려가 곧 그녀를 데려왔다.

"당장에 총책 마드라를 들게 하라. 티무르 술탄님이 환궁하기 전에 반드시 본채의 아치문 공사를 마무리해야 한다. 알겠느냐?"

일의 시급함을 누구보다 잘 알고 있는 가나 상궁은 곧 몸을 돌려 다급히 나갔다.

"마차를 보내라. 그가 떠나 버리면 어찌하겠는가? 우리 모두의 죽음이 기다리고 있다. 당장 가서 데려오라…. 직접 내가 그에게 책임을 물어 따질 것이다…."

경비병들까지 동원했던 모양이었다. 시간이 얼마 지나지 않

아서 총책 마드라가 연장 가방을 한 손에 든 채 경비병 둘에게
두 팔을 잡혀 끌려오듯 와 있었다. 다행히 충돌이 있었던 것 같
지는 않았다. 그는 숙소에 있었던 것 같았다. 그녀를 바라보는
그의 눈길이 멀뚱했다. 벌써 타인이 된 듯해서 그녀의 앙가슴이
찢어지는 것만 같았다.

　다른 이들이 알아서 물러갔는가 했는데, 곧 가나 상궁이 다
과를 내왔다. 막상 그가 눈앞에 와 있자 그녀는 무엇을 어찌해
야 할지 알 수가 없었다. 그는 그녀를 상관하지 않은 채 들고 있
던 연장 가방을 열더니, 탁자 위에다 똑같이 생긴 유리잔 두 개
를 꺼내 놨다. 가방도 유리잔도 그녀의 눈에 익은 것들이었다.
그의 놀이가 다시 시작되는가 보았다. 이어서 유리병 하나를 더
꺼냈다. 그 속에서 맑은 액체가 찰랑거렸다. 그가 그녀를 한 번
돌아보았다. 얼굴에 담긴 표정이 여전했다. 그래도 이제 그녀는
마음이 편안했다. 그가 왔다면 그를 믿어야 했다. 그녀가 급히
찾는 이유를 이미 그는 짐작하고 있을 것이었다. 병마개를 뽑아
그가 잔들을 채웠다.

　"이 마드라는 비비하눔을 시험에 들게 할 생각이 없었습니다.
말씀드린 대로 기다리던 때가 와서 그만 떠날 생각이었습니다.
그러나 이 잔들을 같이 비우면, 우리가 같이 훌훌 떠날 수도 있
겠다 싶어서 왔습니다. 만일 지금이라도 이곳에 비비하눔이 혼
자 남겠다면 당장 이 잔들을 치우고 떠나겠습니다."

그의 말이 다 끝나기도 전이었다. 그녀가 탁자로 달려들어 잔 하나를 단숨에 비워 버렸다. 그가 말리거나 어쩌거나 할 틈이 없었다. 그리고 이제 됐냐는 듯이 그를 빤히 바라보았다. 순식간이었다. 두 눈에서 금세 눈물이 흘러내렸다.

"그래! 죽는 게 낫지…. 둘이서 함께 죽는 게 백번 낫지…."

그녀의 입에서 젖은 듯한 말이 흘러나왔다.

그는 두 팔로 그녀를 덥석 안았다. 그녀의 두 볼은 붉었다. 칸나 꽃들이 피어 있는 듯했다. 히잡을 뒤로 젖혀 물에 젖은 듯한 검은 머리칼을 그의 두 눈에 담았다. 빛을 머금어 반짝였다. 쓰다듬는 그의 손이 젖어 들면서 빛이 되어 갔다. 그가 그토록 맨몸인 듯 보고 싶어 하고 쓰다듬어 보고 싶어서 애태웠던 비비하눔의 머리칼이었다. 그는 비로소 온전히 그녀의 남자가 되었다는 생각이 들었다.

"이렇게 비비하눔은 '빨간 돕프'의 영광스러운 동지가 됐습니다. 마드라와 함께 길을 떠날 수 있게 됐습니다. 이제 비비하눔은 좀 깊은 잠에 빠질 것입니다. 그리고 내일 저녁때쯤에는 술탄의 명으로, 술탄이 보는 데서 우리는 영혼과 자유를 찾게 될 것입니다."

마드라는 자장가를 부르듯 조용조용 말을 마쳤다. 빨간 돕프…! 비비하눔이 알았다는 듯 한 차례 머리를 끄덕이는 것 같았다.

돕프는 이슬람 남자들이라면 누구나 머리에 얹듯이 쓰는 챙 없는 모자였다. 단색으로 된 것은 거의 볼 수 없었는데, 지금 마드라는 빨간색 돕프를 쓴 남자를 말하고 있었다. 그런 무리가 있는 것 같았다. 더욱이 자신이 여자인데도, 이슬람 여자들은 사람 대접을 받지 못하는데도, 그가 있는 그 무리의 새로운 한 사람이 됐다는 뜻이었다. 이럴 수도 있는 일인가. 이런 세상이 어디에 있다는 것인가. 그녀의 머릿속에 생각들이 소용돌이쳤다.

한 차례 하품을 하고 나자, 그가 왼 볼에 오랫동안 입맞춤을 했다. 그녀의 잠든 얼굴에 미소가 감돌고 있었다.

그는 그녀를 안아 올려 침실로 들어가서 침상에 눕혔다. 그의 가슴이 불타는 것처럼 뜨거웠다. 비비하눔을 침대에 눕혀 재울 수 있다니…. 가방을 열 때까지도, 아니 유리잔에 약을 따를 때까지도 두렵고 두려웠다. 그녀가 거절할 수도 있었다. 맘만 먹는다면 얼마든지 왕의 빈으로 돌아갈 수 있었다. 둘밖에 모르는 사랑이었으니까. 그녀는 벌써 3년 전부터 빈이었으니까.

그렇게 되면 다 끝이었다. 그는 다시금 그녀의 왼 볼 그 자리에 오래오래 입맞춤을 했다. 그런 뒤에야 거실로 나가, 아까 꺼내 놓은 것들을 남김없이 가방에 챙겨 들고 거실을 나서면서 가나 상궁을 불러 말했다. 비비하눔은 피곤한 나머지 깊은 잠이 들었다고. 그러나 곧 깨어날 것이라고 말했다. 가나 상궁이 놀란 눈으로 봤을 때, 감히 녹색빈 호자이루그를 비비하눔이라 부른 총책 마드라의 얼굴빛이 유난히 밝았다.

　다음날 해 질 녘 비비하눔은 새로 지은 성 동쪽의 첨탑 꼭대기에 서 있었다. 50미터 높이였다. 술탄 티무르가 빈 자격을 박탈해서, 이제 제 이름을 쓰게 된 것이 더없이 기뻤다. 첨탑 밑에 빼곡히 모여든 사람들 중에는 뜻밖에 우는 사람들이 많았다. 그녀는 눈을 들어 먼 하늘을 보았다. 텅 빈 하얀 하늘이 펼쳐져 있었다. 날아오르기에 딱 좋은 하늘이었나. 술탄 티무르는 사람들 가운데 쌓아 만든 높은 단 위에 첨탑을 마주한 채 우뚝 앉아 있었다. 그가 오른팔을 높이 들어 보이면, 곧 뒤에 지키고 서 있는 집행인이 달려들어 그녀의 등을 사정없이 떠밀 것이었다. 다 예상하고 있는 일이었다. 그래서 마음이 더없이 홀가분했다.
　비비하눔은 묶인 두 손을 들어 왼쪽 볼을 손등으로 쓸어 보았다. 어젯밤에 잠에서 깼을 때부터 수없이 쓸어 본 볼이었다. 참으로 신비스러운 일이었다. 최고 색타일장의 솜씨는 역시 달랐다. 어찌 그렇게도 선명하게 그의 입술 자국을 남겨 놓았다는 말인가. 그것도 비비하눔과 마드라의 사랑을 세상에 알리는 징표로 말이다.
　잠시 그녀의 등 뒤에서 잠깐 소란이 이는 듯했다. 순간 그녀는 편안히 눈을 감았다. 달아났다던 그가 약속대로 기어이 온 것이었다. 그녀가 믿고 기다린 마드라였다. 그녀의 두 손과 두

발을 묶은 쇠사슬이 풀렸다. 그녀는 아직 눈을 감은 채로였다. 그가 그녀의 손을 꼭 잡았다.

"빨간 돕프으…! 빨간 돕프는 나서라아!"

그가 먼저 밖을 향해 소리쳤다. 눈을 뜬 그녀도 소리를 모았다. 사람들이 웅성거리면서, 두 사람에게 관심을 모았다. 그새 일을 치를 계획이었다. 아, 이거였다. 어디서 나타난 것일까. 수많은 사람들 속에서 오직 한 무리의 남자들만 빨간색 돕프를 쓰고 있었다. 술탄 티무르가 올라앉은 단을 둘러싸고 있었다.

"빨간 돕프으…! 빨간 돕프는 행동을 개시하라아!"

그때 그녀는 보았다. 빨간 돕프를 쓴 남자들이 칼을 빼 들고 술탄 티무르를 향해 달려들고 있었다. 두 사람에게 관심을 빼앗겼던 술탄의 경호병들이, 그때야 빨간 돕프들을 향해 달려갔다.

"빨간 돕프으…! 빨간 돕프으…."

그녀는 그와 함께 목이 터져라 소리쳐 댔다. 순간 누군가의 힘에 밀려 두 사람의 몸이 하늘에 떴다. 두 사람은 맞잡은 손에 다시 힘을 주었다. 죽어도 놓지 않을 것이었다. 함께 팔을 저어 두둥실 떠갔다.

앞에서 칸나 꽃향기가 붉게 날리고 있었다.

아수라
阿修羅

루훙 칸이 본명이 아니었다? 쯔엉 투 마오라는 본명을 숨기고 있었다…. 스님은 혼잣말을 하면서 소설책의 뒤표지를 덮었다. 구태여 앞표지의 날개에 나와 있는 작은 사진을 다시 볼 필요를 느끼지 않았다. 그때의 그 젊은 얼굴에 반세기에 가까운 세월이 내려앉아 있다 해도 분명히 칸이었다. 소설의, 그러니까 이 우리말 번역본 소설의 작가는 그때 불광사에서 함께 일한 '칸'이 분명했다.

　　소설의 제목은 『전쟁의 슬픔』이었다. 내용 속에는 칸 자신은 물론 스님과 원일의 젊은 모습이 생생하게 살아 있었다. 작가가 현장에서 겪어 낸 일이 아니라면 그렇게 써낼 수 없을 터이었다. 물론 이해가 되지 않는 대목들도 있었다. 스님이 모르고 있던 내용인지, 그저 소설이라고 이해해야 할지 가늠이 되지 않았다. 하지만 칸의 본명이 따로 있었다는 사실뿐 아니라, 출생지가 당시의 적지였던 공산 북로국의 수도 근교라는 내용에 10년제 학교를 그곳에서 나왔다는 내용은 사실일 텐데, 스님한테는 여간 생뚱맞은 게 아니었다. 번역본을 낸 출판사에서 소설의 뒤에다 따로 붙인 '작가 연보'가 사실 같지 않게 여겨지기도 했다. 그럴 리가 없겠지만….

그렇다면 현지인인 칸이 우리의 파병 남로군 군수지원사령부에 취업하기 위해서 이런저런 절차를 밟는 동안은 물론이요, 재직 기간인 8년 내내 그런 사실들을 잘도 숨겼다는 말이 되는 것이다. 우리말과 로국말을 통역하든 밖으로 업무지원을 나가든 워낙 빈틈없이 해내는 모습에서, 그때그때 같이한 사람들이 의심 따위를 할 수 없었는지도 몰랐다.

『전쟁의 슬픔』을 스님한테 가져온 이는 원일이었다. 어제 스님의 거처에서 둘이 저녁 공양을 마쳤을 때, 그가 미리 넣어 두었던 것인지 상 밑에서 하얀 서류 봉투 하나를 꺼냈다.

"스님, 상일 스님, 책입니다. 소설책…. 화제의 신간이라고 떠들어 대서, 마음이 일어났습니다. 한 권 주문해서 읽었습니다."

"소설책이라니? 그 무슨…"

스님은 그때, 또 무슨 엉뚱한 일이냐, 하고 얼굴에 웃음을 담았을 것이다. 원일은 스님과 달리 인터넷을 할 줄 알았다. 그래서 뜻밖에 둘이 사는 살림에 필요한 전자제품 같은 것을 사들이

는 경우가 있었다. 소설책을 봉투째로 상 위에 올려놓은 그가
방에서 나갔다. 세랍으로는 다섯 해, 법랍으로는 열두 해가 아
래인 원일이었다. 남로국의 그곳, 불광사에서 인연이 되었던 그
다. 급한 마음으로 군에서 제대한 스님이 지리산 골짜기들의 밖
에까지 짜하게 이름난 천년 절집에서, 끝내 뒷방 노장 자리를
버려 둔 채 세상으로 나온 혜민 은사 스님을 모신답시고 이곳
암자 터에 난야를 짓는다 하고 있을 때였다. 그가 물어물어 찾
아왔다. 헤어진 지 3년 만이었다. 같은 귀국선을 타고 제 나라
로 돌아와서 국제항 제3부두에서 헤어진 것이다. 스님은 그대
로 상째 윗목에 밀어두고 자리를 펴고 누웠다. 그런데 '마음이
일어났다'고 한 원일의 말이 좀 켕겼다. 그가 모처럼 옛 말투를
썼다는 사실도 그랬다. 단문으로 끊어서 힘을 넣은 딱딱한 말투
였다. 불광사 시절에 관리장교한테 운전병이 혹은 군종장교한
테 군종병이 쓰던 말투였다. 거기다 평소와는 달리 자신을 '상
일 스님'이라고 부르기도 한 것이다. 두 사람이 다시 만난 자리
에서 그가 한 말이 문득 떠올랐다. '제가 한번 쫄병은 영원한 쫄
병이란 말을 했지요? 상일 스님께서도 불광사 불전에서 맹구우
목…. 일말의 인연이 맹구우목* 이 된다는 근사한 말씀을 하셨

---

* 맹구우목(盲龜遇木): 바닷속을 떠돌던 눈먼 거북이가 백 년에 한 번 물 위를 올라
올 때 마침 나무 판자를 만날 만큼 귀하고 소중한 인연을 뜻함.

던 것 같고요…'

일단 난야에 혜민 은사 스님을 모셔 놓고 시작한 생활이었다. 거기에 뜻밖에 끼어든 옛 군종병 허한수 상병까지 셋이 된 것은 3년 뒤였다. 그러니까 그때쯤에는 난야가 모습을 다 갖춰 갈 때였다. 그 사이에 입산하겠다는 사람들이 꽤 찾아왔지만 여섯 달을 어렵게 넘겼다 싶으면 1년에 이르지 못하고, 잘 지낸다 싶어서 머리를 깎으면 2년을 넘기지 못하고 달아나 버렸다. 석 달도 넘기지 못한 인사가 둘이나 있었다. 스님은 그도 얼마나 갈까 했었다. 이전에 남로국에서 1년 동안을 같이 생활했다 하지만 군대라는 속박된 환경이었고, 더욱이 해외 파견군 입장이었으니까. 하지만 그는 보기 좋게 우려를 씻어 냈다. 탈 없이 제때 사미계를 받았고, 비구계까지 받은 것이다. 법명은 '원일'이었다.

끝내 잠자리에 들지 못한 스님이 봉투에서 책을 꺼냈다. 대충 눈길을 주었던 작가 연보를 다시 보았다. 그는 전쟁이 끝나서 남과 북이 통일이 되자 곧 전사자 유해발굴단에 자원해서 1년 넘게 근무했는데, 그 이유가 자신이 전쟁 중에 비전투지역에서 일한 데 있다고 밝혀 놓았다. 그 이후에는 불법 식량 거래에 관여하는 등의 방황을 하다가, 대학 과정인 작가학교에 들어가서 수학했고, 34세에 첫 책을 냈으며, 이 책이 세 번째였다. 국내의 반응이 꽤 좋아서 상을 받기도 했는데, 한데 영역본이 출판되면서 문제가 생겼다. 국내의 매체들이 돌변해서 비판의 칼날을 들이댄 것이다. 곧 출판 및 배본 금지 조치가 내려졌다. 해외에서는 상관없이 반응이 좋았다. 하지만 11년이 지나서야 그 금지 조치가 풀렸다. 그는 1951년생이었다.

원일이 책을 읽어 보라고 권한 이유가, 단순히 셋이서 불광사에서 함께 생활했다는 이유만이 아닌 듯싶었다. 책을 펼쳐서 앞에 두고 첫 쪽을 읽기 시작했다. 언제부턴가 '로국통일전쟁'이라고 부르는 '남로전쟁'을 소재로 쓴 소설이었다. 무심코 시간을 확인했다. 시간을 좀 씨아 힐 깃 같다는 느낌 때문이었을 세나. 밤 열 시를 넘어가고 있었다. 부엉이가 울었다. 문득 이 시각이면 포성이 울려 퍼지던 때가 떠올랐다.

*

군수지원사령부의 동쪽 후문 밖에 있는 포병대대의 155밀리 포대에서 교란 사격을 했다. 쉬지 않고 퍼엉펑—, 퍼엉펑— 울려 퍼지는 포성이 막 잠에 빠져든 병사들의 침상을 흔들어 댔다. 사령부 방어를 목적으로 사방으로 에워싼 고지들 너머에 미리 정해 둔 좌표들을 이동해 가면서 마구 포탄을 쏘아 대는 것이다. 소 뒷걸음에 쥐가 잡힐 수도 있고, 아니면 언저리에 있던 쥐들이 겁을 먹기라도 할 테니까…. 그 끝에는 적들이 불안해하고 사기가 저하될 테니까.

그곳 불광사에는 아예 범종이며 법고, 운판이며 목어 같은 사물이 없었다. 그것들이 내는 소리를 오인하여 자칫 일을 낼 수 있다는 이유였다. 아군은 경비나 경계 때 혼란을 일으킬 수 있고, 적들이 침투나 공격 때 이용할 수 있다는 것이었다.

스님은 그곳에서 100일쯤 됐을 때부터는 날마다 밤이면 같은 시각에 울려 퍼지는 포성이 꼭 범종 소리인 듯싶었다. 이름도 성도 모르는 아무런 원한이 없는 사람들을, 그것도 먼 남쪽 나라 사람들을 북로 정규군이든 유격대원들이든 아무나 죽이자고 쏴 대는 소리가 어찌 생명을 살리자고 울리는 소리로 들렸을까.

그 무렵부터였을 것이다. 그는 삶과 죽음 사이에서 심한 혼란을 겪었다. 새파란 목숨을 앗기고 주검으로 찾아들었고, 용케 지금 살아 있다 해도 찰나에 어찌 될지 모르는 안수정등* 신세로 무심히 버텨야 하는 곳이었다. 그 시간에도 바로 옆 영현중대의 화장장 굴뚝에서는 회색 연기가 솔솔 솟구쳐 올랐고, 그는 뜨거운 열기와 지방 타는 냄새를 뿜어 대는 화장로의 화구들을 향해 경을 외며 목탁을 두드렸다.

스님이 칸의 소설책을 끝까지 읽고 났을 때의 느낌은, 작가의

---

* 안수정등(岸樹井藤): 절벽의 나무와 우물의 등나무라는 뜻으로, 위태로운 상황에 놓여 있음을 비유.

체험기 같다는 것이었다. 내용 대부분이 매우 익숙했다. 자신과 원일, 그리고 칸이 함께 일했던 1년 동안의 기록으로 여겨질 정도였다. 소설이라서 당연한 일이겠지만 엉뚱하다 못해 당황스러운 내용도 곳곳에서 눈에 띄긴 했다.

그 밤의 새벽 두 시가 넘어 있었다. '작가 후기'며 '작가 연보'까지 해도 300쪽짜리였다. 그런데 시간이 그만큼 걸린 것은 시력 탓도 있었지만, 읽는 동안에 자주 기억이 부풀어 오르면서 때로는 엉뚱하나 싶은 데서 의아심 속에 빠진 탓이었나. 곧 도량석을 돌아야겠지만, 둘이서 번갈아 하는 일인데 오늘은 원일의 차례였다.

엉뚱하다 싶은 대목은 주인공인 칸이 유격대의 첩자였다는 내용이었다. 그래서 종오 스님의 사고사에 관여돼 있기도 하다는 것이었다. 종오 스님은 불광사의 바로 전임 관리자였다. 그의 후임으로 비어 있는 자리에 상일 스님이 부임했었다. 그 시점이라면 칸이 8년째의 근무를 시작한 참이었다. 또한 허한수 상병이 한 제대 앞서 파병되어, 그러니까 스님보다 20일 먼저 군종병으로 인사 명령을 받아 불광사에 와 있기도 했다. 그렇게 만난 셋이, 4자 파리평화회담이 조인되고 발효되어 주로군 후발대의 철군이 완료된 뒤에도, 서류상으로는 남로국에 남아 있는 우리 군이 한 명도 없는데, 버젓이 그곳에서 임무를 수행하고 있었다는 것이다. 참, 칸은 현지인이었으니까 남은 병력은 두 명이었다.

  스님, 상일 스님이, 그러니까 주로 우리 군의 법사이며 군종 장교인 군법사 중위 이무일이 군수지원사령부 사령관의 각 부대 지휘관 비상소집 명령을 받은 것은 1973년 1월 28일 05시 21분이었다. 그때 그는 불광사의 군법사로서 근무지의 바로 우측에 소재한 영현중대 영내에 설치된 화장장 안에서 목탁을 치면서 염불을 하고 있었다. 정확히는 나란히 설치된 화장로 10대의 닫혀 있는 화구들을 마주한 채로 영현중대장 김수림 대위와 함께였다. 그날 바로 4자 파리평화협정이 조인되었고 자정을 기해 발효되었다.

  소설에서 칸은 그 사실을 잘 알고 있었다고 했다. 하지만 상일도 허 상병도 그 사실을 모르고 있었다. 불광사에도 영현중대에도 라디오 한 대가 없어서였다. 그러니까 주로군 사령부 방송을 들을 수가 없었다는 뜻이다. 그 미군 PX에서 판다는 일제 라디오를 사령부에서 보급해 줄 리도 만무하지만, 어느 누가 참전수당을 수령해서 일부러 그런 것들을 사들여 놓을 생각을 감히 했을까. 그런 사정은 영현중대도 마찬가지였을 터였다.

  앞에서 상일을 마주하고 있는 화구는 모두 10개였다. 화구 속마다 미리 레일에 올려 화장로 속으로 밀어 넣은 전사자의 시신이 한 구씩 판 위에 누워 있을 것이다. 항구의 미군 부두에서 염

과정을 대신해서, 적의 공격으로 목숨을 잃기까지 찢어지고 끊어진 시신을 깨끗이 씻겨 꿰매거나 묶어서 원래의 모습에 가까이 만들어 놓는 일인 수시(收屍) 과정을 거친 뒤에, 광목으로 싸고 냉동 처리를 한 시신들을 어제 밤중에 운구해 왔다는 27구 가운데 1차분일 것이다.

상일은 문이 닫힌 화구들에 차례로 눈길을 보낸 뒤에 2미터쯤의 앞쪽을 살폈다. 붉은색 좌복에 무릎 꿇고 앉아 있는 영현중대장 김수림 내위의 뒷모습이었나. 그는 16설 백상지에 석은 전사자 명단을 손에 펴 든 채였다. 그 작은 고급 종이 한 장도 미군 보급창에서 배정받아 사령부 병참대대에서 수령해 온 것을 나눠 받은 것일 터였다. 그는 언제나처럼 굳은 얼굴로 돌아보면서 짧게 머리를 끄덕였다. 그리고 곧 벌떡 일어나서 금세 자리를 떴다. 좌복 위에 명단을 잘 펴놓은 채였다. 화장로들에 들어간 전사자들의 위패 대신이었다. 아니, 급히 만든 위패였다. 지금부터 그는 화장장 안을 이리저리 돌아칠 터였다. 지난 제대로 귀국 명령을 받고 떠난 3명의 빈자리에 문제가 생기지 않는지를 찾으러 들 것이었다. 혼자 머리를 끄덕인 상일이 두 손에 목탁을 든 채로 자세를 바로잡았다.

목탁을 한 차례 작은 소리에서 점점 큰소리로 올려 쳤다가는 금세 제자리로 떨어뜨렸다. 밖에서 이때를 기다리고 있던 작업병들이 번호를 외치면서 차례로 휘발유 버너의 밸브들을 열 것이다. 퍽, 퍽, 퍽, 퍽…. 버너마다 안에서 노즐들에 불이 붙는다. 시신을 위아래에서 둥글게 에워싼 벌집처럼 촘촘히 붙어 있는 노즐들이 쉬익쉬익 거친 소리를 지르며 불길을 쏟아낸다.

　'정구업진언, 수리수리 마하수리 수수리 사바하, 수리수리 마하수리 수수리 사바하, 수리수리 마하수리 수수리 사바하, 오방내외안위제신진언, 나무 사만다 못다남 옴 도로도로….' 상일은 천수경을 외면서 목탁을 친다. 목소리가 당당하다. 이역만리까지, 중국 대륙의 서쪽에 이어진 땅을 엉뚱하게도 '머나먼 남쪽 섬의 나라…'라고 노래할 정도로 모르던 곳까지 전쟁의 막판에 군인으로 왔다가 북로 유격대가 쏘아 댄 박격포탄들에 맞아 처참하게 목숨을 앗긴 이들이었다. 그것도 줄지어 귀국선을 타러 나가던 길, 트럭들 위에서 이 지경이 된 이들이었다. 영혼들은 고작해야 '이것이 무엇인고?' 할 터이었다. 도무지 이해가 가지 않으니 더는 어떤 생각도 못 하리라…. '집까지 길이라도 제대로 찾아갈 수 있어야 합니다. 그것이 당장에 필요한 당신의 가피입니다.' 상일은 염불을 하고 목탁을 치면서도 가슴속에서 일어나는 간절함을 염원했다. 이번에는 어느 때보다 마음이 더욱 간절했다.

　이제 무상게로 경을 이어 갔다. '부무상계자는 입열반지요문이요 월고해지자항이라 시고….' 곧 김 대위가 거들 시간이었다. 잊지 않고 김 대위가 자리에 와 있었다. 대단했다. '영가여―'

를 부를 차례에 전사자들의 계급과 성명을 한 명 한 명 호명할 터이었다. 물론 주소 대신에 '남로국 파병 육군 소속'이라고 댈 것이었다.

상일이 거기에 맞춰서 쉬지 않고 목탁을 두드렸다. 5분쯤 지났는데 이번에는 김 대위가 들어왔다. 수고를 나눠서 하는 것이다. 화구를 막고 있는 헐거운 문틈을 빠져나온 열기가 그에게 몰려들었다. 노(爐)에서 나오는 지방 타는 냄새도 엉켜들고 있을 터이다. 하지만 홍마초꽃 달인 물을 미리 두어 조금 마셔 눈덕을 보고 있다. 이제 그가 들어갈 차례였다. '사대허가하여 비가애석이라 여종무시이래도 지우금일이….' "어어엇…!" 그때 김 대위가 무언가 놀란 소리를 냈다. 일어나서 자리를 뜨려는 것 같았다. 그는 상관하지 않고 염불을 계속했다. 김 대위가 그의 귀에 대고 뭐라고 했다. 그는 금세 알아듣지 못했다.

"스님! 비상소집령이 내려왔습니다. 사령관이 예하 각급 부대 지휘관들한테 비상소집령을 내렸습니다."

김 대위가 목소리를 좀 높여서 다시 말했다.

무슨 이런 개똥 같은 경우가 있는가, 이런 때에 비상소집이라니…. 그는 목탁을 멈췄다.

"06시까지 사령부 상황실입니다."

김 대위는 언제 전달받은 것인지 손에 들고 있던 전언통신문을 상일의 눈앞으로 들이밀었다. 옆에 영현중대 서무계 공 병장이 와서 서 있었다. 사정을 알 만했다. 군종병 허 상병이 지금 이곳에 와 있는 통에 불광사에는 칸이 혼자 있어서 업무연락이 이루어지지 않았을 터였다.

"사령부 당직 사관한테 전화해서 이곳 사정을 설명했더니, 비 상소집령 불복으로 영창 가고 싶으면 오지 말라고 소리쳤습니 다."

공 병장이었다. 스님은 실로 어처구니가 없었다. 황당하기도 했다. 귀국선을 타러 항구로 향하던 운송 트럭들에 타고 있던 병사들이 갑작스레 적 유격대의 박격포 공격을 받았을 때, 이런 마음이었을까 해졌다. 느닷없이 죽음이 덮쳐서 바로 지금 저 화 장로들 속에서 불타고 있는 병사들처럼. 또 냉동고 속에서 순서 를 기다리고 있을 사체들처럼.

"다녀오세요, 스님. 나는 못 갑니다! 저 불쌍한 스물일곱 영혼 들을 팽개쳐 놓고 어딜 갑니까? 어떻게든 유골함에 수습해서 불 광사 부처님들 앞으로 옮겨, 고국 봉송재를 올리려면 시간이 없 어요. 헬기가 와서 공항까지 실어 가야 할 것 아닙니까. 헬기도 치누크기가 와야 합니다. L-19로는 일시에 봉송 불가예요! 고 국에서 애태우는 가족이 산 목숨은 아니어도 죽은 목숨이라도 만나게 해 줘야지요…. 지금 6시 20분입니다. 준비해 놓을 테니 어서 다녀오세요…!"

김 대위가 성질을 부렸다. 상일은 꼼짝없이 그의 의견에 따를 수밖에 없었다. 수긍이 간 것이다.

"허 상병, 지금 너 뭣허고 있냐? 스님 영창 가는 꼴 보고 싶냐? 빨리 불광사로 모시고 가서 준비허시게 해야제…. 알았어?"

"아니, 아니야. 허 상병 너는 여기 남아! 내가 알아서 할 테니까. 보면서 네가 염불도 해! 알았냐?"

상일이 허 상병을 향해 팔을 저으면서 말했다.

"예, 알았습니다!"

상일도 괜히 성질이 나는 것 같았다. 상일은 급히 일어나서 불광사를 향해 뛰었다. 먼저 법사실로 가서 승복을 군복으로 환복부터 해야 할 것이었다. 그는 남로파병군 군수지원사령부의 군법사 중위 이무일이었다.

곳곳이 밑으로 늘어진 철망 울타리 하나를 사이에 둔, 법당이 있는 불광사와 화장장이 있는 영현중대. 지하 5미터에는 두 곳을 연결하는 길이 7미터의 지하 터널이 있었다. 폭 3미터에 높이 3미터. 바닥에는 궤도가 있었는데, 화장장 밑에는 승강기가 싣고 내려온 유골함들을 기다리는 운반차가 기다리고 있었다. 상여처럼 붉은색 지화들로 장식된 운반차는 영현중대에서 2명 1조로 앞에서 끌고 뒤를 밀어서 법당 밑에 있는 봉안소까지 운행했다.

상일은 군법사로서 화장로의 전사체에 불길이 쏟아지는 동안에 목탁을 두드리며 경을 외었다. 육신이 잘 타라고, 혼은 제 나라 제 가족 곁으로 잘 돌아가라고. 또 한 차례 법당으로 옮겨서는 상단 앞에 나란히 세워 놓은 위패들을 마주하고, 생활이 궁핍하지 않고 전쟁이 없는 곳으로 가서 잘 살라고⋯. 물론 군종병인 허한수 상병의 보조를 늘 받았다.

상일이 상황실 앞에 지프를 세웠을 때가 06시 41분이었다. 234고지의 정상에서 30마일로 출발한 지프가 곧 202고지의 8부 능선을 우측으로 끼고 돌면서 시작되는 내리막길에서도 속도를 늦추지 않았고, 중앙로로 나온 뒤부터는 속도를 80마일까지 올렸는데도 그랬다. 거기다 상황실이 있는 지하 벙커 입구에서 경계를 서던 헌병들이 그의 신분을 확인하려 드는 통에 시간이 더 늦어졌다.

"야, 이무일 중위! 너 왜 이제야 기어 와! 전쟁에서 비상소집 명령에 불복한 군인은 총살이야! 인마 너, 육종 반납해 줄까?"

상일을 본 참모장 박 대령이 사납게 굴었다. 순간 그는 잠시 엉거주춤 소지하고 있던 권총을 의식했다. 참모장의 말마따나 이곳은 전장이었다. 설혹 전투 상황이 아니라 해도 누구나 부대를 벗어날 때는 총기를 소지해야 했고, 유사시에는 사용이 가능했다. 이 자리의 누구보다 참모장이 잘 알고 있을 터이었다. 상일이 하다 말고 달려온 일은 군수지원사령부에 소속된 수천 명 병력 가운데서 자신이 아니면 할 수 없는 일이었다. 그만큼 전사자의 유골을 수습해서 고국으로 봉송하는 그 일이 중요했다.

그런데 참모장은 말을 함부로 내뱉은 것이다.

그는 사령관이며 참모장같이 높은 계급장을 달고 있는 자들이 수사 보안 기관의 암묵적 협조를 받아 가면서, 특히 병참기지에서 무슨 짓을 하는지 알고 있었다. 사령부 밖에서 출퇴근을 하는 칸이 시내의 '공팔집'에서 벌어지는 일을 가끔 소리 죽여 전해 주는 것을 들은 것이다. 전쟁이 끝나가는데, 그들은 각종 병기를 비롯한 그 많은 보급품을 도대체 어디다 쓰려는 것인가…? 그는 안쪽의 빈자리를 찾아 들어가면서 일부러 허리 왼쪽에 차고 있던 45구경 권총 위에 손을 얹었다.

참모장이 직접 예하 지휘관들을 상대로 벌써 배포한 자료를 설명하는 중이었다. 상사 계급자가 상일한테도 한 부 갖다주었다. 첫 장의 상단에 찍어 놓은 'Ⅱ급 비밀' 표시의 벌건 고무인이 선명했다. 고무인 속에는 생산된 문서의 수량과 그것이 그중 몇 번째인지가 나타나 있었다. 5쪽짜리 문건의 제목은 '파리평화협정 조인과 발표에 따른 부대별 대비책 수립에 관한 건'이었다.

상일은 급히 내용을 훑었다. 금일 0시를 기해, 다시 말해 1973년 1월 28일 0시를 기해 미국과 남로국, 북로국과 유격대 사이의 4자 파리협정이 발효됐다. 즉 남북 간의 전쟁 중단을 의미한다. 따라서 그동안 남부의 자유남로국과 연합하였던 미국을 비롯한 국가의 병력은 일정을 잡아서 전원 본국으로 철수해야 한다. 그다음에는 우리의 남로 파병군인 육군 황마사단과 비호사단이 선발대로, 군수지원사령부가 후발대로 3월 말까지 철수를 완료해야 한다. 각급 부대 지휘관들은 참모장을 반장으로 한 철수대책반과 협의하여, 지휘하는 부대의 특성에 따라 확실하고 안전한 철수 계획을 수립하여야 한다. 부대별 철수 우선순위를 비롯한 세부 계획은 금일 이 시간 이후 확정할 것이다.

이것이 주요 내용이었다. 참모장이 비밀문건에 없는 내용으로 말을 이었다.

상일은 수첩에 메모를 하면서 행여나 하고 주위를 둘러보았다. 영현중대장 김수림 대위는 보이지 않았다. 어떻게든 전사자들의 화장을 끝내고, 수습된 영현을 지하도를 통해 불광사의 영현 보관소로 이동 안치해 놓고 봉송 불사를 기다리겠다는 뜻이었을 터였다. 그런 뒤 비로소 치누크 헬기를 이용해서 비행장 이송이 가능할 것이므로···. 끝내 영창을 각오하고 비상소집 명령에 불복했다는 뜻인가? 아까 참모장이 상일 자신에게 '육종 반납' 운운하며 협박했다는 생각이 났다. 육종 반납이 뭔가? 육군에게 보급되는 물품들은 1종의 주·부식류부터 5종의 탄약류와 폭파 자재까지 분류하여 운용하는데, 규정 외의 6종을 임의로 나눠서 거기에 사체를 넣고 있었다. 그러니까, 참모장의 이 말은 '죽고 싶냐?' '죽여 줄까?'라는 뜻이었다. 이처럼 '영창 가고 싶냐?'는 말도 그냥 협박에 불과한 말이 됐으면 했다. 전쟁이 끝났다는데···.

그런데 정작으로 있어야 할 사령관이 보이지 않았다. 앞쪽의 우측에 반드시 큰 의자를 놓고 떡하니 버티고 앉아서 새벽에 불려 온 부하들을 마주한 채 두 눈을 껌벅이고 있어야 하는 그였다. 상일은 소문이 정말인가 했다. 그가 영내에 있는 호송병원에 입원해 있다는 소문이었다. 며칠 전 밤중에 시내에 있는 술집 애인을 보러 나갔다가 '진짜 애인' 사내한테 폭력을 당했다는 것이었다. 그런 말이 돌았다. 음해하려는 말인지도 몰랐다. 그런데 그 폭력이 차마 입에 담을 수도 없는 내용이었다. 아얏! 소리도 못 한 채 처절하게 당한 것 같았다.

상일은 빨리 귀대해야 한다는 마음으로 바빴다. 일어서자마자 상황실 출입구를 향해 다른 이들을 헤치듯이 하면서 나가고 있었다. 누군가 옆에서 그의 한쪽 팔을 건드렸다. 돌아보자, 경비중대장이었다. 그가 고갯짓으로 한쪽을 가리키면서, 참모장이 찾는다 하였다.

"야! 불광사. 너 왜 못 들은 척해?"

"아닌데요…, 귀대가 바빠서요…."

참모장의 위압적인 말씨에 그는 귀찮아했다.

"너, 알지? 영현중대장 그 자식 죽으려고 환장한 거 아냐? 왜 비상소집에 항명을 해? 그 자식 1명만 안 왔어. 이제는 전화도 안 받는다. 불광사 너는 알 거 아냐? 싸가지 없는 자식…!"

상일은 옳지 잘됐다 했다. 도착 때부터 위압을 받는 통에 자칫 잊을 뻔한 일이었다. 그런데 저자가 '싸가지 없는 자식'이라는 욕은 누굴 가리키는 건가? 또한 나한테는 군법사라는 직무도, 관리장교라는 보직도, 계급 성명도 있는데, 나를 두고 '불광사'라니….

"영현중대장 김수림 대위… 어쩌면 지금쯤 화장로 열기에 타죽었을지도 모릅니다. 자정 무렵 234고지로 헬기 날아드는 소리 못 들으셨습니까, 참모장님? 상황실에 보고도 했다는 말을 들었는데, 아직 보고 못 받으셨는가 봅니다아. 이거 군사기밀인데…, 여기서 말해도 됩니까? 어제 18시경에 우리 황마사단 귀국 장병을 항구로 수송하던 트럭 중에 적 유격대놈들이 쏘아 댄 82밀리 박격포탄에 두 트럭분이 깨졌답니다. 전사자 27명에 부상자는 몇 명인지 우리는 모릅니다. 이 시간까지 참모장님도 모르고 계신 것 같은데 이상합니다. 그 스물일곱 구가 미군베이 거쳐서 금일 04시경에 234고지 영현중대로 헬기 수송됐답니다. 지금 김수림 대위는 전 제대에 귀국해 버리고 보충받지 못한 작업병 3명 대신에 이리 뛰고 저리 뛰느라고 정신이 없어요. 기진 맥진이에요. 알겠습니까? 아셨냐고요? 그럼… 저는 이만 귀대합니다. 충성!"

소리치듯 다 들으라는 듯이 말하고 난 상일이 경례까지 올려붙인 뒤, 참모장의 반응을 보지 않은 채 출입문 쪽을 향했다.

비상소집이 해제될 때까지 사령관을 볼 수 없었다. 상일은 상황실을 나서면서 그래도 사령관이 나름 효자인 것 같았는데…
했다. 그리고 영현중대장을 걱정했다. 상일 자신이 영현들에 대
해서 지극정성을 다하는 것은, 군법사로서 직무이기 때문이었
다. 그런데 영현중대장 김수림 대위는 왜 그토록 영현 관련 의
례에 철저한 것인가. 도무지 요령이라는 것이 눈곱 찌꺼기만큼
도 없었다.

상일이 불광사에 온 지 석 달쯤 됐을 때였던 것 같았다. 김수
림 대위가 직접 K레이션 상사 몇 개를 들고 상일을 찾아온 석이
있었다. 맨날 고기만 나오는 부식 때문에 고생이 많을 것이라는
배려였다. 마침 병참부에 파병 동기가 있어서 얻어 냈다면서 가
져온 배추김치 캔이며 멸치볶음 캔들이 그때 얼마나 고마운지
몰랐다. 그 자리에서 김 대위에게 들은 이야기였다. 그가 영현
관리에 그토록 철저한 데는 그만한 사연이 있었다.

지리산 반야봉의 구례 쪽에 그저 '작은 동네'라고 부르는 열한
가호. 그 3년 전쟁의 초반부터 멀리는 여수 순천 영암, 가까이는
화순 같은 타지에서 낮게 허리를 숙이고 스며들 듯 몰려들던 사
람들. 산사람이라는 그들이 전쟁이 중반에 이를 무렵에 동네의
남정네 열일곱을 몽땅 끌고 사라졌다. 한밤중에 느닷없이 방문
을 두드려 밖으로 불러냈는데, 날이 샌 뒤에도 그 뒤에도 끝내
돌아오지 않았다. 그 속에 마흔다섯 살 아버지와 스물한 살 쌍
둥이 아들들이 있었는데, 쌍둥이 큰아들이 그의 아버지였다. 열

아홉 살 색시는 배불뚝이였고, 그는 그 속에 들어 있었다. 그러니까 그는 유복자였다. 동네에 남겨진 아홉 명 어린애들이 자라면서 어디든 유골이라도 찾아야 한다는 부채감이 있었지만, 점점 커져 갈 뿐이었다. 어떤 수확도 있을 수가 없었다. 고작 끌려간 날을 제삿날로 정해서 그간에 부쩍 늙은 어머니와 더러는 죽기도 한 어머니의 유언과 함께, 온 동네에서 한 날 한 때에 모시는 일이 전부였다.

어떻든 이제부터는 정전도 아닌 종전이라 했다. 어디서도 전투는 벌어지지 않을 터…. 그렇다면 더는 전사자도 생기지 않을 터…. 또 그렇다면 영현중대에서 할 일도 없을 터…. 당연히 화장장 굴뚝에서 회색 연기가 피어나지도 않을 터…. 불광사의 상일이 화구 앞에서 불공을 올리는 일도, 법당의 위패들 앞에서도…. 아! 그래 그런 날이 왔어…! 그런 날이 왔어…! 케네디 지프의 운전석에 올라앉아서 키 박스의 스위치를 돌려 시동을 걸면서 상일은 기뻐서 소리라도 치고 싶었다. 순간 정수리에 떠돌던 불안감이 목덜미로 쏟아져 내리는 성싶었다. 뭐가 잘못 돼가는 느낌이었다. 지금은 빨리 절로 돌아가서 할 일을 하는 수밖에 없겠다 싶었다. 무력감이 밀려왔다.

234고지의 두 부대는 따로 철수 준비를 할 것도 없을 것이다. 절을, 화장장을 뜯어 갈 수도 없지 않은가…. 절을 뜯어 갈 수만 있다면 참 좋겠지만…. 은사인 혜민 스님한테 큰 기쁨을 드릴 수 있을 테니…. 치달을 당한 적도 없고, 입실한 것도 아닌데…. 바른말만 한 것인데 뒷방살이가 뭔가…. 하긴 누가 난야든 움막이든 지어서 모신다고 해도 썩 좋아할 이도 아니었다. 지금은 어떻게 지내시는지…. 답답하기만 했다. 사정이 더 나빠진 것은 아닌지….

상일이 귀국 휴가를 써서 군복 차림으로 달려간 도량에는 혜민 은사 스님이 없었나. 40년을 훨씬 넘겨서 기거해 온 그곳이었다. 언제 사라졌는지, 어디로 갔는지 아무도 몰랐다. 하나뿐인 사형제까지도 그랬다. 사형제가 미워서 좀 때려 주고 싶기까지 했다. 하나, 같이 괄시를 받아 왔다는 생각이 나서 한 차례 어깨를 두드려 주었을 뿐이다. 찾아간 군복 차림 그대로 상일도 그곳을 떠났다. 불전에 인사만 하고 걸머진 걸망도 없이 출가한 그곳을 아예 떠난 것이다.

그렇게 혜민을 찾아 나섰다. 시작은 쉬웠다. 마침 종소리가 울려 대는 저녁예불 시간이었다. 계곡을 빠져나가는 물…. 같이 흐르는 종소리…. 거기에 길이 나 있었다. 상일에게는 예전에 익숙해진 것들이었다. 그 길을 따라 들어왔고 이제는 그 길을 따라 나가면 될 것이었다. 혜민도 그랬지 않았겠는가. 눈치가 보여 저녁을 굶은 채로 길을 따라 내려가기 시작했다.

밤새 같이한 반달이 깜박 잊고 있던 제 일을 보러 간 듯 보이지 않을 때쯤, 그는 골짜기를 벗어나고 있었다. 아직은 혜민의 흔적을 발견하지 못한 채였다. 눈앞이 트이면서 혼란이 일었다.

상일은 혜민을 처음 만났을 때를 생각했다. 자신에게 길을 잡아 준 순간이었다. 산길을 가던 혜민이 그에게 온 것이다. 어머니가 돌아가셨다는 사실을 한 달도 넘게 모르고 있다가 전주에서 지내던 그가 부랴부랴 달려왔던 것이다. 그래도 동네 사람들이 보우산 자락에 봉분을 만들어 놓았기에 망정이지 어쩔 뻔했는가. 고향 마을에서 전주로 나와 고등학교에 다니는 남자아이가 있어서 다행이었다. 기특한 것은 고향을 떠난 지 5년이 지난 그를 알아보았다는 것이다. 길에서 만난 그에게 남자아이가 고향에 가 있는 동안에 일어난 일을 말해 주었던 것이다.

·그는 묘지 앞에 엎드려 울고 있었다. 한꺼번에 쏟아진 서러움으로 울음소리가 컸을 테고 흐느낌 소리도 요란했을 것이다. 가까이 온 혜민이 지켜보고 있었는데도 그는 한동안 알지 못했다. 동안거를 끝낸 그가 남녘땅을 행각하는 길이었다. 울음소리가 어느 정도 가라앉았던가. 혜민이 따스하게 그를 위로하자, 생전 처음 들어보는 따뜻한 말에 대책 없이 감흥을 느껴 버렸다. 아버지가 계셨다면 이랬을까…. 전쟁에 나갔다가 소식도 없이 실종돼 버린 아버지. 이제는 어머니까지 없는데…. 그는 처지를 한탄하는 한편으로 사정을 하소연했고, 결국에는 울면서 따라나섰다. 열여덟 살. 돈을 벌어 어머니를 모시겠다는 효심도 다

소용이 없었고, 가능성도 이미 희박해진 참이었다. 이제는 전주로 돌아갈 이유도 없었다.

상일의 눈앞이 확 밝아졌다. 하얀 아크릴 등이 초롱처럼 허리께에 붙박이로 내걸린 2층집. 그것에는 '민박'이란 두 글자 밑에 눈을 강조한 초록 물고기 한 마리가 들어가 있었다. 산자락 속에 숨듯이 서 있어서 그때까지 눈에 잘 들어오지 않았던 것인가. 그는 부심코, 뭔가? 녹어…? 했다. 1층 한쪽 유리눈에는 '산채비빔밥'이 밖을 내다보고 있었다. 발걸음이 저절로 다가갔고 오른손이 산채비빔밥을 밀치고 안으로 들어갔다. 손님이 자신밖에 없었다. 어제저녁도 굶은 터였다. 그런데 정작으로 된장국을 곁들여 주문한 음식이 나왔을 때는 밥을 제대로 비비기 싫었고, 겨우 한 숟갈 입에 떠넣었을 때는 한 5분쯤 씹고 있었던 듯했다. 입고 있는 군복 상의의 왼팔에는 당연히 아직 그대로 남로국 파병부대 코코넛 나무 방패 견장이 붙어 있었다. 그래서 50대 중반으로 보이는 여자가 앞자리로 다가와 말을 붙였을 것이다. 남로국 귀국자냐고, 건강하게 살아 돌아와서 다행이라고, 부모님이 얼마나 좋아하시겠냐고 했다. 상일은 왜 이러는가 해서 여자의 얼굴을 자세히 살폈다. 그한테 부모님은 없었다. 한데, 여자가 살아 돌아와서라고 말했다면, 앞서 누군지 죽어서 돌아왔었다는 뜻이 아닌가? 그리고 두 눈의 애잔한 눈빛은 또 뭔가? 금세 시간이 멈춘 듯했다. 그만 일어서고 싶기까지 했다.

그때 그의 왼손을 슬쩍 잡는 느낌이 들었다. 놀라서 돌아보았을 때, 온몸이 굳어졌다. 하도 기가 차서였다. 입도 굳어졌다. 숨이 쉬어지지 않았다.

"절에서 만났다. 재 지내러 왔더라. 하나 있는 아들이 기어이 남로국 파병 지원해서 가더니 유골로 돌아왔단다. 집까지 오지도 못하고 국립묘지에 묻혔단다."

마치 나비의 날갯짓같이 가벼운 말소리가 상일의 귓가에 내려앉고 있었다.

"예, 스님…. 이렇게 뵙습니다."

"행행본처 지지발처(行行本處 至至發處)라 하지 않았느냐? 우리가 어디로 가겠느냐? 내가 너를 알고 네가 나를 아는데…. 가도가도 그 자리고 와도와도 떠난 자리야."

그는 벌떡 일어서서 그때야 식당 바닥에서 절을 올리려 했다. 혜민이 그의 팔을 붙들어 앉혔다.

"여기 계십니까?"

"응, 여기 좋다…! 비산비야라 했지. 승도 아니고 속도 아니고…. 아침에 일어나서 마당 쓸고…. 저 보살이 동병상련이라고 나를 받아 줘서 얼마나 다행인지…. 참 속이 편하다."

어찌 이렇게 생각처럼 만날 수 있었는지…. 그렇게 다시 만났는데….

원일이 온 뒤에 7년. 혜민 은사 스님을 둘이서 더 모실 수 있었다. 음력 3월 21일, 생일에 맞춰 입적할 때까지.

상일은 자신이 참으로 염치없는 존재라는 생각을 했다. 본국에까지도 알려진 일이었다. 전임자가 사고사한 자리였다. 더욱이 전장이 아닌가. 같은 주특기의 장교들 중에는 아무도 나서지 않을 때 그가 불쑥 나서서 온 것이었다. 참전수당을 생각했다. 육군 중위가 하루를 생존하면 4달러 50센트를 받을 수 있다. 365일분, 1,377달러 50센트라면 움막 하나는 지을 수 있을 성싶었다. 보아둔 암자 터가 있기도 했다. 어쩌면 남의 나라에서 푸른 목숨을 내놓고 떠난 이들을 위로하는 일에 보람이 있겠다 싶기도 했다. 살아서 돌아만 간다면….

상일이 막 출발하던 지프를 급히 세웠다. 앞창 밖으로 마침 집무실 쪽으로 길을 잡아 건물 모퉁이를 도는 참모장이 보였던 것이다. 순간 지프의 브레이크를 잡아 둔 채 뛰어내린 그가 모퉁이를 향해 뛰었다. 충동적이었다. 모욕을 받은 것도 그렇지만 업무 파악도 제대로 못한 채 부하들을 밟아 대는 데에 화가 치솟았다. 아까 우롱한 것으로는 부족했다. 모퉁이를 따라 돌면서 주위를 살핀 뒤, 참모장이 혼자라는 것을 확인하고는 다짜고짜 앞으로 달려들어 두 손으로 참모장의 양 볼을 움켜쥐었다. 그렇게 됐을 때 상대는 소리를 지를 수 없었다. 입을 벌릴 수 없어서 그저, 어ㅡ 어ㅡ! 할 뿐이었다. 전주로 가출해서 지내던 5년 동안 돈 버는 일이라면 소년이 할 수 있는 일은 다 해 본 그였다. 복싱 도장을 기웃거리기도 했다.

"참모장니임ㅡ!"

그는 참모장의 한쪽 귀에 물어뜯을 듯이 바짝 입을 갖다 댔다.

"그런 버르장머리 어디서 배운 거예요? 좆나게 일하고 온 사람한테 육종 반납 운운하지 않나, 이 열사에 가스불 앞에서 구어질 것 같은데도 영현 수습을 하느라고 뼁이 치고 있는 사람한테 칭찬은 못할망정 그런 식으로 꼭 윽박질러야 시원하시냐고요? 아무리 군대고, 전쟁 막판이라고…"

여기까지 말한 상일이 입을 떼는가 했는데, 이번에는 참모장의 다른 쪽 귀에 입을 붙이면서, 두 볼을 움켜쥐고 있던 두 손에 더욱 힘을 가했다.

"앞으로 두고 봐요오! 아 시간 이후부터 우리 참모장님 육종 반납 받아서 무간지옥 보내 달라고 부처님 앞에서, 계속 계속 계소옥 기도할 테니까 기다려 보시라고요오!"

상일은 이제 참모장을 놔주고 몸을 돌려서 세워 둔 지프를 향해 뛰었다. 그리고 운전석에 올라앉자마자 서둘러 출발했다. 아마 참모장은 한동안 그 자리에 주저앉아 있을 터였다. 저렇게 당하고 나면 어디에다 대고 말할 수도 없을 터였다. 있다면 상일을 조기 귀국시키는 수밖에 없는 것인데, 종전된 상황에서 어찌겠는가. 더욱이 사령관이 그 이유를 묻는다면 뭐라 답할 것인가. 중이 그래서 되겠는가. 그가 선택해서 할 수 있는, 무도한 사람을 사람 되게 하는 최상의 설법이었다. 혜민 은사 스님은 말로만 하다가 뒷방으로 치워지듯 나앉았지만, 자신은 다르다고 생각했다.

상일은 운전해 가던 지프를 급하게 세웠다. 좌우가 개방된 지프 안인데도 열기가 훅 밀려들었다. 오늘도 30도가 넘는 것 같았다. 사령부 병영을 동시로 관통하는 중앙로를 타고 계속해서 동쪽 방향으로 가던 그였는데, 그만 왼쪽 고지로 올라가는 소로의 초입을 놓쳐 버린 것이다. 지난 일 년 동안 수도 없이 오르내린 길이었는데, 속도를 좀 냈던 것 같았다. 거기에 마음이 급한 데다 복잡하기까지 해서 그런 것 같았다.

코끝에 뭔가 모기처럼 자꾸만 들러붙는 느낌이 신경 쓰였다. 그대로 202고지와 234고지 사이로 나 있는 고갯길을 넘어갔더라면 사령부의 영문이었다. 2킬로미터에 달하는 사령부 중앙로의 끝이기도 했다. 거기서 다시 5백 미터쯤을 더 가면 삼거리가 기다리고 있을 터. 우측이 시의 중심부로, 좌측이 우리 군 비룡사단 본부로 가는 길이었다. 내가 왜 이랬지? 이제 종전이 됐으니, 할 일이 없을 테니 어디로 행각이라도 떠나자는 것이었나….

그는 혼잣말을 하면서 지프를 후진시키다가 일단정지, 거기서 방향을 좌측으로 완전히 꺾어서 직진시켰다. 예정했던 202 고지의 허리로 타고 올라서 이어지는 234고지의 정상으로 오르는 소로였다. 그러나 곧 정지했다. 아예 정지 기어로 바꿔 놓고 클러치 페달과 브레이크 페달에 올라가 있던 두 발을 내려놓았다. 속이 매슥거렸다. 건기인데 왜 이러나…? 끈질기게 코끝에 들러붙던 느낌이 이제는 폐부로 스며들어서 비위를 건드리고 있었다. 아! 홍마초꽃 기운이 다한 것이야….

다시 혼잣말을 하고 난 그가 오른손 주먹으로 아랫배를 두 차례 세게 쳤다. 비상조치로 속을 다스리는 수밖에 없었다.

화장로들에서 새 나온 지방이 타는 냄새였다. 한꺼번에 많은 양의 지방을, 그것도 얼마큼 상한 것을 태울 때 이런 냄새가 날 것이다. 구수한 것 같더니 쿰쿰해지는…. 기실 그동안에 익숙해진 냄새였다. 그런데 그는 속으로, 지금이 1월 하순인데, 건기인데… 했다. 건기에는 홍마초꽃 기운이 오래갔다. 햇살이 쨍쨍할 때는 구태여 가루를 먹거나 달인 물을 마시지 않아도 되었다. 향기를 맡을 필요조차 없었다. 석 달여 전까지 그러니까 우기 동안 내내 그를 퍽이나 괴롭혀 온 냄새였다.

전투복 상의의 주머니께로 오른손을 올렸다가는 도로 앞으로 가져왔다. 수첩을 꺼내려다가 만 것이다. 건기에 접어들면서는 지갑 속에 늘 넣어 다니던 홍마초꽃 가루 봉지를 빼놓은 것이다. 지방 타는 냄새가 덜할 테니 참아 볼 셈이었다. 귀국이 머지않았는데 그때 가서 금단현상 같은 것이 생기면 어쩔 것인가 하는 걱정도 했다. 만일 그사이에 중독되기라도 했다면…, 하는 두려움까지 일었다. 그는 쩝쩝 입맛을 다셨다. 오늘 새벽부터 일이 좀 힘들었던가…. 그래서 화장장까지 칸이 수통에 준비해 놓은 달인 물을 가지고 가서 한 차례 맛보듯 마시지 않았나. 영 현중대 장병들 중에도 홍마초꽃 신세를 지는 이가 있다니까, 중 대장 김 대위는 아니지만…. 지방 타는 그 냄새를 맡을 만큼 맡 았으면 적응이 될 때도 뇌시 않았싰는가. 그런데 오늘따라 몸 이 유난을 떨어 대는 건 또 뭔가…. 참모장과 있었던 불쾌한 일 때문인가…. 투덜거리던 그가 다시 주먹으로 아랫배를 두 차례 친 다음에 눈을 들었다. 불광사로 빨리 돌아가서 소식을 알려야 했다.

차창 밖으로 멀리 234고지의 정상에 앉아 있는 건물들이 희 미하게 보였다. 그러나 그곳에서 하늘로 솟구친 굴뚝 하나는 또 렷했다. 화장장 굴뚝이었다. 그리고 보니 굴뚝 언저리는 물론 이요 나직이 내려와서 굴뚝 끝에 걸린 회색 구름이 보이기도 했 다. 벌써 여기저기로 낮게 퍼져 가고 있는 구름이었다. 새벽에 이 길을 내려오는 동안에도, 중앙로를 달려올 때도 보지 못했 다. 항공기 작전이 어려워질 정도라는 이상기후였다. 화장장 굴 뚝에서 솟구치는 연기가 높이 오르지 못하는 상황이었다. 우기 때와 다르지 않았다. 이제 곧 이슬비가 뿌릴 터…. 지구성후층운(持久性厚層雲) 현상이라고 하던가.

그는 더는 망설일 수가 없었다. 지프를 출발시키고 속도를 냈다. 주욱 올라가서 능선길에 올라탄 뒤에 불광사가 있는 고지까지 내달리는 수밖에는….

그 흔한 야자수나 바나나 나무 한 그루도 보이지 않는 길이었다. 영내에 뻗어 있는 중앙로의 좌우에 배치된 부대들로 통하는 소로가 어디 한둘이겠는가. 그중에 유독 이 소로만이 아스팔트로 포장되어 있다는 것은 그만큼 특별한 길이라는 뜻일 터…. 양쪽의 가장자리를 따라서 155밀리미터 포 탄피들에 흰 페인트를 발라 길 끝까지 주욱 박아 놓았다. 딱딱 간격이 맞고 꼿꼿한 것이 마치 두 팔을 몸에 꼭 붙이고 선 작은 의장병들 같았다. 이런 길을 어디서 또 볼 수 있을까. 그가 이 길을 오갈 때면, 건기의 햇살 속이든 우기의 빗줄기 속이든 만나는 비현실적인 모습이었다.

먼저 우측에 전입 병력을 일시 수용하는 보충대가 나타났다. 일단 지프가 202고지의 정상에 올라온 것이다. 이제 더 높은 234고지로 건너가서 정상까지 오를 것이다. 구태여 죽음을 암시할 수도 있는 길을 올라와서 이런 옹색한 곳에 보충대를 배치한 것은 영문에서 가깝기 때문만은 아닌 것 같았다. 숨겨진 까닭이 따로 있을 것 같았다.

5박 6일 동안 병력수송선을 타고 남지나해를 건너오는 동안

지치고, 항구에 내린 뒤부터는 슬슬 겁을 먹게 되는 그들이 쿰쿰한 냄새와 끈적거리는 느낌이 주는 불쾌감 속에서 어떤 혼란한 현상을 일으키지나 않을까 하는 걱정 때문이 아니었을까 했다. 사람에게 극도의 혼란함은 그만한 긴장감과 두려움을 부르지 않던가.

그들도 모두 험준한 산골에 있는 파병 훈련소에서, 먼저 남로국으로 떠났던 선배 장병들이 1년 기간을 채우고 귀국했을 때는 평균 5킬로그램씩 체중이 불어난 상태였다는 말을 조교늘한테 들었을 것이다. 남로국의 우리 군 근무 환경, 특히 식생활이 우월하다는 뜻이었다. 그때 모두들 반겼을 것이다. 어떻게 불안한 나날을 살면서도 체중이 불어날 수가 있더란 말인가. 그 정도로 보급되는 주·부식이 월등히 좋다는 말인가 했을 것이다. 순간, 죽음의 두려움을 잊기까지 했겠지.

능선길을 타고 올라가서 234고지의 정상에 서 있는 불광사에 다다른 상일이 마당 한쪽에 지프를 세워 놓고 내렸다. 군종병인 허한수 상병과 통역인 칸이 달려왔다. 오랫동안 법당 앞에서 그를 기다렸던 것 같았다. 허 상병은 허 상병대로 칸은 칸대로 불안해 했으리라.

아니, 아니었다. 이제 와서 생각하니, 칸은 이미 상일이 상황실에서 가져온 종전에 관한 소식을 벌써, 그것도 꽤나 상세히 알고 있었을 것이고, 사령부에서 생산된 새 소식을 기다리고 있었을 것 같았다. 국내 방송이며 신문을 얼마든지 듣고 읽을 수 있는 처지이고, 또 관청이나 군에서 일하는 첩자도 있었을 테니 그럴 수 있지 않았을까 했다. 하지만 그때 상일은 까맣게 모르는 일이었다. 칸은 지역 관청인 성의 보안국이 해마다 새로 신원보증을 하는 사람이었으니까.

허 상병은 얼굴이 어두웠고, 칸은 평소와 같았다. 손에 들고 있던 수통을 상일에게 내밀었다. 수통을 받은 상일은 그냥 돌려주었다.

"지구성후층운 현상이 오늘 낮 동안 계속될 겁니다. 고생하셨지요?"

상일은 아까 샛길 초입에서 차창 밖으로 보이는 영현중대의 굴뚝에 넓게 걸려 있던 회색 구름을 떠올리면서, 하늘을 쳐다보았다. 이때 마침 이를 증명이라도 하듯이 펼쳐진 구름에서 이슬비가 내리기 시작했다. 스콜과는 다르게 심하게 옷이 젖지 않아서 현지인들은 상쾌하다고 좋아들 하는 현상이었다.

그는 법당으로 가서 삼배를 했다. 그렇게 불단에 귀대 신고를 한 셈이었다. 보통 때라면 환복부터 한 뒤에 다른 일을 했을 터였다. 다시 곧 두 무릎을 꿇고 앉았다. '오늘 밤 0시부터 평화협정이 발효되어 로국의 남북전쟁이 끝났답니다. 구체적인 일정이 정해진 것은 없습니다. 노력은 해 보겠으나 부처님상과 지장보살님, 문수보살님들 상을 두고 가게 될지도 모르겠습니다. 아니, 절을 통째로 두고 갈지도 모르겠습니다. 로국인들이 신앙이 돈독하니 보다 더 잘 관리하고 모실 것이라 믿습니다. 나무관세음보살!'

어젯밤이었다. 별도의 근무 명령을 받지 않은 병력은 누구나 시간에 맞춰 취침에 들어가 있을 때였다. 그러니까 1973년 1월 27일 22시 17분이었다. 파리평화협정이 발효되기 1시간 43분 전이었다. 영현중대장 김수림 대위가 직접 전화를 걸었다. 상일은 인사처에 상신된 자신의 귀국 명령이 왜인지 두 달 동안이나 보류되고 있는 까닭에 그 시간에도 잠을 이루지 못하고 있었다. 재작년 11월 18일부로 남로국 파병 명령을 받았으니까, 작년 그달의 그 날짜쯤에는 귀국 명령이 떨어지는 것이 오래된 관례였고 상식이라 해도 틀리지 않았다. 정해서 시행하고 있는 근무 기간은 딱 1년이었다. 본국에서 파병선을 타기 전에 12개월, 1년분의 월급을 받는 것도 그 때문이었다. 물론 근무 연장 신청을 해서 승인을 받은 경우라면 달랐다. 참전수당을 일당으로 계산해서 지급하는 까닭이었다. 가고 오는 사람이 서로 겹치면, 수당을 이중 삼중으로 지급하는 모양새가 되어 미국 쪽에서 볼 때 부정행위가 되기 때문이었다.

상일이 전화를 받자, 김수림 대위는 대뜸 "상일 스님, 죄송합니다." 하고, 매번 그래왔듯이 격식부터 차렸다. 더욱이 근래에 들어서는 자신이 귀국 명령 때문에 힘들어하는 것을 어찌 알았는지 칭찬도 아끼지 않았다. 사령부에서 상일 스님만큼 중요한 소임을 맡고 있는 장교가 없다, 막말로 사령관이나 참모장 한 명쯤은 없어도 되는데 상일 스님은 반드시 있어야 한다, 귀국할 때 태극무공훈장을 받아야 한다, 등이었다. 그의 면전에 대고 웃지도 않고 하는 말들이었다.

"전언통신문입니다. 전사체 27구가 새로 들어왔습니다. 내가 들은 전후 사정은 이렇습니다. 황마사단 귀국 병력을 항구로 수송하던 트럭들이 어제 18시경 공로상에서 적 유격대 새끼들의 82밀리 박격포 무차별 공격을 받아 왕창왕창 깨졌다. 불 들어가는 시간은 06:00. 이상. … 전언통신문을 사적으로 해석해서 전사자 27명 외에도 전상자 43명이 발생했다고 하는 것을 보면 두 트럭분이 완전히 박살 난 것 같습니다. 트럭 20대를 전방에서 헌병 차량과 장갑차 1대, 중간에 LMG 거치 지프 1대, 후방에서 장갑차 1대가 경계했다면 무방비 상태나 같지요. 맘만 먹으면 더 죽일 수도 있었습니다. 적 유격대 새끼들이 그냥 인사만 한 겁니다. 저번에 해병 귀국할 때 봤죠? 그때 몇 대 트럭이 깨져서 우리 부대로 왔습니다. 전사만 51명이었어요. 그동안 용맹 무쌍한 우리 해병한테 당한 만큼 갚았던 것이죠. 에이 씨발! 내일 05시쯤에 오실 거지요? 내가 전사자 명단 준비해 놓고 기다리겠습니다. 스님, 안녕히 주무세요. 추웅성!"

그는 상급자이면서도 장난스레 경례까지 한 뒤에 일방적으로 전화를 끊었다. 대답은 듣지 않아도 된다는 뜻이었다. 상일은 김수림 대위가 참 좋았다. 자신에게 친절해서가 아니었다. 그는 그런 고약한 일을 성스러운 일로 처리할 수 있는 근기를 갖고 태어난 사람으로 보였다.

그 때문에라도 상일은 철망 하나 사이에 있는 영현중대의 화장장을 찾아가서 하는 일까지도 성심을 다할 수밖에 없었다. 자신이 남로국 파병을 지원한 목적이 얼마간 참전수당 수령에 있다는 사실이 속으로 부끄러울 때가 있었다.

"종전이 되어 앞으로 전사체가 더 들어오지 않을 테니 영현중대장 대위 김수림은 귀국해서 부처님의 가피 속에서 인제 그만 지리산 속의 동네 사람들에 대한 부담감을 훌훌 털어 버리고 복을 누리고 부디 잘 사세요. 당신이 잘 살지 못하면 어느 누가 잘 살겠습니까!"

상일이 법당 상단을 한 차례 바로 본 뒤에 머리를 숙인 채로 또렷한 말씨로 혼잣말했다.

남로국 파병 우리 군이 바로 이곳 234고지의 정상을 까뭉개서 옹색하지만 터를 만든 뒤에, 영현중대를 창설하고 부대 시설로 화장로 10기를 설치하면서 추모시설로 불광사를 지은 것이 7년 반 전이었다. 그 전의 1년 반 동안은 남로국 파병 연합군 보

급창이 있는 미군베이 안의 비행장 부지에 부설된 그들의 수시
시설을 공동으로 사용했었다고 했다.

하지만 시설이라고 하는 것이 수시장과 냉동고들뿐이었다.
시신을 화장하지 않는 미군의 관습 때문이었다. 알고 보니 그들
은 서부 개척 시대부터 함부로 총질을 해서 사람들을 죽이고는
그대로 버려 두는 경우가 많았다. 어쩌다 매장을 하게 되면 앞
에 십자가를 세우는 정도였다. 그 시절의 죄를 용서받자는 것
인지 종교적인 의식 때문인지, 수시한 냉동 시신을 관에 담아서
전장에서 집까지 배송하는 것을 원칙으로 삼고 있었다. 그래서
우리 군의 전사체들은 그곳에서 냉동 처리만 하고 나서, 미군의
C54 수송기편으로 국내로 수송한 뒤에 기존의 화장장에 의뢰
해서 화장했던 것이다. 문제는 국내의 기존 화장 시설들이 소규
모인 까닭에 시신들을 분산 처리해야 했는데, 그 과정에서 인명
피해에 대해 과장된 소문이 유포될 수밖에 없었다는 것이다. 그
때문에라도 부랴부랴 현지에 부대 창설을 하게 됐는데, 이상한
것은 여태껏 자체 수시장을 보유하지 못했다는 사실이었다. 그
러니까 영현중대장 김수림 대위가 아까, 적의 유격대원들한테
당한 아군의 시신들이 미군베이의 수시장을 거쳐서 부대까지
이송됐다고 한 데는 딱한 이유가 있었다.

이곳 영현중대에는 필요한 만큼의 물 공급이 어렵기 때문에
수시장을 설치하지 못한다고 이유를 대지만, 사실은 그 이유가

나변에 있는 것 같았다. 미군 측의 비협조적인 태도 때문이었다. 전사자 수를 정확히 해서 우리 군이 따로 계산하는 배상금을 속일 수 없도록 하고 있다는 것이었다. 어디까지나 김수림 대위의 말이니까 사실 여부를 확인할 방법은 없었다. 하지만 당초에 미군 측이 미군 관할 구역 안에 해 놓은 시설이었지만, 지금껏 우리 군 영현중대의 병력을 파견해서 운영해 왔다는 사실을 생각해 본다면 믿음이 가는 말이기도 하다.

그 일은 어쩔 수 없었다 하사. 돈주머니를 쥔 쪽이 미국이니까. 하지만 화장로 증설이나 개보수 문제는 다르지 않는가 했다. 지휘부에서 맘만 먹으면 얼마든지 가능한 문제 아닌가. 새로 부임한 김수림 대위가 사령관실에 이 문제를 제기한 것은 당연한 일이었다. 그런데 한 달이 지나도 회신이 없었다. 직접 찾아갈 수밖에. 그런 그에게 사령관은 '얼빠진 놈' 취급을 했다. 본격적인 종전 협상을 시작한 지 4년이나 됐으니 곧 결과가 나올 텐데, 그러면 다 쓸모없는 시설이 되는데, 어느 얼빠진 놈이 그따위 짓을 하겠냐였다. 하도 호되게 자신에 차서 소리치는 통에 더는 말을 붙여 볼 수조차 없었다는 것이다. 상일이 볼 때는 그게 아니었다. 하다못해 낡은 화장로들이라도 어떻게든 손을 봐야 할 것 같았다. 처음 봤을 때도 오늘 봤을 때도 그랬다. 물론 하루에 시신이 한 구도 들어오지 않은 날도 있었다. 그러나 2개 전투사단이 1년에 한 차례씩 대규모 작전을 경쟁하듯 벌일 때

나, 휘하의 6개 연대가 때때로 별도의 작전을 벌일 때면 문제가 달라졌다. 수시장은 수시장대로 정신을 못 차리겠지만, 또 화장장은 열기와 냄새 때문에 숨조차 쉴 수 없는 지경이 됐다. 중대원들 거의가 팬티 바람에 허리에 수통 하나만 차고 이리 뛰고 저리 뛰는 꼴이 꼭 아수라도의 실제를 보는 성싶었다. 거기다 그도 모자라서, 화장로의 낡은 버너가 하나라도 고장이 나는 날에는 곧 무슨 일이 일어날 것처럼 불안했다. 때로는 화장로가 그냥 말썽을 피울 때도 있었다. 이미 새빨갛게 핏물이 든 두 눈을 번득이면서 꼬리 잘린 사자처럼 소리를 질러냈다. 하룻낮이면 할 수도 있는 일을 밤새워서 하고, 이틀 밤낮이면 해낼 수 있는 일을 닷새간에 해야 하기 때문이었다. 더는 나빠질 수 없는 환경에서 과로에 과로를 견디는 그들이 상일의 눈에는 사람이 아닌 것처럼 보였다.

법당에서 나온 상일은 종무실로 갔다.

"스님, 아까 08시 50분에 영현중대 중대장이 스님을 찾는 전화를 하셨습니다. 법당에 계신다고 했더니, 다시 걸겠다면서 끊었습니다. 그런데 06시에 사령관님 비상은 왜 걸었습니까?"

그는 허 상병에게 대답하기에 앞서 좌측 자리에 앉아 있는 칸에게 눈길을 주었다. 법당 상단에 올리는 육법 공양물 가운데 꽃과 과일이 그의 담당이었다. 아까 보았던 백합꽃과 파인애플이 어쩌나 싱싱한지 향 피우는 냄새와 지방 타는 냄새 속에서도 그것들의 향기가 느껴질 정도였다. 순전히 제 노력으로 자원해서 하는 일이었다. 영내에서는 쉽게 구하기 힘든 것들이기도 했지만 아무리 남로국 땅이라 해도 시기에 따라서는 꽃도 과일도 귀했다.

"여기 이것 받아!"

상일이 전투복 상의의 단추를 몇 개 풀었다. 그리고 가슴속에 넣어온 비밀문서를 꺼내서 앞으로 내밀었다. 아까 상황실에서 받은 것이었다. 그것이 질문에 대한 답이었다. 허한수 상병이 급히 와서 문서를 받아 갔다. 그는 메모해 온 수첩을 펼쳤다.

"4자 파리평화협정 조인 내용은 비문에 있는 대로고, 이에 따라 우리 보급사령부는 예하 각 부대가 앞으로 1개월 기간의 철수 계획을 수립하여, 2월 2일 18시 한 사령관이 지휘하는 종합 상황실로 서면 보고함으로써, 보급사령부 단위의 종합계획 수립에 차질이 없도록 한다. 이미 수립된 계획의 시행은 사령관의 별도의 영에 따른다."

"그럼 그동안의 병력 귀국은 일체 없다는, 중지한다는 것입니까?"

상일의 말이 끝나자마자 허 상병이 묻고 들었다. 떨떠름한 표정이었다.

"칸은 곧 실업자가 됩니다. 또 어디 가서 일자리를 찾아요?"

칸이 한숨을 내쉬면서 투덜거렸다.

"나도 허 상병도 별명이 있을 때까지 근무 기간 자동 연장이다. 칸도…. 오늘부터 우리도 철수 준비를 해야 할 테니 말이지. 하지만 별것 아니다. 공적으로는 법당에 작별 인사나 하면 될 것이다. 서류는 연도별 업무일지만 챙기고 나머지는 소각하면 될 거고. 개인적으로 기준 피복 담은 배낭에 개인장비 챙기는 일이다. 거기다 나는 육물을 담은 걸망이 하나 더 있구나."

그는 눈으로는 칸을 보면서 말은 허한수 상병에게 하고 있었다. 우리는 이제 곧 헤어지겠구나, 다시 만날 기약도 없이…. 칸은 상일이 근무를 시작한 첫날 아침에 출근하면서 홍마초 화분을 들고 와서 선물했다. 마치 자신이 비위가 약하다는 사실을 미리 알고 있기라도 한 것처럼…. '5월이 되면 희고 작은 꽃들이 줄기들에 핍니다. 향기가 매우 진합니다. 귀국의 찔레보다는 꽃이 작지만, 줄기들에 가시가 있어서 많이 같아요' 그때 그는 억양이 부드럽고 발음이 정확한 우리말을 사용했다. 상일의 몸이 지난 1년을 버틸 수 있게 해 준 힘이 어쩌면 거기서 나온 것 같기도 했다.

"아, 참! 허 상병은 2급 비취 허가가 없지. 그래도 어쩔 수 없다. 그 서류 내용을 신속하게 공유한 후 비문 창고에 보관 관리한다. 내 이름, 중위 이무일로 관리대장에 기록하는 거 잊지 말고…."

그가 비로소 허 상병에게 눈길을 옮기면서 하는 말이었다. 분명한 말씨였지만 내용은 어려웠다. 상병 허한수는 2급 비밀 취급 허가를 받은 적이 없었다. 장교인 그에게만 있었다. 더구나 칸은 보는 것은 물론이요, 듣는 것조차 안 됐다. 그렇다고 어쩌겠는가. 서로 내용을 모르면 일할 수가 없지 않은가. 그래서 요령껏 하라는 것이었다. 자신의 개인적인 신분은 승려였지만, 현재 있는 곳이 병영 안이었다. 그는 군법사였고 군종장교였다.

상일은 철망 울타리를 사이에 두고 사령부의 중앙로 너머에 솟아 있는 234고지의 제1 지오피(GOP)를 바라보며 불광사와 나란히 앉아 있는 영현중대로 가면서, 갖고 있는 돈을 언제 어떻게 김수림 대위한테 줄 것인가를 생각했다. 허한수 상병에게 맡겨 놓은 미화 7백 달러였다. 그는 그것을 출입문에 자물쇠통이 걸려 있는 비문 창고 안에 보관하고 있는 눈치였다. 비문 창고는 종무실도 겸한 행정실의 한구석에 붙여서 설치한 가로세로 높이가 2미터씩인 상자 꼴이었다. 아무래도 시점은 귀국 명령이 내려온 직후가 좋겠다 싶었다. 그리고 직접 찾아서 어떻게 만든 돈이라는 것을 설명하면 어렵지 않게 손에 쥐어 줄 수가 있을 것 같았다. 그 가운데 2백 달러는 칸과 허한수 상병에게 나눠줄 것이다. 그 자신은 참전수당만 가지면 목표했던 일을 할 수 있겠다 싶어서 그 돈에 몫을 그리 정한 것이다. 자신이 사용할 돈은 어디까지나 정재여야 했다. 문득 혜민 은사 스님의 얼굴이 눈앞에 그려졌다.

상일은 그때 또 혜민 은사 스님의 소식을 전혀 모르고 있었다. 오로지 안부를 아는 방법은 모국에 있는 절집으로 보낸 편지에 답장을 받아야 했다. 그곳에 사형제 하나가 있어서 따로 소식을 물었지만 역시 답장을 받을 수 없으니 그야말로 별수가 없었다.

'선방에서 참선을 규정대로 엄격하게 하는 중, 공부를 많이 한 중'으로 도량 안팎에 소문이 난 그였다. 아는 이들 모두가 인정한다는 뜻이다. 속으로는 존경하기도 했을 터이었다. 문제는 그의 대단한 근기였다. 번드레한 신도들을 가까이하지 않으려 했다. 주지가 되면서 2년 가까이 도량의 살림이 어려워졌다고, 매우 어려워졌다고, 그래서 불사는 물론 꿈도 꾸지 못할 형편이고 참선하러 방부 든 스님들한테도 살림살이의 곤궁함을 감출수 없는 정도라고 상좌도 부전도 불만이 많았다. 그 결과가 뒷방 차지였다. 그런데도 그는 더욱 꼿꼿하고 당당해졌다. 번드레한 신도들에게 요사채에서 차를 내놓는 새 주지는 물론이요, 그의 언저리 사람들에게까지 못하는 언사가 없었다. '찍찍이'라는 연꽃 자수 불전 지갑을 넙죽넙죽 받아 넣는다는 이유였다. 바짝마르고 옴이 오른 여우 새끼라는 뜻의 개소야간(疥瘙野干)이라는 욕도 모자라서, 장래가 구제불능이라는 뜻의 '만불일생(萬不一生)'이란 막말까지 해 대기도 했다. 자리를 가리지도 않았다. 그러니 어쩌겠는가. 막 돌아가는 세상이라고 그렇게 사는 것이 아니라면, 매달린 종이나 치고 뜰의 풀이나 뜯고 전각의 거미줄이나 걷어 내면서 지내는 수밖에는…. 번드레한 이들이 축농증 환자 콧방귀 뀌듯이 해 대는 말이 '중이 절 보기 싫으면 떠나야지' 정도가 아니고 '떠나면 될 것 아닌가'였다.

혜민 은사 스님은 벌써 어딘가로 떠난 것이 분명했다.

김수림 대위는 제 부대에 없었다. 헌병대에서 '백차'가 와서 데려갔다면서 선임하사가 몹시 화를 냈다. 그래서 본인이 상일에게 다급하게 전화를 걸었던가 했다.

"씨발! 좆 같은 새끼가 헌병대에 지시했다 합디다. 그 새끼를 잡아다가 화구에 처넣고 확 구워 버리면 어떨까요? 스님! 스님은 사령관하고 알고 지내는 사이인 모양이던데 어떻게 안 되겠소?"

선임하사가 화구에 처넣고 어쩌고 한 대상이 참모장이라는 것이 쉽게 짐작됐다. 그렇다면 사령관은 지금도 집무실에 없을 것이라는 그의 추측이 맞는 것 같았다. 참모장이 멋대로 하고 있다면…. 다행히 화장장 일은 다 끝나 있었다. 한 차례 일을 끝내는 데 한 시간이 걸렸다. 세 시간이 지났으니, 사고가 더 없었다면 당연한 일이었다. 이제 나무상자에 담아 서로 바뀌지 않게 명패를 달아서 불광사 지하에 있는 봉안소로 옮겨 놓고 10일마다 1회씩 오가는 보잉 707기에 태워 귀국시키면 공항에서 곧장 국립묘지로 운구할 터이었다. 한데 영현중대장이 비상소집령을 어긴 죄로 헌병대로 끌려가 있다지 않는가….

겁도 없이 백주 노상에서, 그것도 사령부 영내에서 참모장이 제 집무실로 돌아가는 길에서 상일이 일을 저지른 탓도 있을 터였다. 그를 폭행하고 겁박까지 한 것이다. 사령부의 고위 지휘관인 참모장한테 고작 중위 계급의 군법사가…. 그때 상일의 계산은 단순했다. 지나치게 망신스러운 일을 당한 사람은 어디에다 대고 말도 못 한다는 것이었다. 도리어 앞으로는 잘할 테니까 누구에게 발설하지 말아 달라고 간곡히 부탁해 와야 했다. 상일이 집 나가서 살던 소년기에서 청년기 초입 사이에 일찌감치 배우고 익힌 것이다. 물론 잘했다는 것은 아니었다. 어찌하다 보니, 살려다 보니 소소계는 파할 수밖에 없었다는 말이었다. 그런데 그 불똥이 영현중대장한테 뛴 것이다. 이른바 혐오시설에서 사체 처리나 하고 있는 그가 만만하게 보였을 것이다. 이다음에는 상일한테로 방향을 틀어 뒷배가 있는지, 있다면 어느 정도인가를 봐서 움직일 요량이 아니겠는가. 상일은 자신에게 뒷배가 있다면 혜민 은사 스님밖에는 없다는 생각이었다. 지금은 소식을 알 길 없는.

하지만 썩은 지팡이라도 뒷배로 써야 할 판이었다. 영현중대장을 그대로 놔둘 수가 없지 않은가. 그는 사령관을 생각했다. 도적질을 해서라도 효자가 되고 싶은 사람이라면 공명심이 좀 강할 수 있지 않겠는가…. 상일은 유일한 방법이라고 생각하면서, 영현중대 전화기로 사령관실에 전화를 걸었다. 그런데 교환대에서부터 까다롭게 굴었다. 그가 신분을 밝혔지만, 용무를 말할 수가 없었다. 그때 문득 떠오른 것이, 사령관의 어머니인 김옥숙의 천도재였다. 사적인 부탁을 상일이 들어준 것이다. 전쟁터에 와 있는 아들이 그런 생각을 했다는 것이 갸륵했다. 그리고 갖다주는 대로 비용을 받아 두었다. '그린 백'이라고 하는 미화로 7백 달러나 되는 액수였다. 그때야 알게 된 일이었지만 계급이 올라갈수록 전투수당 액수가 형편없었다. 본국에서 이미 1년분의 급여를 받은 까닭이라고 했다. 사령관인 준장이 1일에 7달러라니, 100일분의 전투수당에 해당하는 셈이었다. 그 자리가 큰 가욋돈이 생긴다는 사실을 그때야 알았다.

"사령관님의 작고하신 어머님 일인데, 전속부관님도 아시는 일이고 지금 기다리고 계실 거예요."

그가 재치를 부린 것인지, 거짓부렁을 한 것인지 잘 모르겠으나, 행하는 일이 바를 때는 법도를 지키지 못해도 된다는 뜻의 개차법이 얼핏 떠올랐다. 다행히 그것이 통했다.

전화를 받은 전속부관이 상일한테 반갑다며 알은체를 했다. 그는 정중하게 소속과 관등성명을 댔다.

"전에는 스님 태가 팍팍 났는데, 오늘은 왜 군인 태를 그토록 내십니까? 불광사에 무슨 일이라도 있어요?"

"불광사가 아니고, 영현중대에 일이 생겼습니다. 주제넘은 말씀이지만 혹시… 사령관님 명예에 손상이 가면 어쩌나 하는 걱정이 돼서요."

"무스은…? 그런 일은 절대로 없어야겠죠오!"

"오늘 새벽에 헬기 나는 소리 들으셨죠? 그 소리가 234고지 영현중대로 전사자 27명을 수송하는 거였습니다."

"전사자가 27명이나… 전투사단들에서 작전 있다는 정보는 못 들었는데요. 그런데 그 일이 우리 사령관님과 무슨 관계가 있어서…?"

"있지요. 황마사단에서 귀국 명령을 받은 병사들을 부두로 수송하던 2.5톤 트럭들이 적 유격대의 박격포 공격을 받아 전사자 27명 외에도 수십 명의 전상자가 발생했다네요. 그래서 전에 사령관님 모시고 한 차례 가 본 적이 있는 영현중대가 아수라장이 된 거죠. 그때 왜 사령관님이 그러셨잖아요? '불볕 더위 속의 불가마 속'이라고…. 거기서 06시부터 09시가 넘는 시간까지 영현중대장이 죽을 둥 살 둥 뛰어다닐 수밖에요. 작업병이 3명이나 지난 제대에 귀국해 버렸답니다. 저도 그 속에서 목탁 두드리고 염불하다가 사령부 비상에 걸려서 군종병한테 맡기고 상황실에 갔다가 이제 막 돌아왔는데, 기막힌 소식을 들었습니다. 가스불 앞에서 유골 수습하느라 정신 못 차리고 뛰어다닌 영현중대장을 비상소집에 항명했다고 참모장이 헌병대로 잡아다가 영창에 집어넣었다는 겁니다. 정말 말도 되지 않는 처사 아닌가요? 이 사실을 사령관님이 아시면 뭐라고 하시겠습니까? 참모장님을 제정신이라고 하시겠어요? 앞으로 또 아군이 당하지 말란 법도 없는데…. 그때 가서는 어찌하겠습니까? 특히 말입니다, 사령관실을 들락이는 국내외 종군기자들의 귀에 이런 말이 들어가기라도 한다면 말입니다."

어르고 으르고 병 주고 약 주고 했다. 거짓말을 잘도 했다. 그에게 그런 능력까지 있었던 것인지, 자신도 모르게 입에서 말이 술술 나왔다.

"알았어요! 알았습니다…. 어떻게든 사령관님께 말씀드려서 내가 해결해 보겠습니다. 스님 말씀을 들어 보니, 참모장님이 좀 성급했던 것 같습니다."

전속부관의 입에서 벌써 답이 나오고 있었다. 다행이었다. 상일은 10분 뒤에 자신이 다시 전화를 드리겠다는 말로, 전속부관은 그러면 되겠다는 말로 통화를 끝냈다. 옆에 서 있던 선임하사가 반색하면서 송수화기를 들고 있던 그의 손을 두 손으로 붙들었다.

상일은 지방 타는 냄새가 힘들어서 기다리는 10분 동안을 밖에 나가서 바람을 쐬기로 했다. 전화는 선임하사가 지키기로 했다.

불광사도 그렇지만 영현중대도 연병장이 큰 살림집의 마당

크기밖에 되지 않았다. 가장자리의 철망 안에는 해마다 저절로 자라나는 바나나 나무들이 띄엄띄엄 줄지어 있었지만 아직은 그늘을 만들어 밑에 사람을 들일 정도로 자란 것은 아니었다. 그곳 지하 5미터에는 궤도가 깔린 길이 두 부대를 연결하고 있었다. 화장장에서 불단 밑의 봉안소까지 영현의 납골함들을 봉송하는 길이었다. 그동안 몇백 아니 몇천의 젊은이들이 영현이 되어 내 나라 내 집으로 돌아갔던 것인가. 왜, 무엇을 위해⋯. 나라를 위해? 상일 자신과 같은 입장도 꽤나 있었을 터⋯.

그 사이에 사방을 열어 놓은 중형 텐트 하나가 한창 열기를 올리는 햇살을 막고 있었다. 의자도 몇 개 있었다. 중대의 병사들이 숨통을 트는 자리인 것 같았다.

그 밑으로 들어가자, 그래도 얼굴과 두 팔에 바람결이 느껴졌다. 심호흡을 두어 차례 하고 나자 저절로 그의 눈길이 철망 밖으로 빠져나갔다. 새벽부터 정신 없이 쫓겼던 탓이었다. 사시예 불을 하지 못했다는 생각이 그때야 들었다. 허한수 상병과 칸이 빼놓지 않고 상단에 마지를 올리고 익혔던 대로 성심을 다했을 것 같았다. 상일은 이 234고지의 서쪽 경사면들 위에서 저 아래까지 덮고 있는 건물들이며 공간들을 내려다보았다.

사령부의 모든 부대는 원래가 2킬로미터쯤의 긴 계곡이었던 저 아래의 중앙로를 사이에 두고, 양쪽으로 펼쳐 올리듯이 배치되어 있었다. 따라서 부대들의 병력과 물자가 움직이려면 일단 중앙로로 흘러든 뒤에 흩어지는 형태였다. 정상이었던 자리에 있는 영현중대와 화장장은 전쟁의, 전투의 뒤처리를 하는 과정에 있는 곳들이었다. 마무리는 국립묘지에서 이루어지는 것이 아니겠는가. 하지만 혐오 시설들을 격리하듯 배치한 상태라서 실제로는 늘 지휘부의 관심 밖이었다. '작업'한 숫자들밖에는.

　재미있는 사실은 그런 혐오시설들을 정상에 이고 있는 234고지의 남쪽인 경사면에는, 제일 높은 데에 사령관의 집무실과 숙소가, 그 아래에 참모장의 숙소가, 또 그 아래에 사령부의 참모들이 들어가 있는 청사와 참모들의 숙소가 자리하고, 가장 아래 대연병장이 중앙로 끝에 닿아 있다는 것이었다. 그래서 화장장의 화구들 속에서 전사자들이 육신을 태우고 있는 상황이라면, 잠수함 잠망경같이 하늘로 솟아 있는 굴뚝에서 회색 연기가 퐁퐁 솟을 때라면 계급이 높은 사람들의 정수리가 타는 듯이 뜨겁지 않겠는가 하는 것이었다. 하지만 그들 거의 다가 화장장이 그곳에 있다는 사실마저 잊고 사는 것처럼 보였다. 더러는 아주 무관한 관계라는 듯이 무시하면서 사는 것 같았다. 상일은 그래도 되는 것인가 했다. 그곳은 전쟁터였고 자주자주 시신이 날아들었다가는 연기를 내보내고 유골로 남는 것을.

　상일은 선임하사가 전화를 대기시켜 놓고 달려올 때까지 기다릴 수가 없었다. 마음이 놓이지 않았다. 마침 행정반으로 돌아갔을 때 중대장 자리의 책상 위에 있는 큰 목침같이 생긴 AN/

PRC25 전화기가 탁, 탁, 탁, 탁 답답한 소리를 냈다. 선임하사가 얼른 송수화기를 집어 들어 볼에 붙였다. 관등성명을 댔다. 거기에 스님이 와 있느냐고 묻는 것 같았다. 상일이 송수화기를 받아 들었다.

"스님, 잘됐습니다. 사령관님이 직접 헌병대장한테 전화로 지시하셨답니다. 당장에 귀대시키라고 명령하셨답니다. 영현중대장은 곧 엠피 백차 타고 돌아갈 것입니다."

전속부관이 단숨에 할 말을 다 하고 있었다. 그가 전화 바꿨다고 알리자마자였다.

"감사합니다! 사령관님께 말씀드려 주세요. 아드님 마음 씀씀이가 그러실진대, 어머님께서 어찌 극락왕생하실 수 없겠습니까 하고요…. 감사합니다."

다시 거짓부렁을 했다. 해도 괜찮다는 생각이었다. 거기까지였다.

상일은 다시 불광사로 돌아오는 길이었다. 참새들이 그를 앞질러 종종걸음을 쳤다. 두 날개를 살짝살짝 펴면서 풀쩍풀쩍 뛰기도 했다. 언저리의 사람들보다 생동감이 있었고 귀여웠다.

"남로국에는 물론 북로국에도 큰 새들이나 산짐승들이 씨가 말랐답니다. 사람들과 함께 폭격에 죽고 사람들한테 잡아먹히고…. 사람들과 가까이 산 덕에 그 와중에 살아남은 저 참새들도 늘 두 가지 위험에 처해 있답니다. 첫 번째는 굶어 죽을 위험이고, 두 번째는 포식자에게 잡아먹힐 위험이라죠. 곤혹스러운 사실은, 굶어 죽지 않으려고 모처럼 기회에 충분하게 먹어 두는 날에는 체중이 증가하는 통에 나는 속도가 느려져서 잡아먹힐 가능성이 부쩍 커진다고 하더라고요. 파병된 장병들도 파병 때보다 1년 뒤에 귀국할 때면 모두들 체중이 증가한 상태가 된다던데요… 이상하죠? 우습지 않은가요?"

지난해 4월 초였을 것이다. 대웅전 마당에 내려앉은 참새들을 보면서 킨이 한 말이었다. 셋이서 아침예불을 하고 법당에서 밖으로 막 나섰을 때인 것 같았다. 그는 언제나, 자신의 말로 하지 않고 들은 말로 하는 버릇이 있었다. 내부의 일까지도 자신 없어 하는 것처럼 '여시아문' '이와 같이 들었습니다' 하고 전제한 뒤에야 할 말을 하는 것이다.

평화협정이, 다시 말해 정전협정이며 곧 종전협정이 조인, 발효되면서, 사령부 안팎의 여기저기서 이상하달까 특별하달까, 어떻든 그 결과가 아주 다른 현상들이 흔하게 일어나고 있었다.

영내의 여러 부대에서 보유하고 관리해 온 물품들을 시내의 '공팔집'들에 마구 내다 판다는 것이었다. 킨이 몇 차례 심각한 얼굴로 전해 준 말이었다. 밤만 되면 시내의 사령부에서 뜬 '무역선'들이 시내의 공팔집들에 도착해서 문전성시를 이룰 지경이라고 했다. 공팔집들이라면 모두가 큰 마당을 갖고 있어서,

2.5톤 트럭 두세 대쯤은 대문을 열었다가 닫는 것으로 깔끔하게 삼켜 버릴 수 있다. 그런데 이제는 들어가지 못해서 길가에 버젓이 대기하는 것을 볼 수 있더라는 것이었다. 싣고 나온 물품도 1종에서 5종까지 실로 종류가 다양하고 물량도 많다고 했다.

실제로 상일은 그저께 밤 자정 무렵에 지프를 운전하고 중앙로로 내려가서 정문과 남후문, 그리고 북후문을 한 차례 서서히 오가면서 보았다. 적재함에 단단히 포장을 친 2.5톤 트럭과 스리쿼터 트럭이 심심치 않게 세 곳의 영문을 통과해서 밖으로 나가고 있었다.

칸은 이런 현상이 일면 이해되기도 하지만, 이해되지 않는 부분이 더 많다고 했다. 어떻든 그 물품들 전부가 군수품 아닌가. 다시 말해 전투 시에 사용할 것들이었다. 앞으로 소용없게 됐다는 판단에서 그렇게 내다 판다면 정전 상대인 북로국이나 적 유격대한테도 소용이 닿지 않아야 할 것이다. 반드시 그래야 할 거다. 그런데 쏟아져 나온 물품들이 금세 어디론가 사라져 버린단다. 왜 그럴까? 과연 어디로 가는 것일까? 정말로 불가사이한 일이 아닌가… 였다.

이때 문득 한 가지 의문이 머릿속에서 떠올랐다.

전쟁이 끝났다면, 그들은 왜 그토록 보급사령부 병참부 등에서 부정 유출되는 병기며 탄약이며 철망이며 쌀까지를 다 사들이는가? 그 많은 군수품을 도대체 어디에 무엇을 목적으로 사용하겠다는 것인가? 정말로 전쟁이 끝나기는 한 것인가? 속임수가 아닌가? 상일은 몸서리를 쳤다. 만일 속고 있다면….

*

생각 속에 잠겨 있던 스님은 언제부턴인가 잠 속에 잠겨 들었다. 그리고 다시 언제부턴가 꿈을 꾸기 시작했다. 불길이 솟고 있었나. 그때의 물광사였다. 절이 타면서 옆에 있는 영현중대의 화장장까지 타고 있었다. 실탄이며 수류탄 같은 것들이겠지…. 폭발하면서 불꽃이 튀고 불길이 번졌다. 영현중대 김수림 대위였다. 꿈이라서 소리가 나지 않았다. 그런데 이제 보니 사람이 타고 있었다. 국방색 러닝셔츠 차림의 그는 그대로 땀에 절어 후줄근하고 꾀죄죄했다. 곤죽이 되어 있었다. 상일 스님! 상일 스니임…! 그가 비명인 듯 소리쳐 불러 댔다. 스님은 허우적거렸다. 아, 그런데… 불에 타고 있는 사람은 스님 자신이었다. 그의 모습도 그 시절로 돌아가 있었다. 군종장교 이무일 중위였다. 그가 소리쳤다. 김 대위님! 김수림 대위니임…! 구해 달라는 것이었다.

스님이 꿈에서 깨어났을 때, 원일이 자신의 얼굴을 굽어보고서 있었다. 그는 주먹을 불끈 쥐고 웅크리고 있던 두 팔을 자연스럽게 내리뻗었다. 그는 자신이 영현중대 김수림 대위를 부르다가 꿈에서 깼다는 사실을 기억해 냈다. 불길 속이었다. 원일이 가까이에 있는 의자로 가서 앉으면서 말했다.

"소설 읽으시느라고 날밤을 새우셨군요. 말씀 없이 법당에 오지 않으셔서 걱정했습니다. 아침예불을 하고 와서 방 밖에서 기다렸습니다. 아침 공양 하셔야지요."

"원일이 혼자서 도량석 도는 것은 알고 있었는데, 아침예불하는 것은 몰랐어요. 소설을 읽으면서도, 읽고 나서도 생각이 많았어요. 왜 그랬는지 짐작이 가지요? 허한수 상병님…! "

"에! 여부가 있겠습니까? 감히 누구의 명이신데요. 대불광사의 관리장교이신 군법사 이무일 중위님의 명이 아닙니까? 핫핫하하…."

"허허허 헛헛…"

스님도 크게 웃었다. 하지만 왜인지 마른 낙엽이 들길을 쓸고갈 때 같은 느낌이 들었다.

원일은 스님의 웃음소리가 그렇다고 생각하면서도 따라 웃었다. 그 시절의 일로 모처럼 마음이 통하면서, 속에 슬어 있던 녹이 다 떨어져 나가는 것 같았다. 시원했다. 아마 스님의 마음에는 그때 죽은 전임자 박 대위가 걸려 있는 것 같다고 소설에 그 내용이 나와 있었으니까.

"내 전임자였던 종오 스님, 박명구 대위 살해에 칸이 관여한 것으로 돼 있네?"

스님이 역시 의문을 나타냈다.

"칸이 적 유격대의 첩자란 사실을 박 대위한테 들켰기 때문이라 했습니다. 구체적으로는, 그날 사령부 상황실에서 열린 비호사단, 황마사단, 군수사령부의 참모장과 경리참모 등 6인 연석회의에서 결의된 사항을 한시라도 바삐 시내의 특정인에게 알릴 목적이었다네요. 먼저 불광사의 종무실 전화를 이용해서 남로군 부대에 박혀 있는 첩자에게 알리고… 그자가 다시 시내의 특정인에게 알리는 식이었대요. 우리 군과 남로군은 동화가 가능했으니까요."

"몹시 급했던 거지. 퇴근 시간까지 기다릴 수 없을 정도로."

"일종의 화폐개혁이니까요. 적 유격대와 우호 세력까지 갖고 있는 우리 군의 군표를 신군표로 다 바꿀 수 있어야 했을 테니까요. 좀 더 자세히 설명하자면 이렇습니다. 그 시점에서 우리 군이 보유하고 있는 엠피시(MPC), 즉 군표 총액이 그때껏 미군이 우리 군에게 참전수당 등으로 지급한 총액보다 많다면, 그 액수만큼은 신군표로 바꿔줄 수 없다는 내용이었어요. 결과적으로 군에서 부정 유출된 보급품을 거래해 온 민간인 쪽이 갖고 있는 군표가 문제였던 거죠. 자칫 휴지 조각이 될 수도 있었으니까요. 민간인 쪽이라면 유격대와 한패였을 테고요. 개자식…!"

"그래서 왜 하필 박명구 대위였냐고…! 그날 밤 당장에 첩자를 사령부 영내까지 침투시켜서, 파병 동기들 모임에 나간 박 대위를, 군법사를, 종오 스님을 화장실에서 그랬느냐 말이야! 허허허 헛헛…. 나쁜 자식! 생각해 보니 그 자식 정말로 무간지 옥에 떨어질 놈이네…, 거…!"

원일도 상일처럼 웃었다. 욕까지 한 터였다. 원일은 아무리 '전쟁의 슬픔'이라 해도 칸이 너무 뻔뻔했구나 해졌다. 어떻게 그런 일을 하고도….

불타는 불광사에서 상일 스님과 허한수 상병은 겨우 몸뚱이 만 건질 수 있었다. 둘 모두가 입고 있던 승복과 군복이 전부였 다. 그래도 종무실에 있던 것만은 허한수 상병이 구해 가지고 나온 것을 다행이라 했어야 할지. 그는 난야를 다 지어 혜민 스 님과 함께 첫 법회를 봉행할 때, 불단에 박명구 대위의 위패를 제일 먼저 안치했다.

상일과 원일은 아침 공양을 잊고 있었다. 그런데 공양간에서 기다리던 공양주가 잣죽을 내왔다.

"그건 칸이 지어낸 내용이라고 생각하자. 소설이니까."

상일이 천장으로 눈을 돌리면서 말했다.

"제가 보기에 칸은 곧은 사람이었습니다. 그 이상도 그 이하 도 아니었습니다."

"칸은 영현중대 화장장에서 그날그날 처리하는 전사자 수, 또 전사자들의 소속 부대별 숫자, 거기에다 전사자 발생의 분기별 지역별 현황 등등까지도 빼 갔을 것이야. 소설에는 그런 내용이 없었지만. 하지만 지금에 와서 어쩌겠나? 흘러가는 물에 침 뱉는 격이지. 앞 물은 이미 멀리 흘러가 버렸는데."

"그래야겠습니다. '전쟁의 슬픔'일 뿐이네요."

둘은 입에 산 새우라도 몇 마리 물고 있는 것처럼 자주 움찔거리면서, 죽을 한 숟가락씩 떠먹었다. 좀체 대접의 죽이 줄어들지 않았다.

상일은 역시로 죽을 움씰거려 삼키면서 아까 꿈속에서 김수림 대위도 자신도 불길 속에 있었다는 데 생각이 미쳤다. 둘 다 불구덩이 속에서 살았던 지옥 속의 동지애를 상기시키려는 것인가 했다. 그 시절에 대한 그리움을 갖고, 그 시절처럼 바르게 보고 바르게 생각하면서, 그래도 바르게 행동하면서 살자는 것인가 했다.

사실은 그때 칸이 상일과 허 상병 앞에서 우리 군을 내놓고 우려한 적이 있었다는 생각이 문득 들었다. 미군이든 우리 군이든 대책 없이 유출하고 있는 보급품들을 남로의 민간인들이 한없이 사들이고 있다. 무엇 때문일까, 어디다 쓰려는 것일까, 하는 거였다. 단순한 관심 표현이었는지 모르지만, 정보를 흘러준 것일 수도 있었지 않는가 하는 것이다. 듣는 사람들이 무관심했다면 누구를 원망할 수 있겠는가 하는 논리였다.

날짜가 지나면서 파리평화협정은 정전 신호는 물론, 종전 신호는 더더욱 아니었다. 그러고 보니 칸이 남북로국전은 미국이 도발한 전쟁이라고 주장했다는 기억이 떠올랐다. 그러니까 중부만 해상에 정선 중인 미국적 항모전단의 구축함을 북로국 국적의 어뢰정들이 공격해서 피해를 입혔다는 이른바 중부만 사건이라는 것은 순전히 미군의 자작극이라 했다. 북로국, 즉 북위 17°선 이북의 북로국을 항모에 싣고 온 전폭기들이 날아가 폭격해서 전쟁을 도발해야겠다는 확실한 목적을 갖고 있었다는 것이다. 트집을 잡아서 구실로 이용한 것이라고, 남로국 사람들 중에서도 알 만한 사람은 다 안다는 것이었다. 칸은 그때 거기까지 알고 있었던 것이다.

예전까지는 부대를 기습하지는 않았다. 돌이켜 보았을 때, 전투부대의 남로 파병 초기의 2년여 동안은 그런 식의 공격이었다. 그러나 내부에서 그런 식으로는 안 된다는 판단이 내려지면서 정글로 숨어든 그들이었다. 그러던 그들이 소규모 테러 같은 형태의 공격을 하고, 철수 병력을 싣고 항구로 이동하는 트럭들을 공격하는 일이 자꾸만 일어났다.

그런데 우리 군한테는 대응할 방법이 없었다. 게다가 군비도 미군 측이 추가 제공을 거절하는 통에 부족할 수밖에 없었다. 남로군의 형편은 훨씬 좋지 않다는 소식이었다. 그에 따라 바빠진 곳이 어디겠는가. 영현중대의 화장장은 불을 꺼 놓을 틈이 없게 된 것이다. 날마다 때때로 여기저기서 귀국할 생각에 한껏 부풀어 있던 장병들이 적의 공격에 깨지곤 했다. 육군의 본대 철수는 3월 13일까지, 남은 후발대는 10일 뒤인 3월 23일까지 완전 철수였다. 그러나 사령관은 고작 병참대대장에게 휘발유를 영현중대에서 달라는 대로 주라고 지시한 것으로, 할 일을 다했다는 생각인 것 같았다. 설혹 항공중대의 헬기가 어디든 가까이에 있는 착륙장으로 날아온다 해도 그때까지 작업이 끝나지 못한다면 어쩔 것인가? 귀국선을 탈 수 있는 항구로 제시간까시 날아가야 하는 헬기라면, 화구 속에 타다 만 시신을 두고서 타고 갈 수 없지 않겠는가…. 김수림 대위의 걱정이 태산 같았다.

대부분이 끊어지고 찢긴 시신들이었다. 판초 우의를 펴놓고 급하게 수습해서 멍석말이하듯이 둘둘 말아서, 마지막 인간 대접이라 여겨지는 수시 과정도 생략한 채로 곧장 화장장으로 이송된 전사체들이었다. 냉동 처리할 시간도 없었던 탓에 어떤 것은 부패해서 추깃물이 흘러나오기도 하는…. 화장장에라도 냉동고가 좀 넉넉했더라면 좋았을 텐데, 화장로 수에 맞췄다던가. 그 인색함을, 무관심을 말해서 무엇할까. 아직껏 이 모양인데….

결국은 그런 상황이 벌어졌다. 헬기의 시간과 화장 처리한 뒤에 운구할 수 있도록 처리하는 과정까지 한 시간이 걸리는데, 중대원들이 준비할 시간이 빠듯했다. 김수림 대위는 결국 편법을 썼다. 화구에 두 구씩 시신을 넣고 버너의 불꽃을 최대한으로 올리는 방법이었다.

"그때 그래도 스님 같은 분이 불광사에 계셨기에 망정이지… 얼마나 다행이었는지….'

원일이 그날을 말하면서 몸을 움츠렸다. 화기가 몰려드는지도 몰랐다.

"부끄러워…. 왜 나는 빠졌던가…. 불광사가 걱정됐다는 말은 어디까지나 구실이었고, 속마음은 아수라장 같은 그곳이 싫어졌던 것이야. 결국은 김수림 대위에게 돈도 못 줬어. 선임하사나 누구에게도. 허한수 상병, 당신한테도…. 결국에는 그 돈 보태서 이 난야를 지었잖은가….'

상일은 불길이 달려드는 것 같아서 폭발물들이 터져 대는 것 같아서 두 손으로 귀를 눌러 막고 있었다. 끝내는 화장로들이 차례로 폭발하고 말았다. 노후된 시설에 과부하가 걸려서 10개의 화구 가운데 먼저 어느 하나가 폭발하고, 이어서 그 화구의 좌우에 있는 화구들이 잇따라 터져 나갔을 것이다. 사령부의 중앙로에서 보았다면 마치 화산이 폭발하는 것 같지 않았겠는가.

각자가 맡은 화장로에 붙어 서서 연료유의 흐름을 눈으로 지켜보고, 수많은 노즐이 세차게 불꽃을 내쏘는 소리를 귀로 들으면서, 시신들이 깨끗한 유골로 나오기를 기다리던 작업병들이 놀라서 '어어' 소리 몇 번 하다가 불길에 휩쓸렸을 터….

폭발물들이 있는 대로 터져 나가고, 실탄들까지 터져 나가고, 불길이 그 높은 굴뚝 끝까지 휘감아 오르는 지경에서 그나마 참으로 다행스러운 일이 있었다.

사령관의 배려 아닌 배려로 달라고 한 대로 주어서, 모처럼 많이도 받아 놓은 55갤런짜리 휘발유 드럼들이 터져 나갔더라면 어쩔 뻔했을까. 아마 234고지의 정상 부위가 다 날아가면서, 사령관 숙소며 참모징 숙소 따위까지가 흔적도 없게 됐을 터였다. 어쩌면 참모부 청사까지도…. 그런데 그것들은 큰 공처럼 부풀어 올랐을 뿐이었다. 단 하나도 터지지 않은 것이다.

"영현중대장 김수림 대위님은 유골 한 조각도 수습할 수 없었다는 거지요. 그런 경우가 한 명뿐이었는데, 유골함 속에 그곳의 재를 채워서 당시의 국립묘지에 모셔다가 매장했으니…."

둘은 해마다 현충일이면 국립현충원으로 김수림 대위의 묘지를 찾았지만, 그 한 명의 묘에는 누가 다녀간 흔적이 전혀 보이지 않았다.

그래서 3년째에는 그 부근에서 개원 시간 내내 기다려 보기도 했었다. 그래도 마찬가지였다. 미륵이었던가….

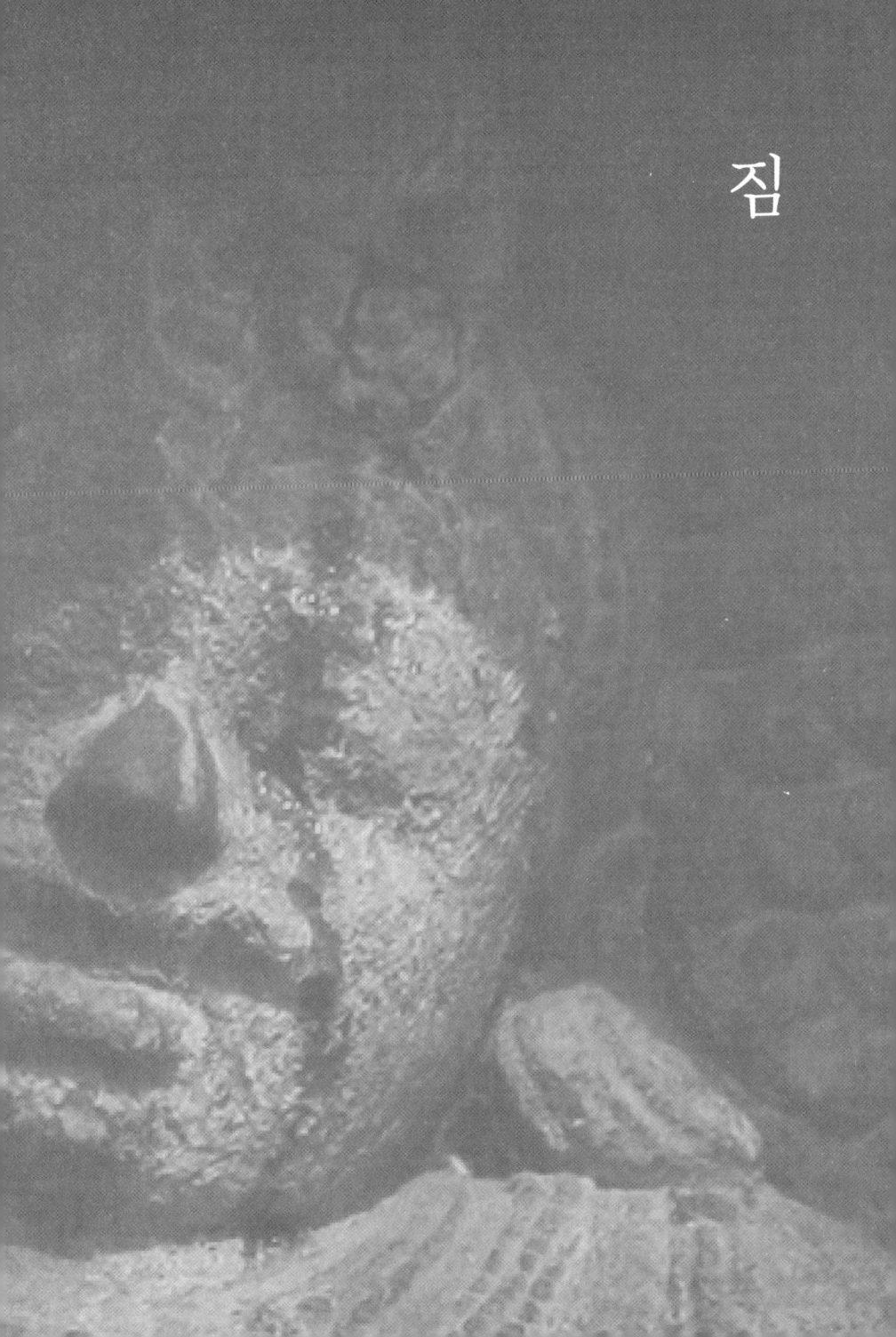

짐

그날 밤 새벽에도, 나한구는 등에 커다란 바윗덩어리를 지고 있는 꿈을 꾸었다. 더욱이 그는 그런 꼴로 누구의 등에 업혀 있었다. 그를 업은 사람의 얼굴이며 목덜미에서 땀이 줄줄 흘러내렸다. 얼마나 힘이 드는지 숨도 제대로 쉬지 못하는 성싶었다. 그가 20년 가까이 밤마다 꾸어 온 꿈이었다.

나한구는 아침을 먹고 나서 곧장 방에 들어와 앉아 있었다. 작은 방이 세 개인 25평짜리 아파트의 현관문 옆에 붙은 방이었다. 괜히 손바닥만 한 거실에 앉아 있다가는, 경애 엄마가 성가셔 할 성싶었다. 물론 그동안 그녀가 말이든 행동이든 그에게 그런 표현을 한 적이 없었다. 그러니까 그는 지레 조심하는 셈이었다. 벌써 짐이 된 터인데, 그걸 모르고 살면 어찌 사람이겠는가 했다.

어젯밤 라디오 방송에서 가끔 소나기가 내릴 거라고 했다. 그 래서 여느 날처럼 선뜻 배낭을 메고 집을 나서지 못하고 있었 다. 아침부터 라디오를 틀어 놓기도 뭣해서 벽에 등을 기댄 채 우두커니 앉아 있었다.

"경애 할아버지, 경애 할아버지!"

현관문 여닫는 소리가 나더니, 그녀가 방문을 두드리면서 그 를 부르고 있었다. 얼마간은 놀란 듯한 말씨였다. 그녀는 초등 학교 1학년인 경애를 학교에 데려다 놓고 돌아오는 참이었다. 그녀가 그를 그렇게든 저렇게든 부르는 일이 하루에 한 번도 없 었다. 그저 방문 두드리는 것으로 대신해 왔었다. 그는 급히 일 어났다. 대답 대신에 방문을 열었다.

"우편물이 왔네요. 그런데 발신인 주소가 없습니다. 앞전에 언제 한 번도…."

그녀는 말끝을 삼킨 채, 이미 그의 손에 넘긴 서류봉투와 그 의 얼굴을 번갈아 보았다.

"글쎄…."

그는 가슴에 살을 맞은 것처럼 욱 하고 비명을 지를 뻔했다. 서류봉투를 든 손이 가볍게 떨리고 있었다. 그래도 그는 짐짓 서류봉투를 앞뒤로 돌려 보면서 머리를 갸웃거렸다. 그리고 그 녀가 가볍게 떨리는 손을 볼까 봐서 뒷짐을 지듯 서류봉투를 든 손을 허리 뒤로 가져갔다.

"이상하네요. 원호처 봉투는 아닌 것 같은데…. 경애 할아버지 같은 사람한테 누가 무슨 볼 일이 있어서…."

다행히 그녀가 그를 지나쳐 갔다. 그는 소리 나지 않게 손잡이를 돌려 문을 닫았다. 그러고 나서도 한동안 서류봉투를 든 손으로 가슴을 누른 채 서 있었다.

민국이가…, 민국이가 또…. 몇 차례 심호흡을 하고 나자 가슴이 진정되었다. 그는 혼잣말을 하면서 방구석에 있는 종이 상자에서 가위를 찾아 들고 서류봉투의 주둥이 부분을 잘라냈다.

내용물을 꺼냈다. A4 용지 두 장이었다. 예전에 왔던 것과 똑같았다. 앞 장은 컴퓨터를 사용해서 뽑아낸 편지였다. 짧았다. 뒷장은 뭔가? 예전과 달랐다. 부채였다. 자루가 달린 둥근 부채 얼굴 가운데 태극 문양이 들어가 있는 태극선이었다.

그는 털썩 방바닥에 주저앉았다. 머릿속이 빙글빙글 돌았다. 몹시 어지러웠다. 속이 부글부글 끓어오르면서 뒤집히는 성싶었다. 그래도 눈에 어른거리던 글자들이 제자리를 잡아 갔다.

우리를 잊지 마세요.

그래도 건강하십시오.

아들 민국이가 보냅니다.

그는 내용물을 봉투에 담아 배낭 속에 접어 넣은 뒤에 등에 짊어지고 일어섰다. 문께로 가서 배터리 충전기에서 휴대전화기를 떼내 비닐로 잘 쌌다. 소나기가 내린다고 하지 않았는가. 입고 있는 등산 조끼 안주머니에 휴대전화기를 챙겼다.

방을 나섰다. 가슴은 자신도 이상하리만치 가라앉아 있었다. 신발장에서 등산화를 꺼내 현관 바닥에 내려놓았다. 나간다는 말을 하지 않아도 여느때처럼 경애 엄마는 현관의 문소리를 듣고 알아차릴 터였다. 저녁에 퇴근하는 용식이를 기다렸다가, 잊지 않고 오늘 또 그한테 이상한 우편물이 왔다는 말을 하겠지.

"경애 할아버지. 아까 무슨 편지였어요?"

그가 엎드려서 등산화 한 짝을 막 신었을 때, 등뒤에서 경애 엄마의 목소리가 들렸다. 놀란 그의 오금이 움찔했다. 그러나 곧 마저 한 짝을 신으면서 뒤를 돌아보았다.

"뭐 이상한 일이라면… 경애 할아버지한테 안 좋은 일이라면…, 용식 씨한테 말해야 하는 거 아닌가 해서요."

그렇게 들어서일까 하고 그는 생각했다. 말씨가 덤덤하지 않았다. 상냥하다 싶었다. 그녀가 그래야 할 이유가 없었다. 큰 호기심이 그렇게 만드는 것인가 했다.

"아닙니다. 보험회사에서 온 광고더라고요. 염려해 줘서 고마워요."

대꾸하는 그의 목소리는 자신이 듣기에도 태연했다. 사실 서류봉투는 이 집과 조금이라도 관계되는 일이 아니었다. 그러니

숨긴다고 해서 죄가 될 것이 없었다. 놀라고 떨고 할 일이 아니라는 뜻이었다.

"그럼 경애 할아버지, 잘 다녀오세요."

어이구! 그녀는 인사를 하기까지 했다. 그는 다시 고맙다고 한 뒤 집을 나섰다.

그는 보험회사라고 금세 둘러댄 자신이 대견했다. 적을 발견하자마자 먼저 소총의 방아쇠를 당기는 그런 순발력이었다. 물론 그녀는 적이 아니었다. 20대 후반에 그가 한동안 보험회사에서 영업사원을 한 덕이었다. 그 시절에는 그 직업이 곧잘 학교 공부를 많이 하지 못한 사람이나 하는 직업으로 치부되었다. 특히나 그의 경우에는 아예 그랬었다.

경애 할아버지. 그녀는 그를 그렇게 불렀다. 그는 그녀가 시아버지인 김영철의 매우 깊고 간절한 당부를, 유언이나 다를 바 없는 당부를 그런 식으로 지혜롭게 지켜 나간다고 생각했다. 물론 남편인 용식이와 함께였다. 그래서 그도 그녀를 경애 엄마라고 불렀다. 만일에 그녀가 그를 아버님이라 불렀다면, 그도 그녀를 경애 에미야, 라고 불렀을 것이었다. 하긴 피 한 방울 섞이지 않은 사람들 사이에 호칭인들 뭐가 되든 무슨 상관이겠는가. 더욱이나 그 자신은 먼저 저세상으로 간 친구를 찾아갈 날이 머지 않은 사람이었다. 김영철이 그가 있는 자리에서 용식이 부부를 불러 놓고 한 당부였다. 나한구더러 용식네로 들어가 그가 쓰던 방에서 살라는 것이었다. 부부에게는 나한구가 죽는 날까지 아버지, 시아버지로 생각하고 모시라는 것이었다. 부부는 확실하게 대답했다.

그는 아파트 단지 뒤쪽에서 시작되는 산길을 오르기 시작했다. 산자락을 파고들어 온 아파트 단지라서 등산로 시작은 바위 언덕을 깎아 만든 계단이었다. 꽤나 가팔랐다. 그러나 20분 가까이 계단을 올라가고 나면 숲이 우거진 산길에 닿았다.

갈 곳이 없으니 만날 사람도 없었다. 아니 만날 사람이 없으니 갈 곳이 없는 것인가. 그래서 3년 가까이 용식이네서 사는 동안 줄곧 그렇게 산을 오르내린 셈이었다. 물론 일기가 아주 나쁜 날에는 다른 곳을 찾아갈 수밖에 없었다. 눈이 엄청 내리거나 비가 억수로 내리는 날, 그리고 콧속이 얼어붙을 정도로 추운 날이면 목욕탕이나 찜질방, 지하철역이나 대형 마트가 좋았다.

그는 산길에 닿자 길섶에 앉아 숨을 돌렸다. 짊어진 배낭을 벗어 무릎에 얹고 물병을 꺼내 몇 모금 마시기도 했다. 어제도 용식네로 돌아가는 길에 아파트 단지 안의 화장실에서 빈 병에 물을 채워 두었다.

지퍼가 열린 배낭 속에서 말소리가 들리는 성싶었다.

쯩 따 하이 또이 덴(나랑 같이 가요)! 민국이 나와(태어나) 테나오(어떻게)? 노, 노, 노오! 또이 라 한 리(나는 짐이다)···. 한 리···.

띠익은 엄청난 혼란에 빠져 있었다. 소리소리 지르며 울먹였다.

그해의 4월 30일, 미군이 월맹군에게 패퇴한 날이었다. 따라서 그곳에 있던 미국인들과 한국인들은 어디로든 달아나야 했다. 한국군은 벌써 1년 반 전에 완전히 철수한 뒤였다.

그는 한국인이었다. 더욱이 참전 한국군 출신이었다. 6년 전의 연초에 중대 식당에서 일하는 '꽁가이를 건드려' 현지 제대를 해서 결혼한 사람이었다. 그는 달아나지 않으면 죽은 목숨이었다. 그 사실을 누구보나 잘 아는 사람이 띠익이었다. 그러니 그를 붙들 수도 없었다. 그렇다고 띠익은 안전할 수 있을 것인가. 그렇지도 않았다. 당연히 같이 달아나야 했다. 하지만 길이 없었다. 유일하게 운항하는 태국항공의 항공권이 현지인 배우자한테까지 돌아오지 않았다. 위험도가 높은 외국인들만이라도 달아나라는 것이었다. 그 사실도 띠익이 잘 알고 있었다. 띠익은 거기서 요행을 바라야 하고 그라도 달아나야 한다. 이 말을 먼저 꺼낸 것도 영리한 띠익이었다. 그래 놓고 그녀는 그렇게 울어 댄 것이다.

그와 띠익 사이에 확실한 것은 단 하나뿐이었다. 뱃속의 6개월째인 아이가 태어나면, 딸이든 아들이든 이름을 민국이라고 짓는다는 것이었다. 첫 아이인 대한이는 네 살 1개월 됐을 때 말라리아로 잃은 터였다. 아들이었다. 퀴논에 살던 두 사람이 1년 전에 나트랑으로 이사한 이유이기도 했다. 나트랑은 한국군 보급 사령부가 주둔하고 있어서 전투 사단이 주둔한 퀴논에 비해 물자가 여유로운 곳이었다. 게다가 큰 병원이 있기까지 해서 거기서 흘러나온 의약품을 필요한 대로 구할 수 있다고 했다.

벌써 37년 전의 일이었다. 민국이 태어나서 자랐다면 그만 한 나이가 됐음이었다. 물론 그가 태국으로, 거기서 다시 사우디아라비아로 달아난 뒤에, 요행히 남아 있던 띠익이 무사했을 경우였다. 과거를 숨기는 데 성공하여 어딘가에서 아기를 낳아 길렀다면 가능한 일이었다. 편지에 '아들 민국이'라고 했다.

그런데 과연 그 일이 가능했을까. 월맹군이 월남을 점령했을 때 그 많은 보트 피플이 생긴 이유가 뭔가. 월남 정부와 군을 위해 일한 사람들과 주둔한 외국군에 협력한 사람들을 찾아내어 씨를 말리러 들었기 때문이 아니겠는가.

첫 번째 서류봉투는 지난 2월에 그에게 우편으로 왔었다. 그때 편지 뒤에 붙어 있던 사진은 만년필이었다. 당시에는 '중공제'라고 하던 만년필 '영웅(英雄)'. 이른바 끗발 있는 한국군이나 가질 수 있는 물건이었다. 띠익은 사이공대학 영문과를 두 학기 다녔다는 여자였다. 그래도 겨우 고등학교를 '우수한 성적'으로 나온 그와 어설프게라도 의사 소통을 할 수 있었던 것은, 그녀가 영문과를 다닌 덕이었다. 그녀의 손짓 발짓에 그가 알 만한 영어 단어를 찾아 섞었기 때문이었다.

식당 꽁가이는 한국군 부대에서 취사병들을 보조하는 여자들이었다. 주로 씻는 일을 했다. 쌀을 씻고, 채소를 다듬어 씻는 일을 했다. 병사들이 식사를 하고 난 뒤에 지저분한 식기를 씻는 일도 꽁가이들 몫이었다.

　현지인 하급 노동자들. 중대 단위 이상의 부대에 두세 명씩 고용된 그녀들은 땀과 때에 절어 꼴이 지저분했다. 하지만 젊은 군인들에게는 퍽이나 육감적일 수밖에 없었다. 더욱이 상의로 팔과 허리가 짧은 검정색 옹애를, 하의로 발복이 드러난 검정색 파자마를 입은 그녀들은 맨발로 슬리퍼 같은 샌들을 끌고 다녔다. 꽁가이들이 몸을 움직일 때면 땀으로 번들거리는 허릿살이 드러나곤 했다. 속옷을 전혀 입지 않은 것처럼 보였다. 그래서 그처럼 가끔 혈기에 들떠서 눈이 먼 병사가 생겼다.

　그가 2·4종 보급품 창고로 띠익을 불러들였을 때부터 눈빛이 싸늘하게 변했다. 출입문을 잠근 뒤 한쪽 팔을 붙들었을 때는 그의 손등을 물어뜯기까지 했다. 결국 그는 마치 레슬링 선수처럼 완력을 써서 간신히 그녀를 눕힐 수 있었다. 그의 입에서 줄줄이 사탕처럼 쏟아져 나온, '아이 원 웨딩' '아이 월 웨딩'이란 말도 얼마간 도움이 됐을 것이었다.

　욕심에 속이 뒤집혀서 나온 헛소리였다. 그런데 장난은 장난을 낳았다.

　그는 그 무렵에 대대의 대민과에서 파견 근무를 하고 있었다.

대민과는 주둔지 언저리의 마을 몇 개를 맡아 대민 봉사활동을 하면서 심리전을 펼치는 곳이었다. 다시 말해서 쌀이며 B-레이션 같은 것들을 가지고 나가, 주민들에게 나눠 주면서 친화감을 높이고 정보도 수집하는 곳이었다.

그에게 그 자리가 돌아온 것은 파월 근무 기간인 12개월 가운데 반이 지났고, 그 사이에 혁혁한 공을 세웠기 때문이었다. 포상이었다. 그가 왜 중대장 앞에서 대민과를 원했는지 자신도 확실히는 알 수 없었다. 작전명령이 하달되면 완전무장 병력으로 GMC를 타고 출동하곤 했다. 적재함의 장막 속에서 밖을 내다볼 수 없는 시간. 불안감에 짓눌린 채로 목적지에 닿아 하차하면 이상하게 안도감이 찾아왔다. 그리고 사망, 부상, 생존으로 나뉘어 헤어지는 순간들. 그러나 그는 천행으로 생존 병력에 포함되어 철수하곤 했다. 그러나 파견 근무를 하면서부터는 적재 용량 4분의 3톤짜리 닷지 트럭에 지원 물자를 싣고 즐겁게 영문을 드나들 수 있었다. 그래서 중대 민사계에서 쉽게 알아낸 띠익의 집 주소를 들고, 순전히 장난 삼아 그녀를 찾아갔다.

도심을 가로지르는 강의 하류에, 그러니까 바다에 거의 다다른 곳에 그녀의 집이 있었다. 농사가 주업이었고 고기잡이가 부업인 집이었다. 열몇 살인 줄 알았던 띠익의 나이는 스무 살 5개월이었고, 더 배워서 써먹을 데가 없는 나라라는 생각 때문에 다니던 대학을 그만두었다고 했다. 그녀에 대한 야릇한 마음이 생긴 것은 그때부터였을 것이다. 식당 꽁가이지만 함부로 대해서는 안 될 것 같은 사람이라는 마음이 생긴 것이었다. 그 마음 때문이었을 것이다. 그녀의 집을 두 번째 찾아갈 때 그는 '영웅' 만년필을 손에 들고 있었다. 참으로 생각이 없는 짓이었다. 식당 꽁가이에게 무슨 고급 필기구란 말인가. 물론 그녀는 좋아서 박수를 치고 팔짝팔짝 뛰기까지 했었다.

첫 번째 서류봉투는 그를 놀라게 했다기보다 당혹스럽게 만들었다. 그 내용을 전혀 믿을 수 없었기 때문이었다. 누군가 돈을 뜯어낼 양으로 꾸민 짓이 아닌가 했다. 도대체 그의 주소지는 어찌 알았는지….

당혹스러움은 시간이 흐르면서 불안감으로 변해 갔다. 그는 다른 연락을 기다리기도 했다. 돈 때문이든 어떻든 연락이 이어져야 했다. 그러는 동안 조금씩이라도 그 의도와 목적이 드러날 것이니까. 꼭이 우편물일 이유가 없었다. 그는 6년도 넘게 같은 번호인 휴대전화기를 갖고 있었다. 지난 2년 10개월 동안에 단 한 차례도 누구랑 통화해 본 적이 없는 전화였다. 그렇다고 어디다 전화를 건 적이 있었던 것도 아니었다. 용식네로 들어오기 전날에 아들인 종국이에게 전화를 건 것이 마지막이었다. 그때도 아들은 전화를 받지 않았다. 그래서 그는 거처를 옮긴다는 메시지를 음성과 문자로 남겨 놓았었다. 그 뒤로도 한 달에 한 차례씩 그래왔다.

그런데도 그는 지성으로 휴대전화기를 갖고 다녔다. 그리고 가끔 전화벨이 울리는 것 같아서 귀를 귀울이곤 했다. 그때마다 그가 들은 것은 헛소리였다.

그는 다시 배낭을 짊어지고 산을 올라갔다. 길을 덮고 있는 졸참나무 낙엽들이 스삭스삭 소리를 냈다. 발이 푹신푹신 낙엽 속으로 빠지곤 했다. 그 길에서 가끔 그는 엉뚱한 생각을 했다. 정상까지 가다 보면 길을 오를 때도 있고 내려갈 때도 있었다. 그런데 왜 사람들은 산을 오른다고만 하고 내려간다고만 하는 것일까였다. 물론 오를 때는 오르막길이 더 길었다. 또 정상께 부터는 가파른 오르막길이 이어졌다. 내려갈 때도 그랬다. 정상 에서 시작된 급한 내리막길을 한동안 내려온 뒤에도 다른 내리 막길을 더 자주 걸어야 했다. 오르막길들도 마찬가지였다.

인생도 그런 것인가 해졌다. 사는 동안에 좋은 세월이 더 길 거나 끝에 가서라도 아주 좋은 세월을 살고 간다면, 행복한 인 생이었다고 말할 수 있는 것인가 보다 했다. 물론 그 반대되는 경우도 있을 것이고…. 그렇다면 그의 인생은 빤했다. 군에 입 대하기 전까지는 먹는다 굶는다 했어도 생각해 보면 좋은 시절 이었다. 그리고 월남에서 지낸 세월이 좋은 시절이었다. 그러고 는 엉망이었다. 주욱 그랬다. 앞으로 좋은 시절이 올 가능성은 전혀 없을 터였다.

일기예보 때문인지 길에는 사람이 보이지 않았다. 그래도 다른 날에는 중늙은이들을 볼 수 있는 길이었다. 청솔모 한 마리가 껑충껑충 바쁘게 길을 건너더니 뽀르르 졸참나무 등걸을 기어올라갔다. 낙엽 속에서 풀무치들이 갈색 날개를 펴고 푸르륵 푸르륵 날아오르기도 했다. 왼쪽 산허리에서 장끼가 꿔엉꿔엉 울었다.

정상에서는 사람을 볼 수 있었다. 부부로 보이는 중늙은이 남녀가 바위 그루터기에 나란히 앉아 있었다. 그들은 그가 올라오는 것을 보고는 그만 일어서서 피하듯이 맞은쪽으로 길을 잡아 내려갔다. 그는 그들의 뒷모습이 나무들 사이로 사라질 때까지 바라보고 우두커니 서 있었다.

눈을 들어 멀리 보면 산자락에 5층 안팎으로 보이는 나직나직한 건물 세 개가 보였다. 아파트 단지는 아닌 것으로 보였다. 호텔이거나 콘도미니엄인 것 같았다. 그는 언제 한번 그런 곳에 방을 잡아 쉬어 보고 싶었다. 만일 혼자서라도 그가 그런 호사를 누린다면 죽은 김영철도 좋아할 듯싶었다. 고난에 절고 전 사람이 하루만이라도 그렇게 해방 같은 시간을 맞는다면 기가 막혀서 웃어 젖힐 것이었다. 나한구, 너 돌았구나! 헛허허허…. 그래, 그동안 너무 움츠리고 살았어. 가끔은 그렇게 미칠 때도 있어야지 하면서. 배꼽이 빠져라 웃어 댈 것이었다. 아까 보았던 그 두 남녀는 저기 저 건물에서 하룻밤이라도 묵어 본 사람들이었을까 했다. 그는 아직 구경도 못 해 보았는데.

빗방울이 떨어지기 시작했다. 그는 퍼뜩 정신이 났다. 우의
를 꺼내 입을 정도는 아니었다. 정상에서 아까 올랐던 길을 급
하게 되짚어 내려가다가, 깔딱이 시작되는 곳에서 왼쪽으로 꺾
어 들었다. 7분쯤 바위들을 감아 돌면 움막 같은 바위굴이 있었
다. 혼자만 아는 그의 공간이었다. 세 사람쯤은 다리를 펴고 누
울 수 있는 곳이었는데, 입구가 성인 한 명이 몸을 틀어 들어가
야 할 만큼 좁은데다 앞에 큰 소나무가 서 있어서 사람들 눈에
잘 드러나지도 않는 곳이었다.

그가 마음을 놓고 쉬면서 시간을 삭일 수 있는 공간이었다.
그런 뒤에 산을 내려가면 알맞은 시각에 아파트 단지에 닿았다.
그때부터 잡다한 일을 한 뒤에 용식네에 들어가면 되었다. 굴
속에서 그는 잠을 자기도 하고 끼니를 때우기도 했다. 노래를
부를 때도 있었고 술을 마실 때도 있었다. 언제 갖다 놓았는지
도 모르는 묵은 신문을 읽는 시간이면 세월이 한참 뒤로 돌아가
있는 성싶기도 했다.

밖에는 빗줄기가 점점 굵어지고 있었다. 소나무 가지들에 모
여 떨어지는 낙숫물이 제법 큰 소리를 냈다. 비야 내려라. 얼마
든지 내려라…. 그는 노래하듯 흥얼거리면서 농축 알코올에 불
을 붙인 뒤 코펠에 물을 부어 그 위에 올려놓았다. 컵라면을 먹
기 위해 소리 없이 물을 끓이는 것이다. 파란 불길이 부드럽게

코펠 바닥을 쓸어 댔다. 사람이 죽어서 제대로 묻히지 못하면, 뼈다귀들이 여기저기 굴러다니다가 밤이면 저런 빛을 낸다고 했던가. 그는 머리를 저으면서 컵라면의 비닐을 벗기고 뚜껑을 반쯤 열어 놓고 끓는 물을 부었다.

그는 앞으로 내딛던 걸음을 멈칫했다. 아파트 입구였다. 10미 터쯤의 간격으로 좌우에 서 있는 사각 시멘트 문기둥들의 가운 데쯤이었다. 그는 아주 걸음을 멈춘 채 앞뒤로 흔들거렸다.

꼭이 두 개의 문기둥들 사이를 막고 쳐 놓은 그물이 있어서, 거기에 제 몸뚱이가 걸린 성싶었다. 이런 사이코! 그가 입속말 을 했다. 그동안 이곳을 드나들 때면 자신도 모르게 나오는 말 이었다. 오늘이 2년 10개월 5일째였다.

'성지아파트'. 오른쪽 문기둥에 붙어 있는 주석판을 읽었다. 30여 년 전에 붙인 뒤로 한 번도 닦지 않은 듯 퍼런 녹이 더께가 진 주석판. 시에서 두 달 전에 재건축 계획을 승인한 5층짜리들 이었다. 얼핏 눈을 들자 아파트 동들이 달려들었다. 벌써 불을 켠 집들도 있었다. '재건축 승인을 축하합니다' '축, 넓고 품위 있 는 생활의 약속'. 이 밖에도 많았다. 재건축 조합이, 건설회사들 이, 설계 용역회사가 갖다 내건 현수막들이었다. 그것들이 아파 트 동 벽에서 바람을 맞아 아우성을 쳐 대는 성싶었다. 내리는 어스름 속에 선 낡은 아파트 동들이 더없이 아늑해 보였다.

그는 발길을 돌렸다. 바람에 굴러온 너도밤나무 이파리 하나가 내딛는 발에 걸렸다. 한기가 등골을 타고 흐르는 느낌이었다. 가을이야 가을…! 한국은 이게 지랄이라니까. 가을이 오고 겨울이 오고…. 그는 등에 멘 배낭을 업은 애기처럼 한 차례 추스른 뒤에 아파트 담을 따라 천천히 걷기 시작했다.

한사코 천천히 세 바퀴를 돌았다. 용식이네가 저녁을 먹고 치울 수 있는 시간을 그렇게 더 삭여야 했다. 언저리의 불빛이 눈에 부셨다. 그는 편의점으로 문을 밀고 들어갔다. 유리문의 섬뜩한 느낌이 아직 남아 있는 손으로 사발면 하나를 집어들었다.

사발면과 1,250원을 함께 카운터의 청년 앞으로 내밀었다.

"천삼백오십 원인데요…."

사발면을 들어 기계로 바코드를 읽은 청년이 말했다.

"이달부터 올랐어요."

그가 좀 어리둥절해 하는 느낌을 받았는지 청년이 말을 이었다. 값이 올랐다는데 어쩌겠는가. 뚜껑을 뜯고 온수통으로 가서 뜨거운 물을 받았다.

가장자리의 간이탁자 앞에 서서 라면을 한 젓가락 집어올려 입에 넣었다. 뜨겁고 짜고 매운 맛에 입이 얼얼해지면서 머릿속이 다 증발해 버리는 듯했다. 대충 씹어 목을 넘긴 그것이 열기를 끌고 내려가 위 속에 똬리를 틀기 시작했을 때 불쑥 통장의 잔고가 머릿속에 또렷하게 솟구쳤다.

1,992,803. 천만 원에서 줄어들고 줄어들어서, 끝내는 2백만 원 선이 무너진 것이었다. 지난 25일에 원호처에서 '참전 유공자'에게 달마다 주는 30만 원과 구청에서 위로금이라고 주는 10만 원이 이미 입금된 통장이었다. 아무리 아껴 써도 석 달 뒤까지 1백만 원 선을 지키지 못할 성싶었다. 그는 길게 한숨을 내쉬고 나서 급하게 라면발을 입에 집어넣었다. 문득 낮에 산의 정상에서 내려다보았던 맞은편 산자락에 들어앉은 호텔인지 콘도미니엄인지 모를 건물들이 눈앞을 스쳤다. 아름다웠다.

속을 채운 그는 이제 망설이지 않고 아파트 입구를 통과했다. 그리고 늘 다니는 가까운 화장실로 들어갔다. 이제 거기서 씻을 곳은 씻고 빨 것은 빨 것이었다.

태극선은 파월 근무를 마치고 귀국한 김영철이 월남에 사는 나한구와 띠익 부부에게 군사우편으로 보내준 첫 번째 선물이었다. 그 시절에는 국제우편이 형편없었다. 미국이나 일본 같은 나라로 보내는 물건이 아니라면 제대로 도착할지, 도착해도 언제 도착할지 모를 지경이었다.

그런데도 그가 태극선을 무사히 받을 수 있었던 것은 영리한 김영철이 군사우편을 이용했기 때문이었다. 근무하던 부대의 서무계에게 보내 그에게 전달하게 한 것이다. 중대와 대대에서는 물론 사단에서도 그의 현지 결혼, 현지 제대는 전설이었다.

그렇게 김영철 상병은 '생명의 은인인 나 병장님한테 평생을 두고 갚겠다'고 약속한 은혜를 갚기 시작한 셈이었다. 바보 같은 인간. 그는 김영철을 생각할 때면 늘 바보라는 말이 먼저 떠올랐다. 무거운 짐을 스스로 진 뒤에 생전에는 물론 죽은 뒤에까지도 내려놓지 않고 버티고 있는 김영철이었다.

생명의 은인…. 하긴 그가 두 차례나 김영철의 생명을 구했으니, 그렇게 불러도 틀리지 않았다. 그러나 전쟁터에서 그런 일은 얼마든지 있을 수 있었다. 그래서 고맙다는 인사조차 하지 않고 지나쳐 버린들 탓할 수 없는 일이었다.

*

사단 규모의 작전이었다. 그해 3월 22일 18시 30분. 제3중대 2소대는 현 위치에서 호를 구축하고 매복 작전에 들어가라는 명령을 받았다. 동수안 서남방 14킬로미터에 상거한 지점의 정글로 뒤덮인 능선에서 막 정밀 수색을 끝낸 참이었다. 호는 소대장 호인 1번 호를 시작으로 5번 호까지 20미터 씩 간격을 두고 궁형으로 구축하라는 지시였다. 작전 개시 5일째였다.

그동안의 전과는 적 사살 2명에 소총 1정 노획이 전부였다. 3분대가 수색 중에 조우한 적을 사살한 것이었다. 소대장은 도주하던 중에 낙오한 적으로 판명된다고 중대장한테 무전을 날렸었다.

분대별로 4명은 사주경계를 펴고 나머지는 야전삽의 날을 세워 호를 파기 시작했다. 오랫동안 낙엽이 쌓이고 썩어서 땅은 푸슬푸슬했다.

이때 탱─ 하고 아주 짧고 낮은, 그러나 유리 조각처럼 날카로운 금속성이 울렸다. 그 소리와 함께 앞에 무언가가 툭 떨어져서 굴렀다. 소대장의 철모였다. 나 병장님! 누군가 그의 왼팔을 붙들었다. 전입 온 지 두 달이 채 안 된 김영철 상병이었다. 호를 구축하기 위해서 깊이 땅을 파는 참이었나. 김영철한테는 첫 전투였다. 김영철의 떨리는 손이 그의 팔오금을 간질이고 있었다.

그는 왼팔을 빼내 김영철의 목을 힘주어 누르면서 바닥에 엎드렸다. 그때까지 1분도 걸리지 않은 듯싶었다. 낙엽 속에 얼굴이 묻혔다. 소대장이 죽은 건가? 다시 아까와 똑같은 소리가 났다. 이번에는 서서 두리번거리고 있던 분대장의 철모였다. 밀려드는 어둠에 가려서 분대장의 상태를 제대로 파악할 수 없었다. 철모는 쓰러진 분대장의 머리맡에 있었다. 신음도 내지 않는 것 같았다.

그도 1분대원이었다. 선임 분대장이 적탄에 맞아 쓰러진 것이다. 분대장이 죽었다! 소대장님도 죽은 것 같다…. 파월 최고참인 부분대장의 목소리였다. 목이 메어 발음이 정확하지 않았다. 두어 명이 이리저리 낮은 포복으로 이동하는 것을 볼 수 있었다.

적이다! 사겨억! 사겨억…! 총구들이 사방으로 불을 뿜었다. 어디에 적이 있는지 모르니 서로 등을 돌리고 쏘아 댈 수밖에 없었다. 거기다 너도나도 잔뜩 겁을 먹고 있기도 했다. 그새에 숲속의 어둠은 어디에 고여 있다가 한꺼번에 밀려드는 것처럼 금세 짙어졌다.

2분대에서, 3분대에서 조명이 올랐다. 그는 머리를 든 채 제 소총을 찾고 있는 김영철의 머리통을 다시 찍어 눌렀다. 그는 김영철 상병이 죽은 듯이 있어 주었으면 했다. 이런 때 움직이다가는 아군의 총에 죽을 수도 있었다.

아군들이 있는 화력을 다 쏟아붓는 것 같았다. 사방에서 박격포탄이며 M79 유탄들이 터졌다. 적탄들도 날아들었다. 박격포탄까지…. 뭐가 어찌 되는지 도무지 알 수 없었다. 그저 김영철 상병의 머리통을 찍어 누른 채 엎드려 있었다.

총소리가 좀 가라앉았다. 적이 사격을 중지한 듯싶었다. 그래도 아군은 한동안 사격을 계속했다. 사격 중지 명령이 떨어지자 총소리가 사라진 자리에 금세 적막감이 밀고 들어왔다. 적막감은 점점 짙어지더니 바위처럼 그의 두 어깨를 짓눌렀다. 적은 퇴각한 것인가. 아니면 숨을 돌리고 있는 것인가? 아군 피해는?

2소대장님 전사. 1분대장 선우영 하사 전사. 그 밖의 피해는 확인 중입니다. 부분대장이 중대장한테 무선 보고를 했다.

그는 김영철을 데리고 급하게 기어다니면서 앞쪽과 뒤쪽에
한 개씩 갖고 있는 클레이모어를 설치했다. 그런데 이상한 일이
었다. 다른 분대원들의 움직임이 눈에 잡히지 않는 것 같았다.
분대원들의 이름을 하나하나 조심스럽게 불러 보았다. 부분대
장 말고는 대답이 없었다. 부분대장이 불렀을 때도 마찬가지
였다.

그해 5월 17일 연대 규모 작전이 있었다. 월맹군 사단 예하의
중대 병력이 키로 계곡 일대에 근거지를 확보하고 있다는 정보
에 따른 작전이었다. 여전히 두 사람은 1분대 소속이었다. 그는
부분대장, 김영철 상병은 2번 소총수였다. 작전 첫날 해 질 녘이
었다. 역시 18시 30분. 매복 작전 명령이 떨어졌다. 이를 기다렸
다는 듯이 김영철이 일을 보고 오겠다면서 지역을 이탈하려고
했다. 멀리 가지 마라. 움직일 때는 바닥을 잘 살펴라. 월남 청
사에 물리면 3초 안에 간다. 알았지? 그는 그렇게 주의를 주었
다. 김영철 상병도 파월 4개월째니 중고참이 되어 있었다.
이번에 그는 경계조였다. 야전삽을 든 분대원들이 부지런히
삽질을 하고 있었다. 그런데 왜인지 그는 김영철 상병이 불안했
다. 처음에는 지난번 작전 때 당한 기억 때문이겠지 했다. 괜한
걱정이야 했다.
그는 어느새 자신도 모르게 김영철이 간 방향을 잡아 소리 없

이 다가가고 있었다. 구린내가 났다. 김영철은 10미터쯤 떨어진 묘지만 한 바위의 뒤쪽에서 일을 보고 있었다. 전방을 지향하고 있는 M16의 총구가 비쭉 보였다. 문득 독사의 대가리 같다는 생각을 했다. 경계를 소홀히 하지 않는 김영철 상병이 믿음직스러웠다. 그는 자신이 왔다는 것을 알리려고 일부러, 김 상병 하고 불렀다. 예, 이제 다 봤습니다. 그는 거기서 그만 돌아서려고 했다. 그런데 이상하게 도리어 두세 걸음 더 다가갔다. 왜 그랬는지 알 수 없었다. 그런데 순간 김영철 상병의 두 발 사이에서 거뭇한 빛이 번득인 성싶었다. 그 빛이 그의 눈을 찌르는 느낌이었다. 김 상병, 너 그대로 있어! 꼼짝하지 마! 그가 소리쳤다. 놀라운 일이었다. 부비트랩의 인계철선이 김영철 상병의 두 가랑이 사이에 있었다. 어떻게 인계철선을 건드리지 않은 채 타고 앉아서 일을 볼 수 있었는가. 놀란 김영철 상병이 몸을 일으키려 했다. 그 자리서 꼼짝 마! 그대로 있어! 김영철 상병이 엉거주춤하고 있었다. 이거 봐, 이거 뭔지 알겠지? 그가 김영철 상병의 두 팔을 잡은 채 말했다. 와! 이건…. 김영철 상병이 말을 잊지 못했다. 맞아! 인계철선이야…. 내가 밑을 조심하라고 했지? 짜아식! 하마터면 뼈도 못 추릴 뻔했잖아…. 짜아식! 너 참 희한하게 운이 좋은 놈이다. 그가 김영철 상병 왼쪽 발부터 붙들어 앞으로 옮겨 주면서 말했다.

그것으로써 두 사람이 같이 참가한 작전은 마지막이었다. 그는 한 달 뒤쯤 대대의 민사과로 파견됐고, 김영철은 그 뒤로 두 차례 더 큰 작전에 참전했다. 그리고 김영철 상병은 두 달 뒤에 참가한 작전에서 기어이 왼쪽 허벅지에 관통상을 입고 나트랑에 있는 제102 육군병원으로 이송되었다. 그가 병장으로 진급한 지 10일 만이었다.

그가 집에 갔을 때 용식이 퇴근해서 돌아와 있었다.

"식사하셨어요? 이리 와서 과일 좀 드세요. 드릴 말씀도 있고요…."

세 식구는 쟁반에 수박을 썰어 놓고 먹던 참이었다. 스테인레스제 식칼이 아직 쟁반 위에 있었다. 그는 방에 배낭을 넣어 둔 뒤 용식이 옆에 가서 앉으면서, 마침 잘됐다 싶었다. 쟁반에 그의 한쪽 무릎이 가닿을 정도로 거실이 꽉 찼다. 경애가 일어서더니 자리를 비웠다.

"일단은 전세로 나가 살다가 새 집이 다 지어지면 이사 들어와야 한다는 것은 알고 계실 테고…, 그 기간이 2년 뒤의 10월까지라니까 그때까지는 셋방살이를 해야 한다고 하는데…, 당연히 아저씨를 모시고 가서 살아야 할 텐데…."

용식의 말은 오뉴월 엿가락 늘어지는 듯했다.

"알았네, 나도 알고 있어. 올 연말 안에 이 집을 비워 줘야 한다는 것까지. 그래서 대책을 다 세워 놨어요. 내 걱정은 조금도 하지 말라는 뜻이야."

그는 예전과 달랐다. 그의 말씨는 당당했고 태도는 굳세어 보였다. 용식도 그의 아내인 경애 엄마도 당혹감을 감추지 못하는 것 같았다.

아파트 상가에 있는 부동산 중개소들 앞에 나붙은 벽보들을 그도 다 보았다. 보증금 5백만 원에 월세 15만 원은 받을 수 있는 방을 그동안 거저 써 온 그였다. 게다가 만부득이 얼마간의 전기와 또 얼마간의 화장실 물을 거저 쓰기도 했다. 그랬으니 눈치를 보면서 살 수밖에 없었다. 김영철의 당부는 당부였다.

그러나 그도 이제 모든 일이 다 끝이라고 생각했다.

"대책을 세워 놨다니요?"

이번에는 경애 엄마가 나섰다.

"그렇죠. 단순히 아버지 앞에서 한 약속을 지키자고 모시는 것이 아닙니다. 정말로 저희는 아저씨를 친아버지처럼 모시려고 애를 쓰고 있습니다. 어떻게 하실 건지는 저희가 알고 있어야죠."

"그래야 돌아가신 시아버님 영전에 우리가 얼굴을 들 수 있습니다."

부부가 번갈아서 그의 대책에 대해 알고 싶다고 했다.

"그래야지. 때가 되면 알려 줄 테니까 염려하지들 말아요."

그는 시원시원하게 대답한 뒤 자리에서 일어섰다.

"꼭 그러셔야 합니다."

"예에. 꼭 그러셔야 합니다."

용식과 경애 엄마가 얼굴에 차오르는 웃음기를 감추지 못한 채로 다짐을 받듯이 차례로 말했다.

방으로 들어온 그는 주머니에서 휴대전화기를 꺼내 부재중 전화나 문자 수신이 없었는지 확인부터 했다. 어느 것도 없었다. 휴대전화기를 충전기에 연결해 놓은 뒤 배낭을 열고, 아까 회장실에서 뽑아 넣어 둔 양말을 써내 전장에 쳐 놓은 줄에 널었다.

우리를 잊지 마세요. 그래도 건강하십시오. 아들 민국이가 보냅니다. 서류봉투를 앞뒤로 살펴본 뒤 안에서 내용물을 꺼냈다. 270원짜리 대한민국 우표 2장에 용인우체국 소인이 찍혀 있었다. 누가 장난을 치는 것인가. 이런 일로 왜 장난을 칠까.

…민국이가 무사히 태어나고 자라서 한국에 와 있다는 것인데….

그렇다면 주소까지 알면서 왜 찾아오지 않고 이런 짓을…. 제 어미 띠읙을 그가 다시 찾지 않았으니까? 아니, 그들 모두를 부정했으니까?

나한구가 월남에서 달아난 지 꼭 15년 만이었다. 1990년 12월 29일이었다. 중앙일보사에서 발간하는『월간중앙』기자라는 사람이 구로동의 식당으로 전화를 걸어왔다. 점심 때라서 좀 바빴다. 카운터를 보던 아내가 급하다면서 주방에 있던 그를 불렀다. 기자는 나한구임을 확인한 다음, 정말 반갑다는 말부터 했다. 동사무소를 다섯 곳이나 찾아간 끝에 그가 사는 곳을 찾았다는 것이었다. 그 전에 기자는 그의 호적지인 괴산에까지 내려갔었다고도 했다. 그가 무엇 때문에 나 같은 사람을 찾느라고 그리도 애를 썼는지 물었다. 기자가 그에게 시간을 좀 내달라고 했다. 왜 그러냐는 그의 물음에 기자는 만나서 이야기하겠다고만 했다.

기자는 명함을 건네준 뒤에, 자신이 크리스마스를 전후로 해서 베트남 취재를 열흘간 다녀왔다고 했다. 나트랑에는 한국인 2세들을, 이른바 라이따이한들을 모아 교육시키는 학교가 있다고 해서 갔다고 했다. 이미 15년 전에 국교가 단절된 나라에, 그것도 전쟁 때의 적이었던 월맹이 통일한 공산국가에 그런 학교가 있다니 믿어지지 않았다고 했다.

가서 보았더니 월남전 때 한 한국 신문사의 사이공 주재 기자였던 사람이 비공식적으로 그런 일을 하고 있었는데, 고생이 이만저만이 아니더라고 했다. 라이따이한? 한국인 2세들? 그 말들이 그의 귀에 매우 생경했다. 그런데 꼬챙이처럼 귓구멍에 꽂히는 성싶었다. 문득 띠익의 제법 솟아오른 배가 눈앞에 떠오르기도 했다. 그래서요? 그가 뜨거운 커피를 단숨에 마시고 나서 따지듯이 물었다. 나한구 씨는 월남 패망 때 탈출한 곳이 사우디 쪽이었습니까, 호주 쪽이었습니까? 기자는 그의 물음에 대답하는 대신에 엉뚱한 질문을 했다. 그때 한국인들은 이웃 나라 태국을 거쳐 그 두 나라 가운데 하나를 택했다. 곧장 귀국한 사람이 거의 없었다. 일단 그 두 나라로 가서 한몫 잡은 다음에 귀국을 해도 하리라는 생각들을 갖고 있었다. 사우디였어요. 그곳에서 5, 6년 버티고 완전 빈털터리가 되어 어쩌지 못해 귀국했지요. 그런데 그 일은 왜 묻습니까? 나는 월남에서든 사우디에서든 남의 돈이라면 한 푼도 떼먹은 적이 없는데. 그때 기자가 앞에 있는 감색 수첩의 갈피에서 사진 한 장을 꺼냈다. 월남 시절을 금세 떠올리게 한, 그 11×8㎝의 폴라로이드 컬러 사진이었다. 이걸 좀 봐 주세요. 아! 저기 저 사람들…. 눈에 익고 또 익은 것들…. 그 사진을 누가 찍었는지는 알 수 없었다. 컬러 사진이 나온 지 얼마 안 된 때였다. 그의 집에 폴라로이드 사진기가 있는 것을 본 사람이라면 모두들 부러워했었다. 순간 그런 기억들이 마구 솟구쳤다. 왜요? 그는 얼굴을 돌렸다. 이 사람들…. 여기 이 사람이…, 나한구 씨죠? 그리고 이 여자…, 그 아주머니가 나한테 자기 이름이 띠익이라고 했습니다. 가운데 있는 아이가 대한이라고 하는 아들이고…. 몇 살 때였던가. 젊디젊은 그와 띠익이 거기 있었다. 그의 나이 스물세 살 때, 띠익의 나이 스물한 살이었다. 네 살 1개월 때 죽은 대한이가 아랫도리를 자랑스럽게 드러낸 채 띠익의 품에 안겨 있었다. 여기 이렇게 써 있습니다. '나대한 첫돌 기념'이라고. 기자가 사진을 뒤집어 놓으면서 말했다. 그의 글씨였다. 폴라로이드라서 사진 속에 글씨를 넣을 수가 없었다. 그래서 그가 부대에서 갖고 나온 S.P볼펜으로 손수 써넣었던 것이다. 날짜도 있는데요? 기자가 닫고 있는 그의 입이 답답한지 볼멘소리를 냈다. 1970.12.18. 오래돼서 잉크가 좀 바래서 흐려지긴 했어도 잘 읽을 수 있었다. 모르는 사람들입니다. 그는 자리에서 일어섰다. 왜 이러세요? 이 사람, 나한구 씨 맞지 않아요? 그 기자가 따라 일어서면서 그의 팔을 붙들었다. 어쩌면 그때 기자가 말했던 것 같았다. 아이가 또 하나 있다고 하던데요….

확실하지는 않았다. 이제 와서 생각해 보니 그렇다는 것이다. 사실 기자와 헤어진 뒤에 제일 궁금한 일도 띠익이 뱃속에 품고 있던 아이 소식이었다.

어떻든 나는 모르는 사람들입니다. 나는 모르는 사람들이라고요. 그는 기자의 손을 야멸차게 뿌리치면서 소리쳤다. 내 나이가 올해 마흔셋이에요. 내 한국 아이가 이제 초등학교 1학년이고요. 날품팔이 생활하다가 겨우 가게 얻어 식당 낸 지 1년이에요. 나더러 어쩌란 말이냐고요. 그때 그가 이 말을 했던가 안했던가. 기억이 나지 않았다. 뭔가를 하소연한 것도 같았고 울먹였던 것도 같았다.

그는 다방에서 그렇게 달아났다. 다행인 것은 기자가 식당까지는 쫓아오지 않았다는 것이다. 다시 전화를 걸어오지도 않았다. 그의 말을 믿었던 것인지 포기한 것인지는 알 수 없었다. 속으로, 피도 눈물도 없는 인간이라고 욕하고 있었는지도.

일기예보는 오늘 첫눈이 내릴 것이라고 했다. 제법 많이 내린다고 했다.

그는 손에 들고 있던 서류봉투의 허리를 집어 배낭 속에 넣었다. 다음에는 늘 그랬듯이, 휴대전화기를 충전기에서 떼어 내 비닐로 싸서 입고 있는 등산 재킷의 속주머니에 넣었다. 충전기는 그대로 두었다.

배낭을 짊어진 그는 문께로 나서다 말고 방안을 한 바퀴 둘러보았다. 다른 때와는 달랐다. 안쪽 구석에 개켜 놓은 이부자리. 그리고 그 위의 통베개. 그 앞에 놓아둔 베개만 한 라디오는 숨을 죽이고 있었다. 재건축을 하기 위해 아파트 동을 철거할 때, 그것들은 폐기물 속에 섞여 나갈 것이었다. 용식네에 짐이 될 것들이 아니었다.

방문을 열고 밖으로 나선 그의 시선이 이부자리 쪽으로 끌리는 느낌이었다. 베개 위에 놓아둔 하얀 편지봉투 때문이었다. 용식이든 경애 엄마든 언제 그것을 보게 될 것인가. 그동안 고마웠다. 걱정하지도 찾지도 말라. 그런 내용이 들어 있었다. 얼마 전에 그가 용식 부부에게 말한 그 대책이라는 것이었다.

단지의 후문을 나서는 그의 발걸음이 가벼웠다. 마음도 가벼웠다. 어쩔 수 없이 남에게 오랫동안 맡겨 놓았던 짐을 찾아 들고 돌아가는 기분이 이럴 거라고 생각했다. 곧 바위 계단을 오르기 시작했다.

오늘 그는 산의 정상을 넘어 맞은편 자락으로 내려갈 작정이었다. 12월 18일. 날짜를 잡고 보니 우연히 이날이었다. 어젯밤에 아홉 시 뉴스 끝에 나오는 일기예보를 기다려서 들었다. 내일 첫눈이 내릴 거라는 말에, 이왕이면 다홍치마가 아닌가 했다. 그래서 오늘로 정한 것이다. 용식네가 집을 비워야 할 날도 코앞에 닥쳐 있었다.

가파른 바위 계단을 오르는 동안에는 옆을 돌아볼 겨를이 없었다. 쇠난간을 잡아 가면서 그만큼 조심해야 했다. 몸과 마음이 가벼운데도 왜 자꾸 올려 딛는 발끝이 계단의 끝에 걸리는지 몰랐다.

졸참나무들은 가진 것들을 다 버리고 이제 맨몸으로 서 있었다. 진갈색 뱁새 떼가 쨱쨱쨱 맑은 울음소리를 떨어뜨리면서 급하게 길을 건넜다. 그는 부지런히 걸었다. 날아들고 떨어진 낙엽들이 부서지다가 다시 날아가서 길은 이제 맨바닥을 드러내고 있었다. 어디선가 날아온 산국 향기가 코끝에서 아른거렸다. 산국도 이제 지는 때였다.

그는 무엇을 잊고 온 듯 문득 뒤를 돌아보았다. 이제는 다시 오를 길이 아니었다. 내려갈 길은 더욱 아니었다. 마지막이었다. 단지는 이미 멀리 가라앉아서 보이지 않았다. 그는 마음을 다잡고 길을 걸어 올라갔다.

첫눈이 내릴 거라는 소식 때문인지 제법 사람들이 눈에 띄었다. 모두가 중년을 넘어선 사람들이었다. 두세 명, 네다섯 명. 여자들끼리, 혹은 남자들끼리. 때로는 부부인 듯한 남녀….

정성을 넘어선 뒤에야, 아하 그 바위굴에 들렀어야 했는데… 했다. 그러나 멈칫거리던 발걸음을 곧 다시 떼어 놓았다. 이때 눈송이가 하나둘 무심히 날아내리기 시작했다. 눈송이들은 조심조심 찾아오는 손님처럼 나무들의 몸뚱이며 가지들에 내려앉았다. 나무들은 바짝 긴장한 모습이었다. 아, 눈이다! 앞쪽에서 어느 여자의 탄식 같은 외침이 솟구쳤다. 그는 두 손을 펼쳐 앞으로 내밀면서 발걸음을 멈췄다. 눈송이들은 그의 손바닥들을 피해 갔다. 그는 장갑을 벗어 양쪽 겨드랑이 밑에 끼었다. 그때서야 이 손 저 손에 한 송이 한 송이 눈이 내려앉기 시작했다.

띠익은 '눈'이란 한국말을 들으면 월남말로 '우이엡(雪)'보다는, 머리에 먼저 영어 'Eye(目)'가 떠오른다고 했다. 눈송이의 모양은 어느 정도 그려지는데 그것들이 바람에 날리는 광경은 좀체 그릴 수가 없어서라고 했다. 그는 띠익에게 거위털들이 날아내리는 모습을 상상해 보라고 했다. 그래도 띠익은 머리를 저었다. 그런데 이상하게도 '첫눈'이란 말에 대해서는 얼마큼 느낌이 온다고 했다. 영어와 한국어로 말할 때 'One's First Love'가 '첫사랑'이고, 'One's First Kiss'가 '첫 키스'이고, 'The First Snow'가 '첫눈'이지 않는가. 띠익은 그와 '첫사랑'을 했고 '첫 키스'를 했는데, 그 느낌 덕에 당연히 '첫눈'의 느낌도 짐작할 수 있다고 했다. 어디서 다시는 맛볼 수 없는, 그 저릿하면서도 상큼한 느낌…. 온몸이 무게감을 잃고 흐느적이다 부웅 떠오르는 느낌…. 아프면서 달콤한…. 그래서 첫눈을 맞는 느낌도 알 것 같다고 했다. 사실 눈이 내리지 않는 나라여서인지 띠익이 알기로는 월남에서는 정확한 '첫눈'이란 단어가 없다고 했다. 억지로 만들면 '뛰엿 따우 따안'이 될 거라고 했다. 띠익은 그에 대한 사랑을 그렇게 모든 일에 연결해서 새기는 여자였다.

정상에서 내려가기 시작한 지 30여 분쯤 되자 물소리가 들리기 시작하더니 곧 계곡이었다. 길은 계곡의 한쪽을 막고 선 높이 2~3미터 혹은 1~2미터의 벼랑 위에 나 있었다. 그는 물과 함께 밑으로 구불구불 흐르는 길을 따라 내려갔다. 갈수록 물길은 수량이 많아 거칠어졌고, 갈라져 떨어질 때면 그 소리가 귓전을 때리는 것 같았다.

벼랑이 점점 높이를 더하는가 싶더니 가까이에 불쑥 건물의 뒷모습이 나타났다. 산의 정상에 서 있을 때 멀리 산자락 속에 앉아 있던 건물들 가운데 하나인 성싶었다.

살펴보았더니 콘도미니엄 건물은 모두가 5층짜리 세 채였다. 그는 먼저 실망부터 했다. 당연히 아름다울 것으로 생각했었다. 화려할 것이라고도 생각했었다. 그러나 건물들의 외벽에 바른 페인트가 벗겨져 나간 모습이었다. 본관 건물 앞의 정원에 서 있는 나무들은 아직 버팀목들을 벗지 못한 채였다. 지은 지 몇 년 되지 않았다는데 경영 상태가 매우 좋지 않다는 뜻이었다.

단풍잎 몇 개가 말라붙어 있는 신나무 가지들. 붉은 열매가 듬성듬성 매달린 산수유 나무 가지들. 그것들 사이로 눈송이들이 날렸다. 눈이 좀 쌓일 성싶었다. 정원 중앙에 서 있는 반송의 암청색 이파리들 위에는 벌써 눈이 쌓인 듯했다. 그는 으스스 몸을 떤 뒤에 현관문을 밀고 들어갔다. 그래도 영업을 하고 있는 것이 신통했다.

5층 구석에 있는 방에서는 물이 흐르는 골짜기가 내려다보이고 산의 정상이 올려다보이기도 했다. 눈발들 속에 버티고 앉은 산정은 한 번도 가 보지 못한 곳처럼 신비로웠다. 그는 방이 맘에 들었다. 종업원이 최고로 좋은 방을 드리겠다면서 열쇠를 내주었다. 방값은 1박에 5만 원이었다. 선불이었다.

여기가 내 인생의 종착역이다. 그는 소리 내어 혼잣말을 했다. 그는 탁자 위에 올려놓았던 배낭을 열고 속에 들어 있는 것들을 꺼냈다. 사발면 1개와 접어 넣어 둔 서류봉투 세 개, 편지지 몇 장과 빈 봉투 하나, 모나미 볼펜 하나였다.

산을 넘어오는 동안 마신 빈 물병은 배낭 옆의 주머니에 그대로 두었다. 그리고 원통형의 자그마한 플라스틱 약병이 있었다. 그것들이 전부였다. 일흔다섯 살이 되도록 살아온 그가 세상에 남겨 놓고 가는 물건의 전부인 셈이기도 했다.

칫솔, 치약도 담아 오지 않았다. 다 내다버린 것이다. 하룻밤만 지낼 것인데 뭐가 더 필요하겠는가.

재킷 안주머니의 저금통장과 도장은 이따가 편지와 함께 탁자에 놔두면 될 것이었다. 저금통장의 잔고는 꼭 백만 원이었다. 그가 알아보았는데, 그 돈이면 남의 신세를 지지 않고 일을 치를 수 있었다.

그는 서류봉투 세 개 가운데 어제 받은 것을 찾아 들었다. 내용물을 다시 꺼내서 처음인 듯 이리저리 살폈다. 역시 두 장이었는데 이번에는 앞 장의 내용이 달랐다. 이것이 마지막입니다, 라고 앞에다 한 줄을 더 쓴 것이다. 뒷장에는, 신랑신부 인형을 찍은 사진이었다. 그것 역시 김영철이 군사우편으로 보내왔던 것이었다. 화장대 위에 있던 것이었다.

이제는 확실했다. 믿을 수밖에 없었다. 민국이든 누구든 그와 띠익이 부부로 살았다는 사실을 잘 아는 사람이 한국에 있었다. 부부가 소중히 여겼던 기념품들까지 알고 있는 사람이었다. 미리 사진으로 찍어 두었거나, 지금도 그것들을 보관하고 있지 않다면 불가능한 일이었다.

더욱이 이 일에는, 죽었든 살았든 띠익이 관여된 것으로 여겨졌다. 그의 주소지를 어찌 알아 서류봉투들을 보냈겠는가…. 6년 정도를 그와 부부로 산 띠익이었다. 퀴논에서 또 나트랑에서. 그때 당연히 그는, 한국의 고향 이야기를 자주, 그것도 자랑하듯 떠벌렸을 것이었다. 그렇게 밀려드는 향수를 달랬을 것이었다. 충청북도 괴산군… 어쩌고. 그 궁핍한 산골 이야기를 한사코 근사하게 치장했을 것이었다. 내세울 산물이라고는 배추와 고추 따위밖에 없는 그곳. 아무든 띠익이 주소를 갖고 있었다면, 혹은 누군가 그것을 손에 넣었다면…. 그때부터는 그의 주소지가 표시된 약도를 갖고 있는 것이나 마찬가지였다. 그가 옮겨 다닌 주민등록지를 따라오면 그가 살고 있을 테니까. 언젠가 한 번 나타난 신문사 기자라는 사람도 그랬었다.

그렇다면 그가 찾으러 나서야 했다. 하지만 답이 없는 수수께끼 같았다. 아무런 단서가 없었다.

그쪽에서 그런다면 분명히 그만한 사정이 있을 터였다. 민국이라면 그가 아버지이고, 띠익이라면 그가 남편이었다. 그를 찾아올 수 없는 사정이 무엇인가. 그더러 찾아오라고도 할 수 없는 사정은 또 무엇인가. 그는 그 사정을 짐작하고 있었다. 그쪽의 경제적 형편이 말이 아니게 나쁘다. 그래서 도움을 받아야겠는데 그의 형편 역시 다르지 않다. 그러니 만나 봤자 무슨 소용인가 했을 것이라고 생각했다. 괜히 서로의 맘만 아플 것이라고 생각했을 수도 있었다. 두 쪽의 짐을 합해 놓으면 무게만 커질 뿐이었다. 결국엔 그 짐에 깔려서 고통받으면서, 서로를 원망하고 미워하게 될 것이었다. 빤했다. 그는 그들을 모른다고 한 사람이기도 했다.

그는 더없이 부끄러웠다. 아버지로서든 남편으로서든 전혀 구실을 할 수 없다니…. 몸집이 쥐만큼 움츠러드는 것 같았다.

하긴 종국 에미가 식당에서 달아난 것도 그의 무능 때문이었다. 바로 옆에 시설이 좋은 식당이 생겼고 손님들을 다 몰아가듯 하는데도 대책이 없었다. 물론 벌어 놓은 돈이 없기 때문이었다. 손님이 없는 식당은 적자가 났고 끝내 문을 닫아야 했다. 결국 아내가 종국이를 데리고 어딘가로 달아나 버린 것이었다. 몇 년 동안 주민등록도 옮겨 가지 않아서 찾을 수가 없었다. 어느 단골손님을 따라갔다는 소문이었다. 그때 그는 띠익을 포기하듯이 다시 그녀를 포기해 버렸다.

종국이가 그의 앞에 나타난 것은 스물다섯 살이 됐을 때였다. 가을이었는데 그가 살고 있는 셋방으로 제발로 찾아왔었다. 종국이가 그에게 아버지라 부르지 않았는데도 아들인지 금세 알아보았다. 양복 차림이었다. 제법 번듯한 모습이 반가움을 더했다. 그런 종국이가 같이 산 지 열흘도 안 됐을 때 저금통장과 도장을 찾아 들고 야반도주를 해 버렸다. 새벽에 잠에서 깼을 때 옆자리가 허전했다. 그래도 그 열흘도 못 된 기간이 부자간에

정을 나눈 세월이었던 모양이었다.

이제 그는 자신이 죽어야 할, 죽을 수밖에 없는 이런저런 확실한 이유밖에 없다고 생각했다. 사실 그가 죽기로 결심한 것은 김영철이 혈액암으로 죽은 뒤였다. 그러나 그가 이때껏 산 것은 김영철이 천만 원이 입금된 은행 통장을 주었고, 자신이 살던 집의 자신이 쓰던 방에 들어가 살도록 해 놓았기 때문이었다. 언제부턴가 부동산 중개소라는 근사한 이름으로 바뀐 복덕방을 해 온 김영철이었나. 그가 송국이에게 몽땅 털리고 났을 때부터는 계속해서 생활비를 보태 주었다. 그리고 그가 그 무렵에 하고 있던 택배 일을 그만두게 한 뒤, 복덕방으로 나와 일하라고 했다. 참으로 끈질기게 은혜 갚음을 해 온 것이다. 전생의 업을 갚는 일이라 해도 그런 정도는 아닐 것이었다. 꼭이 맞는 말은 아니지만, 그 일에만 유독 지독함을 보이고 간 김영철이었다고 말할 수 있었다.

나는 무연고자입니다. 이 돈으로 나를 화장해서 어디든 뿌려 주십시오. 일을 시켜서 참으로 죄송합니다. 은혜는 저승에 가서라도 꼭 갚겠습니다. 나한구 올림.

그는 내용을 읽어본 뒤에 접어서 편지봉투에 넣었다. 쉽게 읽을 수 있도록 봉투의 앞에다 크게 썼다. 경찰관님 귀하. 뒤에다

도 썼다. 나한구 올림.

휴대전화기를 꺼내 비닐을 풀고 폴더를 열었다. 걸어온 전화가 없었다. 도대체 종국이 놈은 어디로 달아난 것인가. 그래도 둘 사이에는 뭔가 이루어졌었는데. 자식이 아버지의 돈을 훔쳐갈 수도 있는 것이 아니던가. 얼마든지 그럴 수 있는 일인데. 쯧쯧쯧쯧….

탁자 위를 깨끗이 치운 뒤, 편지 위에 저금통장을 놓고 그 위에 휴대전화기를 놓았다. 라면으로 저녁 한 끼는 먹자고 계획했던 것인데 그나마도 포기하기로 했다. 남은 일을 약을 먹는 것이었다.

밖은 어두웠다. 눈이 내리는지 바람이 부는지 알 수 없었다. 그는 싱크대로 가서 유리컵에 물을 떠 들고 와서 침대에 걸터앉았다.

이때 초인종이 띠잉동 띠잉동 울렸다. 그는 소스라치게 놀라서 물컵을 떨어뜨렸다. 초인종이 다시 울렸다. 계속해서 울렸다. 띠잉동 띠잉동 띠잉동….

"누구세요?"

그가 휘적휘적 문께로 걸어가면서 물었다.

"괜찮으세요? 꼼짝도 안 하시는 것 같아서…."

종업원이었다. 문을 열라고 하지는 않았다.

"괜찮아요. 잘 지내고 있으니까 걱정 말아요."

"알았습니다. 불편하신 점이 있으면 부르세요. 꼬옥!"

그는 알겠다고 했다. 종업원이 돌아가는 눈치였다. 그는 화장실에서 수건을 찾아들고 나와 바닥의 물을 훔쳤다. 컵이 깨지지 않아서 그나마 다행이었다. 그는 자신이 무엇을 하려 했는지 잊어버린 것 같았다. 혼이 나가 버린 사람처럼 그냥 우두커니 앉아 있었다.

배가 고팠다. 포기했던 저녁을 먹기로 했다. 냄비에 물을 적당히 담아 가스레인지 위에 올려놓고 불을 켰다. 라면 봉지를 들고 반으로 쪼개서 포장 비닐을 찢었다. 내용물을 냄비에 넣은 뒤 끓을 때를 기다리는 동안 젓가락을 찾아 들었다.

다시 초인종이 울렸다. 이번에는 그가 놀라지 않았다. 현관으로 다가가서 누구냐고 묻자 곧 프런트에서 왔다는 대답이었다. 문 좀 열어 달라고도 했다.

들어올 때 보았던 20대 중반의 그였다.

"이게 비상 키입니다. 어느 방이든 제가 필요하면 언제든 문을 따고 들어갈 수 있다는 뜻이죠. 아, 지금 라면을 끓이시는군요."

안으로 들어온 종업원이 이곳저곳을 살펴보는가 했더니 싱크대에 눈길을 멈춘 채로 말했다.

"무슨 일이요? 한 시간 전쯤에도 왔던 것 같은데…."

그가 가스레인지의 불을 끄고 나서 물었다. 마음이 좀 불편

했다.

"이거 죄송합니다. 이왕 이렇게 됐으니까, 사실대로 말씀드릴게요. 이 콘도미니엄이 이렇게 된 데는 다 사연이 있습니다. 2년 전쯤, 개장한 지 얼마 안 돼서, 어느 재수없는 계집애가 약을 처먹고 자살을 했어요. 그 일이 소문이 나면서 손님이 뚝 끊어진 것이죠. 그래서 혼자서 온 손님은 신경을 쓸 수밖에 없습니다. 정말 죄송합니다. 그럴 분이 아니신데 몰라보고….

종업원은 몇 차례나 허리를 굽힌 뒤에 방에서 나갔다.

아하! 이거 큰일 날 뻔했구면. 이런 낭패가 있을 수 있는가. 그는 거북한 음식물처럼 말을 내뱉었다. 자칫 콘도미니엄에 큰 짐이 될 뻔하지 않았는가. 용식네에 짐이 되지 않겠다는 생각만 했지 그 생각까지는 못해 봤던 것이다.

이제 짐이라고 해 봤자 탁자 위에 쌓아 놓은 것들과 약병밖에 없었다. 그것들을 재킷 안주머니에 쑤셔 넣었다. 빈 물병에 수돗물을 채워 챙기고 나니 막상 마땅히 갈 만한 곳이 떠오르지 않았다. 밖에는 눈이 계속 내리는지 어쩐지 알 수가 없었다. 기온이 뚝 떨어졌는지도 몰랐다.

머릿속에 퍼뜩 떠오른 곳이 산의 정상 아래 저쪽에 있는 바위굴이었다. 사람들한테 짐이 되지 않을 것이라면 그곳이 안성맞춤이었다. 그는 방을 나섰다.

"이 안에 있는 가게는 닫은 지 오래됐습니다. 술 같은 것을 사시려면 정문 밖으로 나가서 왼쪽으로 5미터쯤 가면 가게가 있습니다. 민박집인데 닫았더라도 두드리면 열어 줍니다."

빈 몸으로 1층으로 내려간 그가 카운터 쪽으로 다가가자 지레 종업원이 말했다. 야간이라서인지 종업원이 한 명 더 있었다.

"플래시나 뭐 그런 것이 없을까?"

캄캄한 산을 오를 자신이 없었다. 길을 따라 한쪽은 내내 낭떠러지였다. 길에는 눈이 쌓여 있기도 할 터이었다.

"이거 우리가 쓰는 거거든요. 빨리 돌아오셔야 합니다."

그는 자신도 모르게 안도의 한숨을 내쉴 뻔했다. 종업원이 카운터 밑에서 내준 것은 빨간색 원통형 랜턴이었다.

"그럼. 그럼, 그럼요. 소주만 한 병 사 가지고 올 텐데…."

빼앗듯이 랜턴을 받아 들고 도망치듯이 현관을 나섰다. 금세 정문을 지나서 정상 쪽으로 길을 잡았다. 눈은 그쳐 있었다. 쌓인 눈은 신발 등까지도 올라오지 않았다. 오늘이 보름이었던가. 휘영청 달이 밝았다.

그가 불빛들을 본 것은 산의 정상에 올라섰을 때였다. 그가 늘 오르내렸던 쪽이었다. 정상의 깔딱이 시작되는 곳에서 가까웠다. 가끔 누군가를 부르는 듯한 사람 목소리가 들리는 것도 같았다. 불빛이 네다섯 개는 되어 보였다.

정상에서 다 내려갔을 때 그와 불빛들의 거리도 바짝 좁혀져 있었다. 사람들의 목소리를 알아들을 수 있을 정도였다.

경애 할아버지—! 나한구 씨이—! 순간 그는 귀신들이 몰려오는가 했다. 이때 산사의 종소리가 울리기 시작했다. 대앵— 대앵… 두 발이 바닥에 붙은 듯 움직일 수가 없었다. 랜턴을 든 손이 부들부들 떨리기도 했다.

종소리에 가려졌던가… 목소리들이 점점 다가오는 듯했다. 그만큼 커지면서 더욱 분명해졌다. 차례로 그를 찾는 목소리들 속에는 용식이인 듯한 목소리, 경애 엄마인 듯한 목소리가 들어 있었다. 아주 귀에 선 목소리도 몇 있었다.

용식이 부부가 그를 찾아 나서다니…. 남겨 놓은 편지를 본 모양이었다. 2, 3일 뒤에나 발견할 줄 알았는데…. 그런데 왜, 무엇 때문에 부부가 그를 찾는단 말인가. 이 눈 속에. 이 밤중에…. 게다가 다른 사람들은 왜 나섰단 말인가. 도무지 이해가 되지 않았다.

혹시 민국이나 띠익이 집으로 찾아왔던 것인가 해졌다. 저 귀에 선 목소리들 가운데 민국이의 목소리가…. 가슴이 후두둑 후두둑 뛰었다. 진저리가 쳐지기도 했다.

"저기 사람이 있다! 저기, 저기 불빛이….”

용식이 쪽에서 먼저 그를 발견하고 소리쳤다.

사람들이 그에게 달려왔다. 길가의 나뭇가지들에 쌓여 있던 눈이 그 바람에 풀풀 쏟아져 내리기도 했다. 용식이 부부가 분명했다. 그리고 가슴에 경찰 표시가, 등에 '경찰'이라는 글씨가 새겨진 재킷을 입은 다섯 명이 보였다. 민국이로 보이는 사람은 없었다.

"아저씨, 여기서 왜 이러고 계세요?"

"경애 할아버지…!"

용식이 부부가 그의 두 팔을 나눠 잡고 흔들었다. 그때서야 그는 정신이 났다.

이분이 나한구 씨 맞아요? 그럼 됐네. 살아 있었으니 됐지…. 경찰관들끼리 말을 주고받았다.

"내려갑시다."

용식이 부부 대신에 그의 팔을 붙든 경찰관들이 재촉했다. 그는 두 다리가 굳어져서 제대로 걸을 수가 없었다. 발이 자꾸 눈에 미끄러졌다. 도무지 이해할 수 없는 일이 그의 눈앞에서 벌어진 것이었다.

그 이해할 수 없는 일을 그가 이해하게 된 것은 다음날 오전이었다. 용식이 그를 변호사 사무실이라는 곳으로 데리고 간 것이다.

일이 그렇게까지 된 것은 김영철의 유서 때문이었다. 내용이 복잡했다.

김영철은 신월동에 10층짜리 건물 하나를 용식 부부에게 남겼는데, 관리는 변호사에게 맡겼다고 했다. 거기서 나오는 돈까지도 변호사가 아직껏 관리하고 있다는 것이었다. 그는 관심을 두지 않아서 전혀 몰랐지만. 용식은 그 건물의 관리인이었다. 그것을 온전히 용식 부부가 받는 데는 이런저런 고약한 조건들이 붙어 있다고 했다.

일단은 그가 죽어야 했다. 하지만 자연사라는 의사의 진단이 있어야 했다. 사고사일 경우는 경찰의 확인서, 즉 조사보고서로 청부사가 아니라는 것을 입증해야 했다. 만일 그가 자살을 할 경우에는, 그 건물과 모인 돈을 재향군인회에 주라고 했다는 것이었다. 그래서 용식 부부가 그렇게 나설 수밖에 없었다고 변호사가 설명했다. 변호사의 동의 없이는, 그가 죽을 때까지 그 사실을 그에게 알리지 않는다는 조건도 유서에 들어 있다고 했다.

허허, 허허허…. 그는 헛웃음을 칠 수밖에 없었다. 고약한, 고약한…. 그의 웃음에 김영철도 따라 웃는 것 같았다.

"반가운 소식도 있습니다. 나한구 씨의 월남 아드님을 만나게 됐어요."

"예? 뭐라고…. 민국이를…? 그럼 띠익은? 띠익은 살아 있답니까?"

"띠익이요? 띠익이 누굽니까?"

변호사가 되물었다. 그의 몸이 의자 바닥으로 점점 가라앉는 느낌이었다.

"편지가 오고 있다는 말을 김용식 씨한테 듣고 나서, 우리가 경찰의 협조를 구했어요. 물론 나한구 씨를 보호하기 위해서였죠. 용인에 있는 자동차 부품 공장에서 19개월째 일하고 있습니다. 아버지한테 짐이 되기 싫어서 3개월 뒤에 근무 기간이 끝나면 월남으로 돌아갈 참이었답니다. 사장한테 부탁을 했더니, 사람을 시켜서 11시까지 나민국 씨를 이곳으로 데려오겠다고 했습니다. 본인도 동의했답니다. …그래도 월남 아들이 낫지 않아요? 한국 아들은 나한구 씨를 만날 필요 없다고 하던데…. 푸핫 핫핫 핫핫핫하…."

말을 마친 변호사는 유쾌하게 웃어 젖혔다.

웃음소리에 놀라기라도 한 듯 그가 의자에서 옆으로 굴러 떨어졌다. 이제부터는 그가 민국이한테 짐이 되는가 했다. 그는 이 짐덩어리를, 이 짐덩어리를 어젯밤에 아무 데서나 처분했어야 했는데, 하고 후회하고 있었다. 그래서 차가운 돌바닥에 누워서도 한숨을 내쉬는 수밖에 없었다. 꼭이 등에 잔뜩 짐을 짊어진 채 누구의 등에 업혀 가는 성싶었다. 띠익은 살아 있기나 한 것인가….

또 꿈을 꾸고 있는가 했다.

그 겨울의 사보텐

캠퍼스에는 회오리바람이 일고 있었다. 늙은 은
행나무 세 그루가 앙상한 가지들을 꼿꼿하게 펼치고 선 북쪽 가
장자리에서 슬금슬금 소용돌이가 일더니 급하게 솟구쳐서 남쪽
으로 내달았다. 그러다가 이곳의 5층짜리 도서관 건물에 막혀
서 스러지곤 했다. 그때마다 교지 편집실의 유리창들이 후우우
웅, 후우우웅 깊은 소리로 울었다.
　　학교 정문께에서는 먼 동네에서 내지르는 소리처럼 학생들
의 함성이 아스라이 들려왔다. 오늘도 여전히 스크럼을 짜고 몰
려가거나 물러나고 있을 터였다. 내가 4년 전 입학했을 때부터
3층 도서관 열람실에서 늘 창문 너머로 보던 광경이었다. 대일
굴욕외교 결사반대, 한일회담 결사반대를 외치고, 비상계엄령
이 선포되고, 취소되고, 인민혁명당 사건이 발표되고, 한일협정

비준안이 야당 불참리에 국회를 통과하고, 서울에 위수령이 발동되고, 해제되었다. '6·8 부정선거 다시 하라' '군사독재는 물러가라'를 외치고, 동베를린 거점 북한 대남공작단 사건이 발표되었다. 주장과 대응 사이에 상관관계가 분명 있을 터이지만, 큰 사건들은 전혀 별개인 것처럼 발표되는 경우가 많았다.

나는 집으로 돌아갈 생각으로 그만 자리를 정리했다. 집에서 어머니가 기다리고 계시기도 했지만, 오늘은 편집 일이 손에 잡히지 않았다. 아까 3시쯤에 도서관 열람실에 있을 때 학생들이 한 떼 몰려왔다. 군사독재 타도, 민주주의 회복을 외치면서 의자들을 내던지고 책상들을 밀쳤다. 그들 중에서 같은 학과에 다니는 심혜진은, 유독 나를 향해 손가락질을 해대며 '무골충'이라고 소리치고 또 소리쳤다. 나는 교지 편집실로 돌아온 뒤에도 그녀의 목소리가 귓속에서 울려 대는 통에 머리가 지끈거리고 가슴이 아렸다.

나는 교정을 보던 원고와 메모용 공책을 책상 서랍에 넣었다. 뒤쪽 구석의 옷걸이에서 털목도리를 내려 목에 두르고 검게 염색한 군용 야전잠바를 입었다.

막 출입문을 밀고 나오려던 순간, 방금 눈에 잡혔던 무엇인가가 퍼뜩 머릿속에 걸렸다. 나는 몸을 돌려 눈길이 스쳤던 곳을 살폈다. 회의용 탁자 가운데에 사보텐 화분이 보였다. 황토 분에 심은 야구공 크기의 사보텐이었다. 이 방에서 교지 편집 일을 시작한 것이 3주 전이었다. 그러니까 그동안 쭉 보아 왔을 것이다. 생뚱맞게 여겨졌다. 가시들을 바짝 세운 채 앙당그리고 있는 꼴이 새삼 안쓰러웠다. 저대로 두면 얼어 죽고 말 텐데. 출입문 밖으로 나오면서 나는 중얼거렸다. 하지만 그뿐, 나는 계단을 내려가기 시작했다.

여느 날처럼 오늘 아침에도 어머니 방에는 라디오가 켜져 있었다. 내가 초등학교에 막 입학한 뒤였다. 전쟁 때 이런 라디오가 하나 있었다면 얼마나 좋았을꼬, 라는 말을 앞세우며 어머니가 들고 들어온 것이었다. 미아리시장 입구에서 댕댕이 광주리에다 계절 따라 푸성귀며 채소류를 늘어놓고 팔아서 생활할 때였는데, 그 귀한 것을 사들인 것이다. 그때부터 어머니는 늘 라디오를 켜 놓고 살았다. 오늘 아침에는 한낮 기온은 영상으로 올라가겠지만 밤부터 영하로 떨어지면서 눈이 내리겠다는 일기예보를 들었다. 얼마 전에는 중앙정보부가 통일혁명당 간첩단 사건에 연루된 73명을 법원에 송치했다는 뉴스를 듣기도 했다.

계단을 몇 차례 꺾어 돌아 1층까지 내려왔다. 그때 아무래도 사보텐을 그냥 둬서는 안 되겠다는 생각이 문득 들었다. 몸을 돌렸다. 계단을 두 개씩 뛰어 올라가서 편집실 안으로 들어갔다. 막상 화분을 보호할 만한 것이 눈에 들어오지 않았다. 책장의 책들을 뽑았다. 화분 주위에 그것들을 세우고 위를 덮었다. 얼핏 작은 강아지 집을 연상케 했다. 하룻밤쯤은 무사히 나겠지.

나는 캠퍼스를 가로질러 후문으로 향하는 길로 발걸음을 옮겼다. 곳곳에 도사린 최루탄 가스가 맵게 달려들었다. 바람이 불어서 더한 것 같았다. 서쪽을 길게 가로막고 선 게시판에서 때 지난 이런저런 소식이 실린 게시물들이 너풀거렸다. 내 꼴이 저럴까? 오늘은 심혜진으로부터 무골충이라고 모욕을 당했다. 내심 마음속에 가둬 두고 관심을 키우던 그녀였다. 귀 막고 눈 감고 입 다물고 지낸 4년 세월이 허망하게 스러진 날이기도 했다. 첫 입사 시험에서 낙지국을 먹었다. 신문사 기자 채용 시험 최종 합격자 명단이 어제 오전에 발표되었다. 1차 필기시험에 합격한 30명 속에는 내가 들어 있었다. 당연하다는 생각이었다. 그러나 2차 면접시험을 치르고 나서 발표된 최종 합격자 15명 속에는 내 이름이 없었다. 이번에는 퍽 부당했다. 그러나 어디에도 하소연할 데가 없었다.

검은색 승용차 한 대가 수위실 앞을 지나 오르막을 올라오는 중이었다. 뒤로 먼지를 날리며 기세 좋게 달려오던 승용차가 비켜선 내 옆에서 멈추었다. 창이 내려가면서 운전석에 앉은 양복 차림이 나타났다. 그가 번득이는 선글라스를 벗었다. 놀랍게도 같은 학과의 서동일이었다. 나는 그가 운전할 줄 안다는 사실에도 놀랐지만, 승용차를 몰고 학교로 왔다는 사실에 더욱 놀랐다. 이제껏 절친하게 지낸 사이였는데도 그랬다.

"졸업식 하기 전에 애들이랑 한번 뭉쳐야지."

서동일이 팔을 뻗어 가죽장갑을 낀 손으로 내 허리를 툭툭 쳤다. 오늘따라 그의 말이 아직도 돈 벌러 다니냐, 아직도 학교를 못 벗어났어, 라는 비아냥으로 들렸다.

"그래야지. 그런데 학교엔 웬일이냐?"

"미국으로 유학이나 갈까 하고. 집에서 어찌나 성화를 대는지. 영문 서류 때문에 왔어."

나는 겸연쩍게 웃었다. 괜히 쑥스러웠다.

"수속은 잘돼 가?"

"나는 영문 서류만 떼어다 주면 그만이야. 우리 아빠가 보내는 것이지 내가 가려는 것이 아니니까. 알고 보니 우리 아빠가 6·25 때 목숨 걸고 나라 지킨 사람이래. 이제야 그 대가를 받기 시작했대."

서동일이 괜히 경적을 울리면서 지나쳤다. 나는 멀거니 차의 뒷모습을 바라보았다. 서동일의 아버지는 서울 어디 세무서장이라고 했다. 거기에 더해 6·25 때 목숨 걸고 어쩌고 한 사람이라니. 그 정도 인물이라면 내가 시험에서 떨어지지 않게 할 수도 있지 않았을까?

수위실 창문을 뚫고 나온 난로 연통에서 연기가 풀풀 날렸다. 편집실에도 저런 난로가 하나 있으면…. 교환 전화 한 대를 놔달라고 신청했다가 거절을 당한 지가 엊그제였다. 하늘은 낮게 내려앉아 있었다.

나는 후문을 빠져나가며 이리저리 둘러보았다. 이제 이곳을 지나다닐 날도 얼마 남지 않았다. 길바닥 곳곳에 불길에 타고 그을린 자국과 쏟아진 흰 가루가 녹은 자국이 눈에 띄었다. 어떤 날은 신발짝이며 책이며 심지어는 가방까지 몇 개씩 떨어져 있었다. 학생들이 민주회복 독재타도를 외치면서 거리 진출을 시도하면, 경찰들은 방패를 앞세워 학생들을 밀어붙였다. 밀고 밀리는 공방이 되풀이되었다. 학생들이 돌멩이를 던지기 시작하면, 최루탄이 빵빵 발사되었다. 이어서 화염병들이 퍽퍽 터지면서 길바닥에 불꽃들이 피어났다. 방학을 한 뒤라서 후문 쪽은 조용했다.

"학생, 김인중 학생!"

누군가 뒤에서 큰 소리로 불렀다. 소리만 듣고도 나는 부르는 이를 알았다. 후문 수위 세 명 가운데 가장 나이가 많은 한동남 씨였다. 돌아보자, 그가 출입문 손잡이를 잡은 채 윗몸을 밖으로 내놓고 있었다.

"홍일남 교수님이 요 아래 파출소 옆 호수다방에서 기다리시겠대. 요 아래 있는 파출소 옆 호수다방…"

나는 알았다면서, 손을 약간 들어올렸다. 한동남 씨는 손을 마주 흔든 뒤 출입문을 닫았다. 우리 집에는 요 아래 밥그릇이 있는데, 여긴 요 아래 파출소가 있다네. 나는 입속말을 하면서 왼쪽으로 난 길을 따라 내려갔다. 저녁때 집으로 돌아가면, 어머니는 얼른 부엌으로 나가 반찬이며 찌개를 올려놓은 상을 들고 들어왔다. 그 다음 아랫목에 깔아 놓은 요 아래를 더듬어서 놋 주발 둘을 찾아내 상에 올렸다. 놋 주발 뚜껑을 열면 꾹꾹 눌러 담은 밥에서 구수한 냄새와 함께 김이 솔솔 솟았다. 나는 코를 홍홍거렸다.

나는 파란색 다방 출입문을 밀고 안으로 들어갔다. 홍 교수는 석유난로 옆에서 빨강 코트를 입은 젊은 여자와 마주 앉아 있었다.

"여기 앉게. 앞에 계신 숙녀분은 '인생 가로등' 손님이서."

홍 교수는 일간 경제신문에 '인생 가로등'이라는 이름의 고민 상담 고정란을 갖고 있었다. 독자들의 편지나 전화를 받아 지면에다 조언을 해 주었다. 직장 여성들 사이에서 인기가 꽤 있다나. 이번에는 대면 상담을 하는가 보았다.

"교지 일은 잘되어 가지?"

묻는 말이었지만, 말투는 단정적이었다. 자신이 참견하지 않아도 일이 잘되어 갈 거라는, 아니 당연히 일을 잘 해낼 것으로 믿는다는 태도였다.

"추워요."

"참, 편집실엔 난로가 없지. 내일 내가 교무처에 이야기를 하겠네."

"스토브까진 안 바랍니다. 교환 전화나 한 대 놔 주십시오. 오늘만 해도 그렇죠. 전화가 있었다면 제게 연락하시기가 얼마나 좋았겠습니까?"

난로의 열기에 내 얼굴이 화끈거렸다.

"교수님. 그럼, 요행이란 일종의 신앙처럼 순수할 수도 있단 말씀이죠?"

여자가 하던 말을 잇고 있었다.

"김 군은 어찌 생각하나? 어느 동네에 갑자기 개발 바람이 불어서 땅값이 뛰어 벼락부자가 됐다든지, 그 반대로 어디 가서 방 한 칸도 못 얻을 헐값에 쫓겨난다든지 하는, 노력에 비해 뜻밖의 결과를 얻을 경우…."

"저는 누워서 입에 감 떨어지길 기다리는 사람은 싫습니다."

"있잖아요. 아침에 집을 나서서 맨 처음 만난 사람이 남자라면 그날의 운수가 괜찮다고 생각한다든지, 여자를 만나면 반대라든지. 얼마 전까지도 택시 운전기사들이나 나이 드신 분들은 다 그랬잖아요?"

여자가 홍 교수의 설명을 거들고 나섰다.

"글쎄요."

나는 그런 망상에 관심이 없었다. 내가 바라는 건 오로지 노력에 합당한 결과였다. 여자는 내 반응에 시큰둥해서인지 얼굴을 홍 교수한테 돌렸다.

커피가 나왔다. 나는 잔을 들어 커피를 한 모금 입에 물고 버릇대로 혀를 이리저리 굴렸다. 눈을 들자 그새 밖에는 눈발이 날리고 있었다. 일기예보가 맞았다.

"제 친구는 높이뛰기 선순데요, 닭요리를 먹을 때에도 꼭 날개하고 다리만 찾는다니까요. 호호호."

여자의 음성이 밝았다.

"그런 일도 어떤 목표를 두고 하는 조심성이라면, 분명히 건강한 생각이라고 보아야 히겠지요."

홍 교수가 나직이 웃었다. 상대가 설득되고 있는 데서 나온 만족감의 표시였다.

"우리 한국인들은 과거에 늘 선택을 강요받아 왔어요. 삶의 혼란기가 많았다는 것이에요. 일제 해방공간이 그랬고, 6·25 전후가 그랬고, 가까이는 5·16 군사혁명 후가 그랬어요. 그래서 우리 국민성의 특성 중 하나가 눈치 보기예요."

어렸을 때 내가 살던 마을 뒤에는 너른 들판이 펼쳐졌고, 들판 가운데로 철로가 지나갔다. 아이들은 딱히 할 만한 놀이가 없었다. 가끔 악을 쓰면서 쉰 소리를 내지르며 덜커덕 덜컥 덜컥… 왔다가 사라지는 기차 구경만큼이나 좋을 것이 없었다. 스쳐 가는 창문들 속에서 갖가지 얼굴들이 보였다. 특히 얼굴빛이 희고, 머리를 리본이나 스카프로 장식한 소녀들은 정녕 다른 세상 사람들 같았다. 나는 막연히 그들이 사는 세상을 그려 보곤 했다. 손에 흙을 묻히지 않고서도, 비지땀을 흘리지 않고서도 잘사는 그런 세상 속에서 그들이 보였다.

어떤 날은 기차가 뚜껑 없는 화물칸마다 대포와 탱크를 하나씩 싣고 긴 행렬을 지어 가기도 했다. 우리 가운데 누구도 진짜 대포나 탱크를 본 적이 없었다. 그런데도 다투어 손가락질을 해 가면서 저것이 대포라느니 탱크라느니 아는 체를 했다. 그런 날에는 얼굴이 숯덩이처럼 까맣거나 햇솜처럼 흰 군인들이 탄 승객 칸이 행렬의 사이사이에 끼어 있었다. 그들은 모두 진짜 총을 한 자루씩 갖고 있었다. 그중의 몇은 총으로 우리를 겨냥하기도 했다. 지레 장난이라 여기면서도 그런 때엔 와락 무섬증이 들었다. 우리가 그들을 향해 열심히 두 팔로 꿀떡을 먹여 댄 것은 순전히 무서움을 이겨 내자는 수작이었다.

"그런데 화장실에 가서 일을 보는 행위 말이야."

홍 교수의 화제가 바뀌었다. 강의 때처럼 목소리에 점점 열기를 싣고 있었다.

"보통은 사람이 화장실의 출입구 쪽으로 앉아서 일을 보잖아요. 나도 그때까지 그래 왔으니까."

여자의 호호호, 웃음소리가 주위를 울렸다.

"어느 날 아침에 변소에 들어앉아 일을 보는데 말이에요, 문득 내가 왜 이토록 재수 없게 걸려들었나 하는 생각이 들었어요. 환멸과 슬픔이 울컥울컥 밀려드는 거예요. 한없이 억울하고 분했어요. 그래서 궁리한 끝에 해결의 묘안을 찾아냈어요. 그것은 타성에서 벗어나는 것이었어요. 즉 뒤를 보기 위해 쪼그려 앉는 방향을 바꿔 보는 것이었어요. 헛헛헛. 그때부터 일이 잘 풀렸지요. 헛헛헛."

우리는 기차가 지나가 버리고 나면 왜인지 허전해하고 허망해했다. 그럴 때면 다음에 올 기차를 생각하면서 곧잘 콩서리를 했다. 언저리에 갈무리해 놓은 콩 벼늘에서 한 움큼씩 뽑아낸 콩대를 쌓아 놓고 불을 붙이면, 금세 타닥타닥 타들면서 고소한 냄새가 솟았다. 그때를 놓치지 않고 너도나도 달려들어 막대기로 사위는 불을 헤쳐 가면서 뜨거운 콩알들을 주워 먹었다.

그런 뒤에 잊지 않고 하는 일이 엉덩이를 까 내리고 그 자리에 볼일을 보는 것이었다. 그것이 어른들에게 들키지 않는 방술이었다.

그날은 바람이 사납게 불었고 눈발이 희끗희끗 날렸다. 산모롱이 너머에서 기적이 울었다. 나는 소녀들을 생각하면서 엉덩이를 까 내리고 쪼그려 앉았다. 밑에서 올라오는 온기가 엉덩이를 간지럽혔다. 다른 아이들처럼 나도 그 느낌을 좋아했다. 눈을 지그시 감고 느낌을 즐기다 보면 저절로 나올 것들이 나와 쌓여 갔다. 그때 다시 기적이 재촉하듯 울었다. 사타구니 밑을 들여다보았다. 기차가 가까이 다가오고 있었다. 나는 엉덩이를 들어 올려 머리를 더욱 깊숙이 처박았다. 대포와 탱크들이 보였다. 검고 흰 얼굴들이 쥐눈이콩이며 두부콩처럼 보였다. 그 순간, 타앙! 총소리가 났다. 나는 그만 털썩 주저앉았다. 하필 총알이 내 엉덩이 옆에 박혔는지 흙이 튀었다. 순간 정신을 놔버렸다. 그 일을 겪은 뒤부터였다. 무슨 일로 심사가 불편해지면 따라서 뱃속이 불편해지곤 했다. 어디 가서 마음 놓고 앉아 있기가 어려웠다.

"그런 행위가 기적을 불러들였다면 어쩔 것인가. 딱 한 차례 앉는 방향만 바꾼 것인데, 전쟁이 끝났다는 소식을 들은 거예요. 6·25전쟁이 마침내 끝났지요. 참으로 놀랍지 않은가요?"

여자가 또 호호호, 웃었다.

"김 군, 왜 그렇게 뭣 밟은 얼굴을 하고 있나?"

나는 그때야 눈길을 돌려 홍 교수를 바라보았다.

"그렇지만 자네 같은 젊은이는 결코 요행이나 바라서는 안 되네. 소신과 요행은 같이 가기가 힘드니까. 그리고…"

나는 무례를 무릅쓰고 일어났다. 카운터로 가서 변소 열쇠를 받아 들고 문밖으로 나왔다. 눈이 인도를 덮어 가고 있었다. 변소 문에 급히 열쇠를 꽂았다. 하지만 문이 열리지 않았다. 이런 젠장!

다방 안으로 돌아간 나는 카운터에서 전화를 빌렸다. 다행히 마담은 군소리 없이 전화기의 다이얼에 물려 놓은 자물쇠를 풀어 주었다. 집으로 전화를 걸었다. 아무래도 귀가가 늦어질 것 같았다. 사정을 들은 어머니는 때가 때이니만큼, 조심하라는 말을 했다. 어머니는 늘 조심을 당부했다. 나는 먼저 식사하시라는 말로 전화를 끊었다. 나도 늘 그랬다.

"그만 우리도 나가 볼까?"

홍 교수는 혼자서 기다리고 있었다. 그새에 여자가 간 모양이었다.

"하실 말씀은 어떻게…?"

"내가 살 테니 어디 가서 국수라도 한 그릇 먹지. 지도교수라고 이름만 걸어 놓고…, 김 군한테 미안하군."

밖에는 쌓인 눈 위에 어둠이 내리고 있었다. 차들이 저마다 눈보라를 일으키며 내달렸다. 눈송이들이 가로등 불빛 속에서 부나방처럼 날았다.

나는 딱히 해야 할 말을 찾지 못하고 있었다. 편집부원들이 나오고 들어가는 시간이 제멋대로라는 말을 하고 싶었지만, 입이 떨어지지 않았다. 누구는 아예 종일 얼굴을 볼 수 없었다. 나는 그 이유를 알고 있었다. 나를 두고 벌이는 일종의 사보타주였다. 지금의 학원 사태를 총장은 어찌 보는지, 특집 대담을 하겠다는 의견을 내가 받아들이지 않았던 탓이었다. 나는 되지도 않을 일을 해서 관계를 불편하게 만들 이유가 어디 있느냐, 라고 반대했고, 편집부원들은 미리 겁부터 먹고 제안조차 하지 않다니, 그것을 대학생들의 자세라 할 수 있겠느냐, 라고 맞받았다.

"김 군 고향이 서울, 맞나? 본적지 말이야."

홍 교수는 무슨 생각을 하다 깨어난 듯 뜻밖의 질문을 던졌다. 길바닥에 내린 눈이 아직 얼어붙지 않아 길이 미끄럽지는 않았다. 나는 대답하기 싫었다. 왜 나이 든 사람들은 사람을 만나면 고향을 물을까? 뿐만 아니었다. 무슨 때만 되면 기어이 고향 사람들을 모아서 무엇인가를 함께하려 들었다.

"대학신문 방학 특집호에서 교수님이 쓰신 글을 읽었습니다. 방학을 맞은 학생들이 당장에 돌아갈 고향이 있다는 것, 그리고 부모 형제를 만나고 짜개바지 동무들은 물론 이웃을 만난다는 생각만 해도 더없이 부럽고 자신의 일처럼 가슴이 뛴다고 하셨지요?"

나는 짐짓 딴전을 피웠다.

"누구나 할 수 있는 이야기지. 나 같은 실향민들은 더욱 그런 진부한 사고에 빠질 수밖에 없어요. 죽을 때까지 거기서 벗어날 수가 없을 거야."

"이해해요. 실향민들 사정이야 다 마찬가지겠지요."

"어머니는 안녕하신가? 이번 자네 일로 상심이 크시겠군."

"어머니는 아직 모르고 계십니다. 다른 데 합격하면 그때 가서 알려 드릴 생각입니다. 앞으로 몇 번이나 더 떨어져야 할지도 모를 일이고요."

"김 군 같은 케이스가 꽤나 많더군. 앞날이 구만리인 젊은이들인데…. 미안하군."

홍 교수는 입 밖으로 나오려는 말들을 자꾸 삼키는 것 같았다. 다른 때와 영 달랐다. 길 건너의 신호등이 초록색으로 바뀌었다. 횡단보도로 내려서려던 내가 홍 교수를 돌아보았다. 그냥 서 있었다. 눈송이들이 얼굴로 떨어져 내렸다.

"건너시죠."

홍 교수는 문득 니를 돌아보고는 걸음을 옮겼다. 차도는 한산했다. 등허리에 붉은색 빈차 표시등을 켠 택시들이 많았다.

"김 군을 추천한 사람이 나였던 게 잘못이었던 것 같아."

길을 건넌 홍 교수가 청계천 쪽으로 방향을 잡았다.

"교수님이 아니시면 제가 누구한테 추천서를 받겠습니까? 순전히 제 실력이 부족한 탓입니다."

홍 교수는 코트 주머니에서 청자 담배를 꺼내 한 개비 뽑아 물었다. 한창 유행되기 시작한 일회용 라이터로 불을 붙였다. 사실이 그랬다. 내가 연구실로 찾아간다 해도 선뜻 추천서를 써 줄 것이라고 믿어지는 교수가 없었다. 그것이 학교 성적이 좋은 것과는 별개였다. 저만치 인도 한쪽에 포장마차가 눈에 들어왔다.

"저 포장마차로 가지."

나는 무심코 언저리를 둘러보았다. 지난 4년 세월을 부지런히 오가던 곳이었다. 학교는 물론, 가정교사 하는 집들까지 드나들기 위해서는 피할 수 없는 길목이었다. 집이 있는 미아리에서 25번 버스를 타고 와 종로 5가에서 내렸고, 또 돌아가기 위해서 같은 버스정류장에서 같은 번호의 버스를 타야 했다. 물론 그때마다 반값으로 할인된 5원짜리 대학생회수권을 내고 일반 버스를 타곤 했다.

홍 교수가 머리며 어깨에 쌓인 눈을 털면서 포장 자락을 들어 올렸다. 안에서 음식 냄새가 달려 나왔다. 안으로 따라 들어가던 나는 무심코 아랫배를 만졌다. 어머니 얼굴이 떠올랐다. 저녁을 같이 먹으려고 아직 기다리고 계실 터였다.

"청계천이 복개된 뒤에는 언제 와도 이곳이 낯설어. 오늘은 눈이 내리기까지 해서 더욱 그런 것 같군."

탁자 귀퉁이에서 쉬이―, 소리를 내는 카바이드 불꽃이 간들거렸다. 먼저 온 손님 셋이 긴 의자의 한쪽을 차지하고 있었다. 홍 교수와 나는 나머지 한쪽에 앉았다. 홍 교수가 국수 두 그릇과 막걸리 한 주전자를 시켰다. 그리고 나를 한 번 돌아보더니 참새구이 네 마리를 더 시켰다. 포장마차 안주 가운데서는 제일 값이 나가는 것이 참새구이였다.

"김 군은 술을 별로 못 마시지? 공부하느라고 그럴 겨를도 없었겠지만. 데모하는 데도 전혀 안 나가고. 그래서 내가 자신 있게 추천서를 써 줬던 건데…."

대일 굴욕외교 성토로 시작한 대학 생활이었다. 한일협정 조인 규탄과 비준 무효화 투쟁으로 데모가 이어졌다. 국회에서 야당 불참 속에 통과된 전투사단 월남 파병안 정도는 별로 문제 삼지도 않았다. 어떻든 내가 전혀 관심을 두지 않는 일들이었다.

나는 국수를 세 젓가락쯤 먹다 말고 급히 일어나 밖으로 뛰어나갔다. 아랫배가 뒤틀렸다. 둘러본다고 마땅한 자리가 눈에 들어올 턱이 없었다.

"저기, 저 건물 옆길로 들어가면 공터가 있어요. '작은 것'이면 저 전봇대에다 받치시든지…."

눈치를 채고 뒤따라 나온 포장마차 주인 사내가 팔을 들어 이리저리 가리키고는 들어가 버렸다. 나는 건물 사이로 달려 들어갔다. 말대로 공터였다. 어둑해서 안성맞춤이었다. 급하게 허리띠를 풀고 엉덩이를 까 내리고 앉았다. 5분쯤 지난 것 같은데, 작은 것만 나왔지 큰 것은 나오지 않았다. 홍 교수가 기다리고 있다는 생각에 있는 대로 힘을 줘 보아도 소용이 없었다. 어머니의 얼굴이 눈앞에 어른거렸다.

"데모 같은 것에 절대로 끼면 안 된다. 만약 한 걸음이라도 들여놓았다가는 우리 둘 다 망한다!"

내가 대학 입학금을 내러 가던 날 어머니는 말했다. 그날은 새벽부터 나곤 하던 재봉틀 돌아가는 소리도 들리지 않았다. 좀 늦게 해도 되는가 싶었다. 얼굴에 초조함을 담은 채 버스정류장까지 기어이 따라 나오기까지 했다. 그러고는 버스에 타기 직전 내 팔목을 붙들고 떨리는 목소리로 그 말을 했었다.

"이 인중이는 그런 짓 절대 안 합니다. 믿으세요! 내가 누구 고생시켜 여기까지 왔는데요. 저는 절대로 그런 데 발 들여놓지 않습니다. 미아리 한길 가에 어머니 백반집 내드리려면 공부를 열심히 해야죠."

나는 어머니의 손을 부여잡고 다짐하듯 대답했었다. 어머니가 말해 주지 않아도 가정사에 대해 이미 알 만큼 안 뒤였다. 고등학교 3학년 초였다. 학교에서 나눠준 진로 조사표의 희망 대학란에 공군사관학교라고 써서 보여 드렸다. 어머니가 펄쩍펄쩍 뛰었다. 사관학교는 육군도, 해군도 절대 안 된다고 했다. 게다가 지레 경찰도 안 된다고 했다. 나는 어머니의 기세에 눌려 희망 대학을 바꿀 수밖에 없었다.

그때는 이미 어머니가 전쟁 끝 무렵부터 해 오던 미아리시장 장사를 접은 상태였다. 맨바닥 푸성귀 장사에서 포장까지 친 채소 장사로 제법 자리를 잡은 것같이 보였는데, 늦가을에 갑작스럽게 그만둔 것이다. 누군가들이 어머니를 찾아다니던 뒤끝이었다. 어머니는 방에 앉은뱅이 재봉틀 한 대를 들여놓고 한복수선을 했다. 언제 그런 솜씨를 익혔는지 알 수 없었지만, 날마다 동네를 돌면서 이 집 저 집 문을 두드려 일을 맡아 오고 배달해 주었다.

나는 그만 포기하고 포장마차로 돌아갔다. 홍 교수가 혼자서 막걸리를 다 마셨는지 주전자를 들고 주인 사내를 향해 흔들었다.

"시원한가?"

홍 교수는 내 앞에 놓인 양은 잔 그득 막걸리를 따라 주었다.

"사실은 말이야, 요즈음에 지도교수가 하는 일이란 게 해당 학생들의 학업 지도만 하는 게 아니에요. 생활지도가 주 업무인지도 몰라. 외부 인사도 더러 만나야 하고. 내가 교지 편집실에 못 가는 핑계만은 아니야."

말을 잠시 멈추고 홍 교수가 참새구이 한 마리를 손으로 집어서 내 앞으로 내밀었다. 나는 굽신 인사를 하고 그것을 받았다. 막걸릿잔을 들어 반쯤 비운 뒤에 참새구이를 다리부터 입에 물고 자근거렸다.

"그래서 김 군에 대해 좀 알게 됐지. 학과에서는 김 군이 서동일 군과 가장 친하더군. 서 군이 내게 털어놓았어요. 상부상조라고. 자기는 공부를 못하니까 시험 때면 뒷자리에서 덕을 봐야 하고, 김 군이 가정교사 자리가 필요할 때면 자기가 소개해 주고. 또 서 군은 리포트 과제도 김 군한테 도움을 받아 왔더군. 신입생 때부터 내가 두 사람의 지도교수였으니까. 어느덧 4년이 흘렀군. 그런데 김 군이 서동일 군에 대해 너무 모른다고 생각하지 않나?"

아까 학교 교문께에서 만났던 서동일이 다른 때와 영 달라진 모습에 놀랐던 기억이 났다.

"그렇습니다."

나는 잔을 들어 남은 막걸리를 마저 비웠다. 손에 남은 참새도 마저 입에 넣고 우적거렸다. 그때 정수리로 뭔가 떨어진 기분이 들었다. 때맞춰 다시 아랫배가 스윽 꼬이는 느낌이 일었다. 홍 교수가 나에 대해, 나와 어머니에 대해 과연 어디까지 아는가? 나조차 어머니에 대해 다 안다고 할 수는 없었다.

전쟁 중에 경상도 산청에서 나를 데리고 서울로 이사했다는 어머니였다. 내가 다섯 살 때였다. 그러니 너는 서울 사람과 다르지 않다. 어디에 있든 촌놈 태를 내지 마라. 더욱이 경상도 사람 태를 내서는 안 된다. 그래서인지 이사 뒤부터 어머니가 경상도 말을 쓰는 것을 볼 수 없었다. 어떻게 된 것인지 호적등본이며 주민등록등본에 기재된 본적지는 서울 동대문구였다. 나는 본적지이며 출생지인 동대문구에서 7년 가까이 살다가 성북구의 지금 사는 곳으로 이사한 것으로 되어 있었다.

"김 군은 나에 대해서 얼마나 알고 있지?"

나는 좀 난처했다. 4년 전에 내가 서동일에게 물었던 대상이, 홍 교수님에서 김 군으로 바뀌어 있었다. 그때 그의 첫마디 대답이 홍 교수님은 이북 사람이야, 였다. 어머니랑 둘이서 피란 내려왔대. 그래선지 생활력이 강하서. 다시 말해 기회 포착에 뛰어난 두뇌의 소유자이서. 그때, 나는 이렇게 대꾸했다. 대한민국 사람 누구도 거기서 자유로울 수 없는 것 아닐까? 지금 생각하면 내가 서동일에게 좀 당돌하게 굴었던 것 같았다. 그의 말이 마치 어머니를 두고 한 말 같았기 때문이었을 것이다.

"남들이 아는 이야기는 저도 귀가 있으니까 들었습니다. 북에서 어머님이랑 두 분만 내려오셨다든지, 두뇌가 워낙 뛰어나서 석사과정 때부터 모교에서 강의를 하셨다든지….."

"거기까진가? 더는 없어?"

"삼청동 주택에서 어머니 모시고 사신다는 것, 사모님이 명문대 출신이신 데다 다른 대학 교수님이시고, 딸만 둘을 두셨는데 결혼이 늦은 탓에 아직 국민학생이라는 것까지 압니다."

나는 머릿속에 있는 것들을 닥닥 긁어냈다. 좀 알은체를 하고 싶었다. 알은체는 곧 관심이라는 생각해서였다.

"제법 아는 것 같지만 아직 멀었네. 나는 서동일 군의 아버지가 실제로는 세무서장이 아니라는 것도 알고 있어. 무척 쎈 사람이지. 그리고 나는 김 군 집에 전화가 있다는 것도 알아. 형편에 어울리지 않는 비싼 전화가 김 군 집에 있는 이유까지도 알아. 게다가 김 군 고향이 서울이 아니라는 것도 알지. 그러니까 이번에 김 군이 신문사 기자 채용 시험에서 떨어진 이유를 냉정히 생각해 보자는 거야. 내가 추천서를 써 주면 그냥 넘어갈 줄 알았는데, 힘이 되지 못했어."

홍 교수가 술에 취해서 횡설수설하는 것은 아니었다.

"죄송합니다. 다 제 실력이 부족했기 때문입니다. 좀 더 노력해서 다음에는 실망을 드리지 않도록 하겠습니다."

나는 의례적인 대답을 하면서 손목시계를 들여다보았다. 홍 교수의 말을 막고 싶었고, 기다리는 어머니가 애처롭게 여겨지기도 했다. 건너다보는 포장마차 주인 사내의 눈살도 뻣뻣했다. 30분 정도만 있으면 통행금지 예비 사이렌이 울릴 시간이었다. 들썩거리는 엉덩이를 어찌할 수가 없어서 나는 슬그머니 몸을 일으켰다가 다시 앉았다.

"벌써 가자고? 아직 할 말이 많이 남았는데."

"통금시간이 얼마 안 남았습니다. 눈까지 줄곧 내려서 걱정인데요."

홍 교수가 내 말이 안 믿어졌던지 손목시계를 내려다보았다. 그러고는 의자에서 몸을 일으켰다. 나는 홍 교수의 팔을 부축하고 밖으로 나왔다. 두 사람은 네거리 쪽으로 가서 길을 건넜다. 홍 교수는 거기서 택시를 타야 했다. 거의 다 건넜다 싶을 때 느닷없이 홍 교수가 몸을 내 앞으로 돌렸다. 그러더니 내 귀를 잡아당겨 자신의 입에 가까이 끌어갔다.

"나 말이야, 홍남에 아버지와 형님을 두고 어머니랑 둘이서만 남으로 피란 왔어."

홍 교수가 비틀거렸다. 내가 잽싸게 몸을 돌려 허리를 붙들었다. 홍 교수가 다시 내 귀를 붙잡았다.

"아버지의 뜻이 남과 북의 둘 둘 중에 어느 한쪽은 살아남아야 한다는 거이야. 차암 생각이 용하시지?"

나는 귀를 내준 채 그 자리에 서 있었다.

"그런데 통일이 되긴 되겠니? 보라! 이승만이는 북진통일이라도 외쳤다. 근데 혁명정부는 그런 것도 없어! 차암 한심치?"

홍 교수가 비로소 내 귀를 놓아주었다. 홍 교수의 팔을 부축해 빈 택시를 잡았다.

나는 종로 5가 버스정류장까지 걸어갔다. 삼양동이 종점인 버스를 탔다. 버스는 생각 밖으로 만원이었다. 눈 때문에 안에서 퀴퀴한 냄새가 푹푹 솟았다. 동선동과 돈암동, 미아리고개를 지났다. 고개 양쪽에 줄지어 선 나직나직한 판자들 대부분이 점집 간판을 달고 있었다.

길음사거리 정류장에 버스가 섰을 때 통행금지 예비 사이렌이 울었다. 미아리 버스정류장에 닿을 때쯤엔 통행금지 사이렌이 울 것 같았다. 홍 교수가 잘 들어갔는지 궁금했다. 내가 택시에 태울 때 홍 교수가 한 말이 떠올랐다.

"기다려 봐! 지도교수가 학생 지도만 하는 게 아니랬지? 애비 일은 애비로 끝내야지, 왜 애비 얼굴도 모르는 자식이 죄를 둘러써? 그러면 안 되지. 안 되고말고."

홍 교수가 우리 집에 걸맞지 않게 전화가 있다는 사실을 어찌 알았을까? 학교에서는 단 한 사람 서동일에게 번호를 알려 준 적이 있었다. 너만 알고 있다가 아주 급한 일이 생기면 연락하라고 했는데. 그동안 단 한 차례도 전화 건 일이 없었는데. 하긴 4년 동안 네 차례 옮긴 가정교사 하는 집들에도 번호를 알려 주었다. 아, 거기다가 어머니의 거래처라 할 수 있는 곳들도 알고 있었다. 어머니가 집에 전화를 놓은 것은 당연히 큰 결심이었다. 전화국의 전화 신청금이 공무원 월급의 열 배도 넘는 큰돈이었다. 거기에다가 신청한 뒤에는 5년이든 몇 년이든 무작정 기다려야 했다. 그런데 그 하세월이 운 좋게 3년하고 두 달로 끝났다. 그때가 마침 내가 대학생이 된 때였다.

버스가 미아리 버스정류장에 섰을 때, 예상했던 대로 통행금지 사이렌이 울었다. 버스에서 내린 네다섯 명쯤의 사람들이 서둘러 골목 속으로 흩어졌다. 다행히 눈은 그쳤다.

길을 건너는데 눈 속에 발이 푹푹 빠졌다. 나는 세탁소 옆 골목으로 들어서서 잰걸음을 놓았다. 다시 아랫배에 살살 꼬이는 느낌이 일었다. 아직도 집이 멀었다. 15분쯤을 부지런히 걸어서 삼각산 자락까지 들어가야 했다.

나는 갈림길에서 잠시 걸음을 멈추었다. 우리 집으로 가는 오르막길과 공중화장실 쪽으로 가는 옆길이 갈라지는 곳이었다. 두 칸뿐인 공중화장실 앞에는 새벽부터 사람들이 몰려나와 급한 얼굴로 줄을 섰다. 시간 맞춰 일터로 출근할 사람들이 거기서 우연찮게 만나서 인사를 나누는 경우도 있었다. 지금쯤은 화장실 앞이 비어 있을 것이었다. 지난 늦가을까지만 해도 우리 집에도 화장실이 없었다.

나는 마음을 집 쪽으로 정했다. 오르막길을 내달렸다. 어둑했지만 쥐 발자국도 하나 없는 깨끗한 눈길이 눈에 가득 들어왔다. 순간 내디딘 발이 미끄덩했다 싶었는데, 나는 그만 벌러덩 나자빠지고 말았다. 그때 엉덩이에 뜨뜻한 기운이 느껴졌다. 아랫배가 허전했다. 기어이…. 한심하다는 생각이 머릿속을 스쳤다. 한동안 그대로 자빠져 있다가 일어섰다.

판자문 안에서 돌아서자, 메줏덩어리 크기의 댓돌이 보였다. 어머니 방 앞이었다. 손바닥만 하지만 그래도 집에는 마당이 있었다. 기척을 알아차린 어머니는 내가 인사도 하기 전에 안에서 내 저녁 걱정을 하셨다.

"교수님이 사 주셨어요. 그만 이제 주무세요."

나는 황급히 화장실로 들어갔다. 아랫도리를 아예 다 벗어버린 채 두 다리를 벌리고 쪼그려 앉았다.

"얘야, 부엌에 뜨거운 물 있다."

밖으로 나왔을 때, 마치 아랫도리를 벌거벗고 있는 나를 눈으로 보았던 것처럼 어머니가 방에서 소리쳤다. 나는 부엌문 앞으로 가서 수도꼭지를 싸둔 헌 옷가지들을 풀어내고 물을 틀었다.

벌거벗은 아랫도리를 찬물에 씻었다. 누가 내게 청승을 떤다 하든 자학을 한다 하든 상관없었다. 대학 졸업을 앞둔 아들이 뒤도 못 가리고 다닌다면 어머니의 마음이 어떻겠는가. 시타구니가 얼어붙는 성싶었다. 벗어 놓았던 것들도 빨았다. 손가락이 꽁꽁 얼어서 오그라붙을 지경이었다. 기대할 수는 없겠지만, 만일 아버지랑 같이 살고 있었다면….

　두 방 사이에 있는 미닫이문을 열고 건너갔을 때, 어머니가 평상시의 옷차림 그대로였다. 집에 재봉틀을 들여놓고 일하기 시작하면서부터 입기 시작한 개량 한복이었다. 내 기억 속의 나는 언제나 어머니와 단칸방에서 생활하고 있었다. 내가 처음으로 방을 갖게 된 지는 얼마 되지 않았다. 그때 마침 7평이 채 못 되는 옆집이 매물로 나왔고, 어머니가 그것을 사들였다. 그 자리에 있던 판잣집을 헐어내고 방을 하나 이어 들였다.

　"한 시간 전쯤인가 싶다. 니 지도교수님이 전화를 주셨더라."

　어머니는 내가 앉기를 기다렸다가 입을 열었다. 홍 교수가 집으로 전화를 하다니. 생뚱하기 짝이 없는 일이었다. 학생한테 밤늦게까지 술을 먹여서 들여보내고 나니 어머니에게 미안했을까….

　"왜요?"

　내가 퉁명스럽게 물었다.

　"니가 신문사 시험 떨어졌다 하대. 필기시험은 잘 봤는데, 다른 사정이 있었다 하대."

"뭐라구요? 그런 말까지 했어요?"

나는 놀라고 화가 났다.

"괜찮다, 괜찮아. 내가 그래 니를 기다리고 있었다. 인자 말할 때가 된 거야."

어머니는 한숨을 한 차례 크게 쉬었다.

"니가 눈치를 챘는지 몰라도 나는 지난 28년 동안 내 남편이 며 니 아버지인 김성구를 찾고 있었나. 노 십으로 돌아올 것이 라 믿고 기다려 왔다. 니 아버지 김성구는 동무들과 함께 1950 년 9월 18일 밤, 사람들이 잠자리에 들 무렵에 미아리고개를 넘 었고, 길음사거리를 지나서 수유리로 빠져나갔다. 아마 의정부 를 지날 때쯤엔 닭들이 첫 홰를 치면서 울어 댔을 것이다."

"잠깐, 잠깐만요, 어머니!"

내가 짐작해 온 일이 사실로 드러나고 있었다. 그것이 싫었 다. 또 두려웠다.

"들어 봐라."

하지만 어머니는 아랑곳하지 않고 말을 이었다.

"니 아버지가 그 전날 밤에 동대문 집에서 다섯 살짜리 너와 나를 두 팔에 나눠 뉘고 한잠 잔 뒤 집을 나서면서 한 말을 지금 도 똑똑히 기억한다. 지금은 상황이 불리해서 일단 후퇴하지만, 반드시 돌아올 거라 했다. 인중이, 니 때문에라도 돌아올 거라 했다. 다시 말하지만 나는 그 말을 철석같이 믿었다. 그래 동대문에서 이곳으로 이사한 뒤에는 다시 이사 안 가고 예서 쭉 살아온 거다. 그리고 좀 있다가 한길 가에 산청백반집을 차리려고 계획한 거다. 큰길에서 산청백반집 간판을 보고 들어오라고. 우리 식구 고향이 경상남도 산청군 신안면이다. 거기서 도망쳐 나올 때 니 아버지가 내 음식 솜씨 좋다고 형편 되면 서울서 식당하자 했거든."

어머니의 두 눈에 차가운 빛이 어려 있었다. 나는 자신도 모르게 한숨을 내쉬면서 숨을 고르는 어머니의 입을 바라보았다.

"니는 국민보도연맹이 뭔지 모르지?"

나는 머리를 끄덕였다.

"거게 동네 이장이 젊은 사람들이 있는 집마다 찾아다니면서 가입하지 않으면 죽을지도 모른다고 하대. 그래 모두들 도장을 찍어 줬지. 나중에 알고 보니 좌익 세력을 전향시켜서 보호하고 지도한다는 거였다. 6·25 전쟁 나기 전에는 남한에 좌익 세력이 많았지. 문제는 우리 동네에서 도장 찍어 준 사람들은 좌익 세력이란 것이 뭔지도 모르는 사람들이었다는 데 있어. 경찰 지서에서 동네 이장들을 시켜 머릿수 할당을 하고, 그것을 채울 목적으로 그 짓을 한 것이라 하대."

어머니는 두 주먹으로 가슴을 쿵쿵 쳤다. 나는 부엌으로 나가 대접에 냉수를 떠들고 왔다. 어머니 입에 대 드렸다.

"진정하세요."

어머니가 두 손으로 대접을 잡더니 벌컥벌컥 마셨다.

"미안하다."

세상에 그런 일이 있었다니. 세상 사람들은 그 일을 모르고 있을까? 알고도 모르는 체할까?

"쳐내려온 인민군들이 서울을 완전히 점령했다는 소식이 고향에까지 전해지는 데 일주일쯤 걸렸고, 실제로 인민군들이 나타난 것은 7월이 다 갔을 때였어. 그런데 인민군들보다 며칠 앞서서 비상전화를 통해 지역 경찰서로 내려온 것이 있었지. 7월 31일 자정을 기해서 국민보도연맹원들을 모조리 모아서 처형하라는 경찰국장의 지시였다. 좌익세력인 국민보도연맹원들과 인민군이 합세하는 것을 방지하는 데 그 목적이 있다고 했어. 이에 따라 고향 이장은 국민보도연맹원들은 저녁 먹은 뒤에 한 사람도 빠짐없이 신안면 지서 앞으로 모이라는 연락을 했지. 그 속에는 당연히 니 아버지도 있었다. 그러나 니 아버지는 지서 앞에서 도망쳤어. 사연이 있었지."

지서에는 급사로 일하는 여제자 허순자가 있었다. 김성구는 그때 산청초등학교 교사였다. 지서 앞에서 어정거리고 있는 김성구를 본 허순자가 달려 나오더니 소리쳤다.

"인중이가 갑자기 쓰러져서 입에 거품을 물고 벌벌 떨고 있대요."

무슨 당치 않은 소리인가? 그런데 주위 사람들이 나서서 김성구에게 빨리 집으로 가 보라고 성화를 댔다. 허순자는 김성구의 팔을 잡아끌었다. 김성구는 얼떨떨해져서 사람들 사이를 빠져나왔다. 허순자가 바짝 긴장한 얼굴로 김성구에게 말했다. 숨죽인 목소리가 부들부들 떨려 나왔다.

"빨리 도망쳐요! 가서 절대로 다시 오지 말아요! 절대로…."

그때 지서 앞에 모인 사람들은 모두 산속으로 끌려갔다. 거기서 기관총으로 모조리 사살당한 것이다. 김성구는 그 소식을 아내에게서 들었다. 불안한 나머지 슬그머니 지서 가까이에 가 있다 돌아온 아내였다. 아직 새벽닭이 울기 전이었다. 김성구는 도무지 믿으려 들지 않았다. 아내가 허겁지겁 짐을 쌀 때까지도 그랬다.

통행금지 해제 사이렌이 두 차례 소리를 높여 울더니 길게 꼬리를 끌며 사라졌다. 어머니가 선하품을 했다. 무거운 짐을 이고 지고 먼 길을 와서 내려놓고, 지금 막 돌아서는 사람 같았다.

"가서 눈 좀 붙여라."

나는 내 방으로 건너왔다. 비로소 언 몸이 풀리고 있었다. 자리에 누우니 몸이 바닥으로 가라앉는 느낌이었다. 심혜진은 이런 일을 알고서 데모를 했고, 내게 손가락질을 한 것일까? 나는 끝 모를 잠 속으로 깊이 잠겨 들었다.

작은 강아지 집 하나가 눈앞에 떠올랐다. 자세히 보았더니 교지 편집실에 사보텐 화분을 두고 오면서, 추위를 막아 주려고 책으로 사방에 벽을 세우고 지붕을 덮어 지은 것이었다.

　타앙—. 총소리가 고막을 찢는 듯했다. 혼비백산한 나는 감은 눈을 겨우 떴다. 책들이 사방으로 흐트러져 있었다. 손등으로 눈을 비비고 다시 보았을 때, 그래도 사보텐 화분은 그대로였다. 사보텐의 가시들이 더욱 사납게 서 있었다.

해설 | 장영우(문학평론가)

전쟁의 기억과 슬픔의 치유

『아수라』에 실린 6편의 소설들은 이상문의 소설적 안목이 역사적인 비극을 불교적 통찰로 감싸 안고 있는 귀한 모습을 보여준다.

한국 현대사의 상처가 아직 아물지 않았고 따라서 치유되지 않았다는 사실을 강력히 웅변하고 있는 작품들이 대부분이다. 그러나 작가는 그 상처와 슬픔이 영원히 지속될 것이라 지레 낙담하지 않는다. 「손님」의 구담 스님, 「불호사」의 용담 스님, 「아수라」의 상일 스님과 김수림 대위, 그리고 「짐」의 나한구 같은 이들이 아무 조건 없이 베푼 선한 행위가 오랜 세월이 흐른 뒤라도 그 몇 배의 보은으로 되돌아오리라는 믿음을 작가는 포기하지 않기 때문이다. 작중인물의 선행이 특별한 인연에 따른 것이고 반드시 그 과보를 받는 것으로 종결되는 연기(緣起)의 서

사 구성은 한국문학, 특히 불교 소설에서도 그 유례를 찾아보기 어려운 독특한 발상이며 성취라 할 수 있다. 「그 겨울의 사보텐」 화자의 아버지 김성구가 강제로 국민보도연맹에 가입한 뒤 경찰에게 처형당할 위기에 처했을 때 지서 급사였던 제자의 도움으로 살아나는 사건 설정도 『아수라』 전편에 흐르는 인연 혹은 생명 존중 모티프와 무관하지 않다. 현실이 아무리 아수라판이라 하더라도 김수림 대위나 나한구 같은 선량한 소시민 혹은 구담·용담·혜민·싱일 스님 같은 참된 수행자가 묵묵히 인연에 따라 생명을 구하는 보살행을 그치지 않는 한 이 세상은 살아갈 만한 곳이며, 전쟁의 슬픔도 언젠가 아물고 치유될 게 분명하다.

이상문의 이번 소설집 『아수라』에는 모두 6편의 중·단편이 실려 있다. 흥미로운 것은 이들 작품이 어떤 방식으로든 전쟁과 관련되어 있으며, 그 치유의 방식으로 불교적 보시와 방생 혹은 보은 사상이 제시되어 있다는 점이다. 「손님」 「불호사」 「그 겨울의 사보텐」은 한국전쟁 혹은 남북 이데올로기 갈등과 그 후유증을 다룬 작품이고, 「아수라」는 타국의 민족 간 전쟁에 파견된 군의 종전 철수 시점의 아수라 같은 혼란을, 「짐」은 역시 타국 민족 간 전쟁 파견군 경력자의 인생 말년 중압감 속 삶을 다룬 소설이다. 「입술」은 우즈베키스탄 사마르칸트의 비비하눔 모스크를 제재로 하고 있으나, 술탄 티무르가 전쟁에서 한 번도 패배하지 않은 전략가이면서 가장 잔혹한 정복자라는 점에서 전쟁과 전혀 무관하다 하기 어렵다. 그렇다면, 한국전쟁과 월남전쟁이 정전·종전된 지 반세기가 넘게 흐른 지금까지 전쟁 이야기를 붙들고 있는 작가의 의도가 무엇인지 궁금하지 않을 수 없다.

『아수라』의 작가 이상문은 등단 이후 40여 년 동안 수십 권의 소설집을 상재해 왔으나, 그것이 모두 전쟁을 다룬 이야기는 아니다. 하지만 그의 등단작 「탄흔」은 월남전 현지 상황 속 화자가 어렸을 적 어머니 삶을 오버 랩하고, 월남 진주군과 현지 여성의 사랑과 그 후손 문제까지 아우르고 있다. 그래서 전쟁의 비극이 당대에 끝나는 게 아니라 대를 이어 더욱 깊어지며 그 슬픔과 상처의 치유는 그만한 시간과 주변 인물의 노력이 필요하다는 점을 상기시킨 작품이란 사실이 강조될 필요가 있다. 그런 점에서 이상문의 신작 소설집에 수록된 여섯 편의 작품이 한국전쟁과 월남전쟁, 더 멀게는 14세기 말 티무르의 북인도 정벌까지 소환한 것은 전쟁 비극이 얼마나 집요하고 잔혹한가를 새삼 강조하려는 의도로 이해해도 크게 잘못이 아닐 터이다.

하지만『아수라』에 실린 소설 여섯 편은 전쟁이나 이데올로기 갈등을 직접적으로 문제 삼지 않는다. 오히려 작가는 반세기 넘게 집요하게 개인의 삶을 균열시키고 무너뜨리는 비극의 원형질을 폭로하고 그 상처를 치유하는 일에 집중한다. 그것이 「손님」「불호사」「아수라」에서 보듯 불교적 생명 존중 사상이란 사실은 거듭 강조되어도 지나치지 않다. 한때 우리 문학계에서는 일제 침략과 6·25 등 민족의 비극적 역사를 민족·국가·이데올로기 등 거대 담론의 관점에서 추궁한 작품이 대종을 이루었거니와, 이제는 침략과 전쟁이 평범한 한 개인의 삶에 미친 폭력의 실체와 상처의 깊이를 촘촘하게 재현하여 전쟁의 잔혹성을 고발하는 방법론을 선호한다.

이를 가리키는 '거대 서사(grand recit)' '미시 서사(petit recit)'란 개념은, 프랑스 사회학자 장 프랑스와 리오타르(Jean Francois Lyotard)가 제안한 것으로, 전자가 역사적 사건을 해명하는 커다란 이야기 틀이라면 후자는 특정 개인(집단)의 일상 속 구체적이고 소소한 삶의 양상을 가리킨다. 과거에는 개인의 다양한 경험과 목소리를 억압하고 거대 담론을 절대적 진리로 내세우는 게 대세였다면, 이제는 소외계층의 미시 서사에 주목하여 개인사의 의미를 복원해야 한다는 주장이 힘을 받는다. 그런 점에서 『아수라』에 실린 작품은 전쟁의 참혹상을 민족, 이념 등 거대 담론에서 배제되었던 개인의 상처와 아픔을 미시적 차원에서 보듬고 치유하려는 노력의 소산으로 보아 무방하다.

등단작 「탄흔」에서 이미 한국전쟁과 월남전쟁의 상동성을 날카롭게 간파한 작가는 전쟁의 상처가 반세기 넘는 세월이 지나면서 더 큰 화농으로 번진 상황을 예사롭게 넘기지 않는다. 그리하여 그는 중생 제도를 서원하고 성불마저 미룬 보살의 자비심에서 전쟁의 비극을 종식시킬 단초를 찾는다. 서구에서 발원한 민주주의와 공산주의 이데올로기의 극단적 대립과 증오를 불교의 방생과 자비 정신으로 치유하겠다는 작가의 상상력은 한계에 봉착한 듯한 남북 분단문학을 또 다른 차원으로 승화시킬 탁발한 계책이라 보인다.

「손님」은 제목 그대로 한 사찰을 찾아온 손님과 주지 및 그 절에 얽힌 인연을 전통적 서사 기법으로 형상화한 작품이다. 철우가 주지로 주석하고 있는 미륵사에는 뱀을 잡아 산 깊은 곳에 방생하는 독특한 관습이 있다. 그것은 뱀이 사찰을 오가는 차량 바퀴에 깔려 죽는 것을 방지하기 위함인데, 철우의 사조(師祖) 구담 스님 때부터 시행되어 온 미륵사의 방생 전통이다. 수행 납자(衲子)들은 산문을 나설 때도 올이 성근 짚신을 신었다 하거니와, 그것은 혹시라도 발에 밟혀 죽을 수도 있는 작은 생물을 보호하기 위함이다. 그런 점에서 차량 바퀴에 압사당할 수 있는 생명체를 안전한 곳에 옮기는 방생이 절집에서는 당연한 일이라 할 수 있으나, 하필이면 그 대상이 뱀이란 게 우리의 호기심을 견인한다.

미륵사 뱀 방생 전통은 6·25 전쟁이 끝난 뒤 갑자기 늘어난 뱀 때문에 시작된 것으로, 구담은 그 뱀을 전란 중 억울하게 죽은 원혼의 환생으로 받아들인다. 구담이 뱀 방생 사업을 시작하며 인용한 "일기진심수사신(一起嗔心受蛇身, 한 번 성내고 뱀 몸을 받았다)"이란 구절은 금강산 돈도암(頓道庵) 홍도(弘道) 비구의 예화에서 차용한 것으로, 홍도는 몇 생애에 걸친 용맹정진 끝에 성불 직전에 이르렀으나 한 번의 화를 참지 못해 뱀으로 환생한 뒤, 자기 일을 경계 삼으라고 꼬리로 글을 써 수행승에게 주었다는 이야기의 주인공이다. 그러므로 구담이 사찰 주변에 갑자기 늘어난 뱀을 전쟁의 원혼으로 여겨 방생하기로 한 것은 수행자로서 마땅히 헤야 힐 보살행이다. 그런데 50여 년 전, 뱀 궤짝을 등에 지고 산등성이를 넘던 행자의 뱀을 빼앗았던 최기원이 찾아와 예전의 잘못을 참회하고 아버지의 빚을 갚겠다고 고백하면서 사건의 실체가 드러난다. 좌익이었던 그의 부친은 6·25가 발발하기 전해에 미륵사에 침입하여 구담에게 큰돈을 빌리는데, 이 대목은 우화 스님의 실제 일화를 패러디한 것으로 보인다.

"돈을 거저 주지도 못한다. 뺏길 수도 없다 하는 스님 앞에서, 뭔 놈의 용빼는 재주가 있겠소? … 가만있어 봐라… 그러니까 주지도 못하고 뺏기지도 않겠다면…, 않겠다면…, 그러면 조금만 빌려주시면 되겠다! 나한테 돈을 조금만 꿔주란 말입니다. 꼭 갚을 것이니까요. 약속합니다. 맹세합니다. 많이도 말고 백 원만 빌려주세요. 우선 요번 봄을 넘기고 보자니까요. 제발…."

"그래? 그럼 빌려주지. 빌려 가서 여섯 목숨 구하게. 그래야 내가 절 신도들한테 헐 말이 있지. 불사를 뒤로 미룬 이유를 말이여. 헛헛헛허…. 진작에 그렇게 나왔어야지!"

"갚겠다는 약속은 꼭 지키겠습니다, 스님! 백골난망입니다…."(「손님」에서)

야밤에 절에 가 돈을 요구하는 이에게 '빌려준다'는 명목을 내세운 구담의 기지로 모두 무사할 수 있었다. 그리고 그 아들은 미륵사 뱀으로 어머니 병을 치료하고 사업에 성공해 큰돈을 번 뒤 빚을 갚겠노라 절을 찾은 것이다. 최기원의 보은(報恩)은 구담의 뱀 방생과 밤도둑에 대한 연민에서 시작된 것으로, 무조건적 생명 존중 사상의 실천이 결국 선과(善果)로 결실된다는 인과 법칙의 아름다운 사례라 할 수 있다.

「불호사」는 홍여진(대덕행)이 불호사에 가 용담(龍潭) 스님과의 대화를 통해 석우(石牛) 주지의 출생 비밀을 밝히는 다소 이색적인 작품이다. 여진은 갓난아이 젖어미로 불호사에서 20년을 지내다 절을 떠난 뒤 50년 만에 귀사(歸寺)하는 길이다. 그녀가 젖을 먹여 키운 석우는 호적상 김삼수와 홍여진의 아들로 등재되어 있다. 하지만 그의 친부모는 최 순경(최대길)과 박 양으로, 순천의 술집 작부였던 박 양(춘희)은 최 순경을 사랑해 1950

년 7월 18일 경찰부대를 따라 산에 들어왔으나 사실은 빨치산이었음이 뒤늦게 밝혀진다. 최 순경은 박 양이 빨치산이란 걸 알면서도 경찰에 고발하지 않았고, 그녀와 함께 산속에 숨어 지내다 출산이 가까워지자 불호사를 찾는다. 용담이 그녀를 주지실에 데려간 순간 아이를 출산했고, 사태를 파악한 주지 묵암은 용담을 마을에 내려보내 젖어미를 찾아오라 이른다. 전쟁이 한창 중이어서 아이를 낳고 젖 몇 번 물리지 못한 채 잃은 절통한 산모가 있을 것이라 생긱한 묵암 노사의 예상은 적중한다. 열예닐곱의 새색시 여진이 젖이 퉁퉁 불은 상태로 용담을 따라 불호사에 와 갓난아이의 젖어미가 된 것이다.

무고한 생명이 속절없이 죽어 가는 전쟁을 지켜보며 생명의 소중함을 더욱 절실하게 느꼈을 용담은 자기 방문 앞에서 태어난 아이를 어떻게든 살려야 한다고 결심한다. 출가자 용담에겐 최 순경과 박 양의 신분이나 이념 같은 것은 전혀 관심의 대상이 못 된다. 묵암 노사는 오직 어린 생명을 온전히 살려야 한다는 자비심으로 젖어미를 구해 오라 시켰고, 갓난아이와 젖어미의 안전을 생각해 대문으로 들어오게 한 것이다. 부처님 가르침의 궁극적 목적은 온 중생의 성불이지만, 그것도 온전한 생명이 유지되어야 가능하다. 그런 점에서 "중이 첫째로 지켜 줘야 헐 것이 뭣인가?… 생명이란께! 그래서 이 시상에 절이 있는 것"이란 용담의 발언은 불교의 생명 존중 사상을 간단직절하게 요약

한 사자후이고, 용담이 주석하고 있는 사찰이 하필이면 '불호사 (佛護寺)'인 것도 절묘한 명명(命名)이라 할 수 있다. '불호사'란 '부처님이 보호하는 절'이 아니라 '부처님의 가피가 가득한 절', 다시 말해서 '모든 생명을 보호하는 절'이란 의미로 해석할 수 있기 때문이다.

이 소설에 등장하는 인물은 모두 70대 이상의 고령자들이다. 가장 나이 어린 석우가 70세, 홍여진은 87세, 용담은 98세로 작중인물이 모두 노인인 것은 그들이 6·25를 직접 겪은 세대라는 사실과 무관하지 않다. 앞서 살핀 대로 석우는 1950년 전쟁 중에 불호사에서 태어나 70년 동안 그곳에서 지내며 주지가 된 생래의 '석종(釋種)'이고, 홍여진은 그에게 젖을 먹여 키운 어머니 같은 존재며, 용담은 그의 생명을 거두고 올바른 수행승으로 길러낸 은사(恩師)다.

홍여진이 절을 떠난 지 50년 만에 불호사를 찾은 까닭은 "부서진 수레는 구르지 못하고 늙은 사람은 닦을 수 없다"는 편지 구절 때문이다. 원효의 『발심수행장(發心修行章)』에서 따온 이 구절은 촌음을 아껴 수행에 힘쓰라는 격려의 뜻이지만, 여진은 용담과 석우 두 출가자 가운데 한 사람이 중병에 걸린 것으로 판단하여 절을 찾은 것이다. 여진과 재회한 용담이 70년 전 석우의 출생 비화를 회고하면서, 그 부모의 신분과 죽음, 여진의 남편 김삼수의 사인(死因)이 밝혀진다. 작부 출신 박 양을 사랑했던 최 순경은 그녀를 따라 산으로 갔다가 박 양의 출산을 위해 불호사 찾는다. 아이를 낳은 후 박 양은 다시 산으로 돌아가고, 절 부근에 숨어 지내며 가끔 아이를 살피던 최 순경은 시체로 발견된다. 여진의 남편 김삼수는 젖어미로 간 신부를 찾아 절에 오다 빨치산 총에 맞아 사살된다. 어찌 보면 여진은 자기 남편의 목숨을 앗은 빨치산의 자식을 젖 먹여 키웠다고 할 수 있으나 두 사람은 그런 사연을 전혀 모른다. 그것은 이 모든 사연을 알고 있는 유일한 증인이라 할 용남이 철저히 함구했기 때문이다. 그런 용담이 여진과 석우 앞에서 옛이야기를 조금이나마 밝히는 것은, 석우가 인연에 떨어지거나 매달리지 않고 자유롭게 살기를 바라는 자비심에서 기인한다.

용담은 석우에게 "수레를 타고 갈람시로 미리 그것이 움직이는 이치까지 다 알고 난 뒤에사 타고 갈라고 허면 못 가는 것이여. 이왕에 수레를 몰고 가는 사람은 몰고 가는 일을 잘허고, 이왕에 수레를 타고 가는 사람은 닿어서 헐 일을 잘허면 쓴다"는 말을 유언처럼 남긴다. 이 말은 인연에 얽매이지 말고 오직 수행에만 힘쓰라는 간곡한 가르침으로, 『무문관』 '백장야호(百丈野狐)' 고사를 연상시킨다. 수행자에겐 용맹정진하는 지금 이 순간이 중요하지 과거사는 모두 헛것[幻影]에 불과하다는 경책이다. 용담이 옛일을 이야기한 뒤 곧 잊으라며 '지목행족(智目行足)' '수범수제(隨犯隨制)'를 강조한 것도 그런 맥락에서 이해가 가능하다. 석우가 내려가자 여진과 용담은 서로를 위로하며 과거를 회상한다. 50년 전 용담은 젊은 젖어미를 위해 간혹 빗, 머리핀 등 장신구나 찐만두, 카스텔라 같은 먹거리를 가져다주었는데, 그것은 어린 나이로 절의 젖어미로 들어와 젊은 시절을 보낸 여진에 대한 보은의 성격을 띤다. 그녀는 법명 대덕화(大德華)처럼, 한 생명을 온전히 보듬어 키워 반듯한 수행자로 길러 낸 보살 같은 여인이다. 여진이 서울에서 준비해 온 커피와 케이크를 나눠 먹는 두 사람의 모습은 한 폭의 아름다운 그림을 연상시킨다. 석우에게 '지목행족' '수범수제'를 유언처럼 남기고, 여진의 케이크와 커피 공양을 받은 용담이 좌탈입망(坐脫立亡)하는 것으로 이 소설은 끝난다. 그것은 용담이 평생 올바른 지혜와 수행으로 용맹정진함으로써 마침내 한 소식 했다는 의미로 이해할 수 있다.

「아수라」는 쯔엉 투 마오란 작가의 소설 『전쟁의 슬픔』을 읽고 반세기 전 남로국에서의 특별한 사건을 떠올리는 상일 스님의 회고담 형식으로 서술된다. 이 소설은 군종장교(군법사) 이무일 중위(상일 스님)가 남로국 불광사에서 근무하던 시절 겪었던 사건과 쯔엉 투 마오의 소설 『전쟁의 슬픔』에 서술된 당시 상황과의 차이, 그리고 그것을 소설로 다룬 「아수라」 사이의 거리 등 사실(事實·史實)과 진실의 문제를 천착한 작품이다. 어떤 사건이나 현상의 '사실(事實·史實)' 여부를 따지는 것은 역사학이나 사회학의 과제다. 하지만 그 이면에 숨겨져 있을지도 모르는 진실을 문제 삼고 그 실체를 발굴하는 것은 문학 영역에 더 가깝다. 과거 역사학이 거대 담론에 치우쳐 소외계층의 애환에 무관심하였다면, 문학은 그들의 삶에 밀착해 숨겨졌던 비화를 조명함으로써 권력의 비리와 악행, 혹은 선량한 서민의 애환을 부각시킨다. 그리하여 거대 담론에 은폐되었던 역사의 진실이 조금씩 드러나는 것이다. 「아수라」가 남로국 패전 당시의 상황과 소설 『전쟁의 슬픔』, 그리고 그것을 통해 과거사를 재구하는 상일 스님 이야기라는 세 겹의 서사 구조로 짜인 것은, 그만큼 진실 규명이 어렵다는 사실을 방증한다.

아수라(阿修羅, Asura)는 인도 신화에 등장하는 인간과 신의 혼혈인 반신(半神)으로, 인드라에 대항하는 악한 무리로 서술된다. 하지만 불교에서 아수라는 불법(佛法) 수호신 팔부중(八部衆)의 하나로, 『정법염처경(正法念處經)』에는 아수라와 하늘과의 싸움에서 인간의 선악이 승패를 결정하는 변수로 설명된다. 아수라가 하늘과 싸울 때 하늘이 이기면 풍요와 평화가, 그 역이면 빈곤과 재앙이 오는데, 인간의 심성이 선하면 하늘이 승리하고 그 반대면 아수라가 이긴다는 것이다. 또 아수라는 지옥도, 아귀도, 축생도의 삼악도와 아수라도(수라도), 인간도, 천상도의 삼선도로 일컬어지는 육도의 한 단계이다. 수미산을 둘러싼 바다에 사는 아수라는 한국불교에서, 인간보다는 낮으나 축생보다 우월한 존재로 분류된다. 아수라에서 파생된 '아수라장'은 끊임없이 분란과 싸움이 일어나 난장판이 된 곳을 가리키는 용어로 쓰인다.

이상문의 소설 제목이 '아수라'이고 작품집 표제도 그것인 데에는 나름의 이유가 있어 보인다. 그것은 이 세상이 온통 아수라장이나 다를 바 없다는 일반적 위기의식과 함께, 반세기 전 남로국 전쟁의 상처와 슬픔이 아직도 아물지 않았다는 구체적 현실 경험의 깨달음이다. 남로국에서 전쟁 사망자 시체 화장과 유골 수습, 영가 천도 직무를 관장했던 군종장교가 전장의 구체적 참혹상을 알기는 어려운 일이다. 더군다나 「아수라」의 화자 상일 스님(군법사 이무일 중위)이 근무하던 시기는 '4자 파리평화협정'으로 일컬어지는 종전 협정이 조인되어 실질적인 살상 행위가 중단된 상황이었을 터다. 하지만 한때 남로군 군수지원사령부 불광사 통역관으로 근무했던 루홍 칸(쯔엉 투 마오)의 소설 『전쟁의 슬픔』을 본 상일 스님은, 그날 느닷없이 27명의 군인이 사망한 이유를 비로소 알게 된다. 쯔엉 투 마오가 자기 체험을 바탕으로 한 소설 내용이 상일 스님의 기억과 날카롭게 충돌하면서 당시 포격 사건과 관련한 추악한 거래가 있었음을 폭로하고 있는 것이다.

'남로전쟁' 말기 상일 스님은 군수사령부 군종장교로 군종병 허한수 상병, 현지 통역인 루훙 칸과 함께 지낸다. 그의 주된 업무는 전쟁 사망 장병의 사체를 화장하고 유골을 수습해 고국에 보내는 영현(英顯)중대장을 도와 천도재를 지내는 것이다. 1973년 1월 28일 05시 21분 그는 영현중대장 김수림 대위와 함께 귀국선을 타러 가던 중 북로유격대의 박격포탄을 맞고 사망한 27구 시신 가운데 일부를 화장하고 있었다. 그때 마침 06시까지 사령부 상황실로 집합하라는 긴급 명령이 하달되지만, 김수림 대위는 명령을 따르지 않는다. 군인인 그가 전시 상관 명령에 불복종한 이유는 단순하다. 느닷없이 횡사한 스물일곱 시신을 화장해 유골이나마 고국에서 애태우는 가족에게 보내 죽은 목숨이라도 만나게 해줘야 한다는 게 항명 사유의 전부다.

그의 주장은 영현중대장 직책에 충실한 것이어서 칭찬받아야 마땅하지만, 그 시기가 "전쟁에서 비상소집 명령에 불복한 군인은 총살"해도 무방한 전시여서 문제가 심각해진다. 참모장이 비상소집 명령을 따르지 않은 영현중대장을 헌병대에 구속시키자, 이무일 중위는 사령관 부관에게 전화해 김수림 대위를 원대 복귀시킨다. 이 과정에서 사령부 간부들의 군수품 밀매와 사령관의 부적절한 여자 문제가 대두하지만, 귀국 준비에 묻혀 유야무야 넘어간다.

하지만 쯔엉 투 마오의 소설 『전쟁의 슬픔』에서 그날의 비극적 사건이 실체를 드러낸다. "1973년 1월 28일 0시를 기해 미국과 남로국, 북로국과 유격대 사이의 4자 파리협정이 발효"되어 군수지원사령부가 3월 말까지 철수를 완료해야 한다는 II급 비밀문서 내용을 이무일 중위는 허 상병과 루홍 칸에게 아무런 의심 없이 이야기했다. 루홍 칸은 이무일 중위의 전임 군법사 박명구 대위 살해 사건에 연루되어 있는데, 그것이 전쟁과 직접 관련이 없는 군표(軍票) 때문이란 점에서 더욱 충격적이다. 다시 말해 전쟁 말기 전투 지휘관이나 민간인들은 미군 철수 이전에 잉여 군수품과 군표 등을 현금화하기 위해 혈안이 되어 있었고, 그 와중에 귀국선을 타기 위해 이동하던 병사 27명이 박격포탄을 맞고 숨진 것이다.

"그건 칸이 지어낸 내용이라고 생각하자. 소설이니까."

상일이 천장으로 눈을 돌리면서 말했다.

"제가 보기에 칸은 곧은 사람이었습니다. 그 이상도 그 이하도 아니었습니다."

"칸은 영현중대 화장장에서 그날그날 처리하는 전사자 수, 또 전사자들의 소속 부대별 숫자, 거기에다 전사자 발생의 분기별 지역별 현황 등등까지도 빼 갔을 것이야. 소설에는 그런 내용이 없었지만. 하지만 지금에 와서 어쩌겠나? 흘러가는 물에 침 뱉는 격이지. 앞 물은 이미 멀리 흘러가 버렸는데,"(「아수라」에서)

쯔엉 투 마오는 동족상잔의 잔혹성과 기물 파괴의 폭력성에서가 아니라, 부하의 안전은 모르는 체하고 군수품 밀매에 정신이 팔린 지휘관, 종전 이후에 쓸모없을 군수품 매입에 혈안인 남로 민간인들의 추악하고 이기적인 욕망에서 '전쟁의 슬픔'을 느꼈던 것으로 보인다. 하지만 상일 스님 말대로 소설은 허구이므로 『전쟁의 슬픔』 이야기를 사실(事實·史實)로 확신할 수는 없다. 그럼에도 불구하고 쯔엉 투 마오 소설이 세간의 관심을 견인하는 까닭은, 현지인의 직접 체험을 고백적 형식으로 형상화한 작품이란 점 때문이겠지만, 상일 스님은 소설 속 화자의 고백이 허구이기를 바란다. 소설 내용이 사실이라면, 전사자 시체를 화장하고 유골을 거두려다 사망한 영현 중대장 김수림 대위의 죽음마저 그 숭고한 의미가 퇴색될 우려가 크기 때문이다.

「아수라」에서 독자의 감동을 유발하는 대목은, 『전쟁의 슬픔』을 통해 폭로되는 전쟁 이면의 추악한 욕망과 배신의 실상이 아니라, 마지막 순간까지 고국 가족들에게 유골이나마 보내주기 위해 혼신의 노력을 다하는 영현 중대장 김수림 대위와 상일 스님의 자기희생 장면이다. 시체를 화장할 화구가 터무니없이 부족한 데다 시간도 빠듯하자, 김수림 대위는 화구 하나에 시신 두 구씩 넣고 버너 불꽃을 최대한 올리는 편법을 쓴다. 과부하가 걸린 화구가 폭발하여 김수림 대위는 흔적 없이 산화(散華)하고, 그는 산사람에게 끌려가 유골조차 건지지 못한 스물한 살아버지처럼 자기 유골이 아닌 현장에서 모은 재(灰)로 국립묘지에 묻힌다.

김수림 대위 아버지가 산사람에게 끌려가 사체도 찾을 수 없었던 것처럼 상일 스님 아버지도 전쟁 중 실종자였다. 그 때문에 가출하여 방황하던 그를 잡아준 이가 은사 혜민 스님이다. 올곧은 수행승 혜민 스님이 훗날 절에서 쫓겨나다시피 했을 때 돌보아 준 여인이 하필이면 남로국 전사 장병의 어머니라는 것도 절묘한 인연이 아닐 수 없다.

월남에서 귀국해 은사를 찾던 상일 스님은 한 여인이 운영하는 음식점에서 우연히 스승과 조우한다. 그때 혜민 스님이 "가도가도 그 자리고 와도와도 떠난 자리[行行本處 至至發處]"라고 한 법어는, 의상대사의 『화엄경』「법계품」 해설의 일부다. 떠나도 떠난 것이 아니고, 도달해도 처음 출발한 자리란 영원한 게 없음[無常]을 강조하는 불교 정신의 핵심이다. 혜민 스님은 상일에게 상황에 따라 흔들릴 게 아니라 오직 한마음으로 인연 따라 정진하라는 가르침을 내린 것이다.

이런 관점에 따르면 김수림 대위나 상일 스님이 남로국에서 전사 장병의 유해를 화장하고 지극정성으로 염불한 것은 결국 전장에서 원혼(冤魂)이 되어 떠돌 부친의 넋을 위로하는 천도재에 다름아니었음이 밝혀진 셈이다. 김수림 대위와 상일 스님은 먼 이국땅에서 젊은 장병의 사체를 화장하고 천도하는 한편 부친의 넋을 위로하고 자신의 한을 한 매듭씩 풀어내는 일에 동참하고 있었던 것이다.

「짐」은 월남 참전군으로 현지 여성과 결혼한 뒤 태국, 사우디아라비아 등을 거쳐 귀국한 사내의 말년을 다룬 이야기다. 나한구는 월남에 아내와 뱃속의 아이를 두고 혼자 귀국한다. 그 뒤 결혼해 아들을 낳았지만 아내는 아들과 함께 사라져 다시 홀몸이 된다. 게다가 아들 종국은 스물다섯 살 무렵 나타나 그의 저금통장과 도장을 훔쳐 달아나면서 사고무친의 초라한 신세로 전락한다. 나한구는 월남전 전우였던 김영철의 도움으로 근근이 지내다가 그의 사후 자살을 결심한다. 김영철은 나한구가 아들에게 재산을 털린 뒤 생활비를 보태주고 일자리를 주었을 뿐 아니라, 사후에는 천만 원이 입금된 통장과 자기 방에서 살라는 유언을 남긴 고마운 전우다. 그런데 사실 김영철은 월남에서 두 차례나 나한구에게 목숨을 구원받은 데 대한 보은으로 평생 나한구의 뒷바라지를 감당한 것이란 사실이 밝혀진다. 그는 자기 사후 아들 내외가 나한구를 박대할 것을 염려해 놀라운 유언을 남긴다. 그는 10층짜리 빌딩을 아들에게 상속하는 조건으로, 나한구가 자연사해야 하고 만약 자살할 경우 건물과 돈을 모두 재향군인회에 기부하라는 기발한 단서를 달아 놓은 것이다.

나한구는 스스로를 김영철의 '짐'과 같은 존재라 생각해 자살

할 결심을 한다. 그는 20년 가까이 등에 커다란 바윗덩어리를 지고 누군가에게 업혀 있는 꿈을 꾼다. 그것은 노년에 이른 자신이 주변 사람들에게 큰 짐이 되었다는 강박관념 탓인데, 이는 자식을 '짐', 다시 말해 장애물[羅睺羅]로 여긴 싯다르타의 일화와 절묘하게 겹친다. 아들이 태어났다는 소식을 들은 싯다르타는 기뻐하기보다 "장애가 생겼구나, 계박(繫縛)이 생겼구나."라고 한탄했다지만, 라후라는 출가한 뒤 누구보다 계를 잘 지키고 스스로 행할 바를 실천해 십대 제자 중에서도 '밀행제일(密行第一)'이라 불린다.

김영철은 나한구와 핏줄 한 가닥 섞이지 않은 타인이지만, 자기 목숨을 두 번이나 구해준 은혜에 보답하기 위해 나한구 모르게 그의 노후를 준비해 놓는다. 나한구는 자신을 '짐'이라 여겨 주위 사람들을 피하지만, 김영철은 그를 진심으로 걱정하고, 월남에서 태어난 민국은 37년 만에 아버지를 찾는다. 스스로 '짐'이라 여겼던 나한구는 김영철 아들 내외가 온전히 유산을 상속받을 수 있는 중요한 조건이며, 일면식도 없는 노년의 아버지를 보살필 라이따이한 민국을 라후라(짐)라 보기 어렵다. 자살을 실행하려는 순간 나한구에게 찾아온 희소식은, 그가 김영철의 목숨을 구해준 선업(善業)의 응당한 보과(報果)다.

이러한 서사 전개는 업(業)을 부정적인 의미로만 이해해 온 일반적 상식과 강하게 충돌한다. 업은 한 차례로 종결되는 게 아니라 반복되어 습관[業習]으로 발전하고 결국 개인의 성격[業障]을 형성하여 삶의 경향성을 결정하는 중요한 동인으로 작용한다. 「짐」은 악업을 강조해 경계심을 고양시키는 부정적 이야기와 달리 선업을 행한 자가 당연히 보답을 받는 인과응보, 권선징악의 정통 서사 전개 방식으로 업의 의미와 중요성을 일깨운 작품이다.

「입술」은 우즈베키스탄 사마르칸트에 있는 비비하눔 모스크(Bibi Khanym Mosque) 전설을 새롭게 해석한 소설이다. 하눔(튀르키예어 하늠 hanım)은 이슬람 여성의 존칭어로 왕비, 공주, 귀부인에게 쓰였다. 지금도 튀르키예에서는 여성을 존중해 부를 때 이름 뒤에 '하늠'이라 붙이며, 남성은 '베이(bey)'라 칭한다. 그러므로 '비비하눔'은 우리말로 '비비 아가씨' 또는 '비비 마님'이란 말과 상응한다.

전설에 따르면, 비비하눔 모스크는 1392년 인도 델리 원정에서 돌아온 티무르 대제가 세상에서 가장 아름다운 모스크를 지으려 한 것으로, 인도 원정에서 수집해 온 호화로운 원석과 95마리의 코끼리를 동원했다고 한다. 티무르는 전투에서 거의 신적 존재로 추앙받았는데, 전설에 따르면 그는 전투에서 단 한 번도 패배하지 않았다고 한다. 그러나 다른 한편으로 티무르는 적 포로의 목을 베어 그 수급(首級)으로 탑을 쌓는 등 매우 잔인하고 포악한 정복자였다는 이야기도 있다. 역사적 인물에 대한 평가는 시대와 상황, 가치관 등에 따라 얼마든지 달라질 수 있다. 하지만 작가의 관심은 술탄 티무르의 영웅적 행위나 잔혹한 성정에 있지 않고, 비비하눔과 모스크 건축 총책임자 마드라 사이의 사적 감정 흐름과 그 변화에 초점화된다.

비비하눔은 술탄 티무르의 여덟 번째 빈(嬪)으로, 열여섯 살 나던 해 첫 번째 북인도 원정에서 귀환하던 티무르 눈에 띄어 강제로 처녀를 잃고 궁으로 간다. 그녀는 고향을 떠날 때 칸나 구근을 가져가 궁궐 곳곳에 심는다. 술탄 티무르는 고향 녹색 도시(하르리사브즈, shahrisabz)와 소꿉동무 호자이루그를 기억하기 위해 비비하눔에게 '녹색빈 호자이루그'란 칭호를 주었지만, 이란 출신 건축가 마드라는 꼬박꼬박 '비비하눔'이라 부른다. 녹색 도시에서 태어나 녹색에 각별한 관심이 있는 것으로 보이는 술탄 티무르와 달리 비비하눔은 붉은 칸나에 무척 애정을 보인다. 칸나는, 인도 전설에 따르면, 부처님을 질투한 데바닷타(혹은 악마 '데와더르라'라는 이야기도 있다)가 바위를 굴려 해치려 했으나 부처님 발등에 상처만 내고 말았다. 상처에서 흐른 피가 떨어진 곳에 피처럼 붉은 꽃이 피었는데, 그게 칸나라는 것이다. 비비하눔이 녹색 궁전에서 빨간 칸나를 키우는 것은 상징적 의미가 강하다. 그것은 녹색과 붉은색의 조화를 뜻할 수도 있고, 녹홍(綠紅)의 대립 관계로 해석할 수도 있기 때문이다.

「입술」에서 비비하눔이 마드라에게 입술을 허락한 것은 정복자 술탄 티무르에 대한 저항이며, 마드라와 함께 숨지는 것은 사랑의 승리 또는 자기 정체성 확인의 귀결이라 볼 수 있다.

비비하눔과 마드라가 주고받는 '달걀과 유리잔' 논쟁은 매우 흥미로운 문제의식을 내포하고 있다. 비비하눔이 달걀의 외양은 서로 다르지만 속은 모두 같다고 말하자, 마드라는 유리잔을 들어 보이며 속 내용물이 꿀과 달걀흰자로 전혀 다름을 주장한다. 겉은 다르디라도 속은 같은 날샬과, 겉은 같은 모습이지만 내용이 다른 잔의 비유는 겉치레보다 속마음이 더 중요하다는 의미를 강조한 것으로 보인다. 그리고 "제가 비비하눔이라 불렀을 때 빈께서는 가슴속에서 빨간 칸나 꽃들이 피어납니다. 그런데 녹색빈 호자이루그 님이라 불렀을 때는 어디로 달아나고 싶어 하시는 것 같"다고 말한다.

그는 비비하눔이 술탄의 여덟 번째 빈으로 겉으로는 호화스러운 생활을 하는 것 같아도 속으로는 행복감을 느끼지 못한다는 사실을 적확히 간파하고 있었던 것이다. 그리하여 "저는 감히 비비하눔 님을 비비하눔이라는 이름으로 불러드리고 싶"다며 사랑을 고백한다. 마드라가 비비하눔 왼손등에 가볍게 입술을 대자 그 자리에서 열기가 살아나고 간지러움이 온몸으로 번진다. 그것이 참된 사랑임을 깨달은 비비하눔은 마드라가 내놓은 유리잔 속의 맑은 액체를 단숨에 마신 뒤 히잡을 벗고 자기 머리칼을 그에게 보인다. 그것으로써 비비하눔은 온전한 마드라의 여자가 된다.

비비하눔 모스크 전설에 따르면, 이 사건에 분노한 술탄 티무르가 여성들의 히잡을 강요해 남성들이 여성 얼굴을 못 보게 했다고 전한다. 하지만, 「입술」에는 비비하눔이 히잡을 쓰고 등장해 전설과의 거리를 드러낸다. 작가는 비비하눔 모스크 전설에서 비비하눔과 마드라의 순수하고 참된 사랑의 결실에 주목했을 뿐이다.

이상문 소설의 미덕은 사건을 과장하지 않으면서도, 한 인간이 짊어진 기억의 무게를 끝내 독자의 내면까지 끌어들이는 데 있다. 전쟁 이후의 가난, 이념의 폭력, 생존을 위한 죄책감 같은 무거운 주제들이 절제된 문장과 단단한 서사 구조 속에서 오히려 더 깊은 울림을 만든다. 전쟁터의 화장장 굴뚝 연기와 법당의 향연(香煙)이 뒤섞인 이 소설집은 상처 입은 현대사를 위로하는 장엄한 천도재(薦度齋)라 할 것이다.

작가의 말
나는 기꺼이 그들의 삶에
방해물이 되고 싶다

내가 보기 싫어하는 것들의 너머에 있던 감춰진 것들, 못 보았던 것들이 보인다. 살면서 꼭 보고 기억해 두어야 할 것들이다.

한 사람을 만났다.

이십 년에는 다 이르지 못한, 십수 년 전의 일이다. 우연인지 필연인지 누가 알겠는가.

점심때 한 주에 두어 번씩 만났었다.

내가 떠오르는 대로 함부로 물어 대면, 그는 꼭꼭 '갈색 티슈'에 갖고 있던 볼펜으로 써 가면서 대답해 주었다. 자리가 끝나면 신통하게도 그때마다 갈색 티슈를 챙겨서 사무실로 가져와 쌓아 둔 나였다. "써 가면서"라고 한 것은, 내가 '알아들을까?' 하는 걱정 때문이었던 듯싶었다.

얼뜨기로 들여다봤던 세상살이의 윤곽이 잡히기도 했다. 싫어하는 것들의 너머에 있는 것들이 언뜻거렸다. 특히 반세기 전에 타국의 전장에서 있었던 것들과 연관된 일들이 명료해졌다.

날로 피폐해져 온 삶이었다. 마치 금세 헐어 빠진 단벌옷을 걸치고 있는 느낌이었다. 어느 때부터인가 소설가로서 문득문득 자신에게 미안해진 것이 그 때문이었다는 사실을 알았다.

세상이 무엇인지를 알면서 살아야 했던 것이다. 애매해서 어려웠지만, 귀찮았지만 그랬어야 했다는 것이다. 그동안 살아가는 방법을 알려고 들었다는 것이다.

꼭 봐야 할 것들을 찾아보려면, 싫어하는 것늘도 보아야 한다는 이치와 같았다. 사람은 싫어하는 것들도 피하지 말고 기어이 보면서 살아야 한다는 것이다.

요즘 사람들 대부분은 얼마든지 좋아하는 것들만 보고, 듣고 살게 됐다. 골라 보는 수고로움조차 소용없는 세상이 됐다. 따라서 갈수록 시야는 좁아지고 마음은 외곬으로 흐를 수밖에 없을 터이다. 그래서 한 발은 행복 속에 남은 한 발은 불행 속에 담그고 사는 처지가 되고 말았다. 참으로 딱한 일이다.

나는 이 소설로써 기꺼이 그들의 방해물이 되고 싶다. 시야를 열어 마음을 열고 산다면 얼마든지 행복해질 수 있기 때문이다.

2025년 겨울
소설가 이상문

아수라

초판 1쇄 발행 2025년 12월 29일
초판 2쇄 발행 2026년 1월 29일

지은이 : 이상문
펴낸이 : 김향숙
펴낸곳 : 인북스

주소 : 경기 고양시 일산서구 성저로 121, 1102-102
전화 : 031) 924 7402
팩스 : 031) 924 7408
이메일 : editorman@hanmail.net

ISBN 979-11-994233-2-9 03810
ⓒ 이상문 2025

값 18,000원